À PROPOS DE L'AUTRICE

Après ses études aux Beaux-Arts, Fanny André est revenue à ses premières amours littéraires. Elle remporte plusieurs concours, qui signeront ses débuts en tant qu'autrice de littérature féminine. Elle aime traiter de sujets variés, comme la maternité ou encore les liens familiaux. Sa plume pleine de douceur allie sensibilité et humour pour parcourir des styles aussi divers que la romance, le fantastique, la comédie ou le *feel-good*.

La plume du Rossignol

Collection : VICTORIA

© 2024, HarperCollins France.

Tous droits réservés, y compris le droit de reproduction de tout ou partie de l'ouvrage, sous quelque forme que ce soit.
Toute représentation ou reproduction, par quelque procédé que ce soit, constituerait une contrefaçon sanctionnée par les articles 425 et suivants du Code pénal.

Si vous achetez ce livre privé de tout ou partie de sa couverture, nous vous signalons qu'il est en vente irrégulière. Il est considéré comme « invendu » et l'éditeur comme l'auteur n'ont reçu aucun paiement pour ce livre « détérioré ».

Cette œuvre est une œuvre de fiction. Les noms propres, les personnages, les lieux, les intrigues sont soit le fruit de l'imagination de l'auteur, soit utilisés dans le cadre d'une œuvre de fiction. Toute ressemblance avec des personnes réelles, vivantes ou décédées, des entreprises, des événements ou des lieux serait une pure coïncidence.

HARPERCOLLINS FRANCE
83-85, boulevard Vincent-Auriol, 75646 PARIS CEDEX 13
Service Clients — www.harlequin.fr
ISBN 978-2-2804-9587-5 — ISSN 2493-013X

Édité par HarperCollins France.
Composition et mise en pages Nord Compo.
Imprimé en mars 2024 par CPI Black Print (Barcelone)
en utilisant 100% d'électricité renouvelable.
Dépôt légal : avril 2024.

Pour limiter l'empreinte environnementale de ses livres, HarperCollins France s'engage à n'utiliser que du papier fabriqué à partir de bois provenant de forêts gérées durablement et de manière responsable.

FANNY ANDRÉ

La plume du Rossignol

Note de l'autrice

Pour le cadre de ce roman, je souhaitais évoquer celle que l'on considère comme la première femme de lettres à vivre de sa plume, Christine de Pizan.

Cette femme au parcours atypique, éduquée par un père aux sciences et à la philosophie, se retrouva veuve très jeune et fut dès lors littéralement harcelée par des créanciers. Elle a été forcée à vendre de nombreux biens et est passée d'une certaine opulence à des périodes d'austérité et de difficultés financières réelles afin de rembourser des dettes contractées par son père et son mari (certaines se sont révélées totalement fictives, des créanciers n'hésitant pas à mentir pour essayer de capter de l'argent qui aurait dû lui revenir). Son père et son mari ayant eu des positions privilégiées à la cour, les hommes de l'époque ont vu en elle une proie facile à diffamer et poursuivre sans relâche. Elle passa plus de dix ans en procès. Et cette hostilité ne s'amoindrit pas quand elle devint une femme de lettres recevant des commandes de la reine elle-même !

Christine de Pizan ne s'est jamais remariée ni n'a pris le voile ; position rare et vivement critiquée à l'époque, on lui a donc prêté les pires intentions, juste pour cela. Elle a fait vivre sa famille seule, par ses propres ressources. On la considère comme féministe avant l'heure, par certains de ses écrits comme *La Cité des dames* et des déclarations qu'elle a pu faire, affirmant qu'une femme qui serait éduquée à l'égal des hommes aurait tout autant de capacités. C'est un personnage fascinant, elle est lucide, pugnace, et assez intelligente aussi pour plagier ses propres textes pour écrire en plus grande quantité et pouvoir vivre de son travail, ce que j'ai trouvé très drôle. L'histoire du scriptorium évoqué dans mon roman est vraie, et c'était très novateur !

J'ai néanmoins dû modifier ou adapter certains faits et dates, certaines informations étant contradictoires (date de mort de son mari, par exemple), afin de rendre également le récit plus fluide : ce roman reste bien une pure œuvre de fiction.

Christine de Pizan a usé de tous les moyens à sa disposition pour se protéger, et sera proche d'une des reines les plus critiquées et diffamées (au point que même son surnom « Isabeau » est resté alors qu'il est le fait de ses détracteurs), Isabelle de Bavière. Le mari de cette dernière, Charles VI, a des accès de démence et la reine doit régulièrement gérer elle-même les affaires d'État dans une période très trouble : guerre de Cent Ans, épisodes de peste, et la guerre civile entre Bourguignons et Armagnacs qui succède à la période évoquée dans ce roman...

J'ai trouvé ce contexte fascinant, avec de nombreuses femmes fortes jugées et pointées du doigt. Pour Isabelle de Bavière, une bonne part des critiques perdure encore suite à certains de ses choix politiques, mais la plupart des autres accusations sont personnelles et teintées de mauvaise foi et de jugement – même à notre époque !

Je voulais pour ce roman une héroïne qui reflète ces considérations. Elle a envie de liberté avec bien peu de moyens pour y parvenir en tant que femme du peuple. C'est en prenant la plume qu'elle se sent exister, et notamment en écrivant des histoires d'amants, sans répondre aux injonctions qui ne veulent considérer que les textes sérieux et graves comme valables. Quelque part cela me semble un joli hommage à toutes les lectrices de romance qui verront toujours leurs goûts critiqués.

Mon héros, Jehan de Montorgueil, est aussi une forme d'hommage à Jehan Le Fèvre qui a écrit *Le livre de Lëesce* pour défendre les femmes des misogynes. Je trouvais le clin d'œil tout indiqué ! Il a même réellement pris parti contre Jean de Meung et son fameux *Roman de la Rose* ; contre lequel Christine de Pizan aussi s'insurgea, ce que j'évoque dans ce récit et qui lui vaudra une vraie campagne de harcèlement.

Enfin, dans ce livre je mets à l'honneur de nombreuses poétesses oubliées en les citant soigneusement. Si Christine de Pizan a réussi à revenir sur le devant de la scène, des dizaines d'autres n'ont pas cette chance. Plutôt que d'inventer de nombreux poèmes, je me suis dit que c'était l'occasion de rappeler leurs vers et leurs rimes, pour qu'elles puissent à nouveau être lues et leur rendre hommage.

Fanny André

1

Paris, 1405

Un bruit sec tira brutalement Mélisande du sommeil. Dans un sursaut, elle se redressa si vite que sa tête percuta le plafond mansardé au-dessus d'elle. Un peu perdue, elle contempla le seuil de sa chambre où se tenait Ide, la cuisinière. Cette dernière avait ouvert la porte avec tant de vigueur qu'elle était allée frapper contre le mur.

— En voilà une paresseuse ! Ta maîtresse est réveillée, et tu es encore au lit ?

Sans mot dire, Mélisande s'extirpa de sa couche et retint de justesse un bâillement sonore. La nuit avait été courte, mais il lui fallait faire bonne figure malgré le peu de repos qu'elle s'était accordé. La cuisinière repartit en reniflant et marmonnant dans sa barbe.

Elle n'avait pas tort, même si ses mots n'étaient pas tendres : si Christine de Pizan était éveillée, Mélisande aurait déjà dû être à ses côtés en tant que suivante.

Une fois seule, elle se changea à la hâte et enfila une chemise propre, sa cotte à manches longues puis le surcot par-dessus, avant de passer un tablier de toile lavé de frais qu'elle noua autour de sa taille. Ainsi vêtue, elle descendit prestement l'escalier.

Quand elle entra dans la chambre de la noble dame, elle lui

fit une petite révérence rapide. Un regard clair la détailla puis, avec un sourire indulgent, Christine remarqua :

— Bonjour, Mélisande.

— Que le jour vous soit favorable, ma dame…

Empressée, elle alla jusqu'à la cheminée vérifier si le feu devait être alimenté. Dans son dos, elle perçut le poids de l'attention qui l'accompagnait et se demanda si elle avait l'air aussi fatiguée qu'elle le craignait.

Quand elle se retourna, sa maîtresse la contemplait bel et bien.

— Nous nous mettrons en route pour la cour à sexte, annonça tranquillement Christine. Nous avons encore du temps.

Mélisande acquiesça après avoir ajouté une bûche et tisonné le foyer. Le regard qui la détaillait s'attarda sur son visage, et elle se gourmanda mentalement. Chaque soir, elle se promettait de ne pas écrire si tard… et recommençait pourtant dès la nuit suivante !

Quand elle résistait à la tentation de noircir des feuillets – ce qui arrivait rarement –, elle dévorait des textes prêtés par Bertille ou Christine elle-même, pour s'en inspirer ou améliorer son style par l'étude de grandes autrices.

Comme si elle devinait ses pensées, sa maîtresse adressa à Mélisande une moue ironique.

— La nuit aurait-elle encore filé entre tes doigts sans que tu ne réussisses à la saisir ? Qu'as-tu lu ?

Prise en faute, la jeune fille maudit sa peau pâle qui cernait vite. Alors qu'elle cherchait comment botter en touche, un petit rire bas la surprit.

— Je n'aurais pas dû te confier ce recueil de ballades, tu n'es guère raisonnable depuis que je te l'ai donné.

Mélisande dut retenir un soupir de soulagement. Son secret se révélait parfois délicat à garder, et elle se félicitait de cet amour immodéré pour la lecture qui lui sauvait la mise pour expliquer sa lassitude.

Comme bien souvent, une pointe de culpabilité s'insinua en elle malgré tout : que se passerait-il si la maîtresse qu'elle estimait tant venait à découvrir ses écrits licencieux ? La noble dame à la réputation irréprochable et dont les excellents textes ne cessaient d'étonner et de conquérir plus de monde à la cour ne serait-elle pas immensément déçue si ce qu'elle dissimulait soigneusement était exposé ? Mélisande ne saurait le souffrir, elle en était persuadée.

Leurs destins s'étaient liés lorsque Christine de Pizan, âgée de dix-neuf ans alors, déjà épouse depuis quatre ans du noble Étienne Chastel, avait pris à son service sa mère, Gotilda, pour la seconder avec ses trois enfants.

Quelques années plus tard, au retour d'une course tardive, Gotilda eut le malheur d'une mauvaise rencontre dont le honteux résultat fut Mélisande. Si toute noble aurait chassé sans un regard la chambrière, condamnant ainsi Gotilda à devenir une des femmes folles du Val d'amour sur l'île de la Cité, Christine avait au contraire eu pitié de sa servante en constatant à quel point elle avait été rudoyée par l'inconnu.

Après l'avoir fait soigner, Christine avait conservé Gotilda dans ses gens de maison et l'avait aidée à cacher son état pour éviter les médisances. C'était à peu près au même moment que le mariage de Christine de Pizan avait pris fin. Son époux, en déplacement à Beauvais avec le roi, avait contracté la peste et en était mort le temps que son épouse apprenne la nouvelle.

Si l'union avait été de convenance, le lien partagé par Christine et Étienne de Chastel pendant dix ans s'était tissé au fil des années pour se transformer en un amour sincère. Le désespoir avait assiégé Christine tant et tant que seuls ses enfants et son attachement particulier à Gotilda, qui lui était d'une fidélité sans borne, lui avaient permis de surmonter petit à petit sa peine.

Étienne, de presque dix ans son aîné, l'avait laissée seule, mère de deux fils et une fille, avec toute une maisonnée à charge.

S'il travaillait pour le roi Charles V, la mort de ce dernier avait fini de précipiter leur situation dans le désastre.

La noble dame avait dû endosser brusquement le rôle de chef de famille et subvenir à leurs besoins à tous, alors même que les créanciers l'accablaient de procès, profitant de son isolement et sa précarité soudaine. La période avait été trouble, seule son opiniâtreté lui avait permis de tenir dans la tourmente. Mélisande avait admiré la façon dont sa maîtresse avait réussi à se tirer de ces vicissitudes sans l'aide de quiconque, jusqu'à trouver des soutiens et mécènes au cœur même de la cour de France.

Mélisande était devenue quant à elle orpheline à dix ans, quelques années après le veuvage de Christine. Mais l'affection mutuelle que se portaient Gotilda et Christine avait encore une fois prouvé sa force. Le nombre d'épreuves traversées ensemble avait scellé leur destin, et Christine avait conservé Mélisande à son service à la mort de sa mère, avec son accord.

Christine avait prévenu Mélisande, il n'y aurait pas que des jours faciles compte tenu de l'état désastreux des finances dont elle avait hérité, mais elle ferait son possible. La jeune fille, qui avait toujours trouvé l'aristocrate douce et gentille avec elle, avait accepté avec reconnaissance. Elle avait pu la voir se débattre contre les créanciers, chercher des mécènes, écrire jusqu'à en avoir mal aux mains des dizaines de rondeaux et de ballades. Elle l'avait soutenue lors des nuits d'insomnie qui avaient suivi la mort de son fils, puis accompagnée à la cour lorsque la reine l'avait fait mander, Christine ne pouvant ignorer sa demande même dans ces heures sombres.

Mélisande éprouvait plus que de l'admiration ou du respect ; la bonté dont faisait preuve Christine, qui pouvait par ailleurs se défendre avec âpreté quand on s'en prenait à son rang ou sa réputation, lui avait beaucoup appris.

C'était avec application que Mélisande avait remplacé sa mère au côté de la noble dame, travaillant de tout son cœur pour Christine de Pizan quand celle-ci se battait jour après jour pour sa maisonnée et les siens.

Pour la soutenir de son mieux, Mélisande avait tenu à pouvoir remplir tous les rôles possibles au sein de leur foyer. Elle avait aidé aux cuisines dès dix ans, avant de s'occuper des enfants. À son quinzième printemps, elle avait commencé officiellement à endosser le rôle de suivante auprès de Christine. Cette dernière avait également souhaité l'éduquer, ce que peu de filles de sa condition auraient pu espérer.

Au fil des ans, Christine était devenue une femme de lettres prolixe. Mélisande avait continué à la suivre à la cour de France, et elle mesurait pleinement l'étrange jeu de la providence qui la conduisait à escorter Christine jusqu'aux plus hauts niveaux de l'état et rencontrer la reine de France, Isabelle de Bavière, qui lui avait commandé une épître.

Mélisande remarqua les feuillets sur le pupitre et comprit que Christine avait elle aussi encore dû veiller jusqu'à une heure avancée de la nuit, justement pour son œuvre pour la reine. Elles se dévisagèrent. Une bienveillance chaleureuse émanait des traits de sa maîtresse. Son visage commençait à porter les traces de l'âge, des rides fines sillonnaient sa peau claire qui brunissait vite au soleil. Elle avait les yeux d'une teinte indéterminée, entre gris et vert. Elle était plus grande que bien des dames et, malgré ses trois grossesses, elle avait gardé un corps souple dont elle cachait néanmoins la silhouette dans un surcot assez large pour atténuer ses formes. Elle avait la beauté d'une femme qui a souri et aimé, que l'intelligence avive encore de l'intérieur.

En comparaison, avec sa petite stature, ses cheveux bruns si peu en vogue et sa peau aux joues rougies par le moindre effort, Mélisande ne correspondait que peu aux critères de beauté de la cour.

Mélisande reprit la parole :

— Je prépare tout pour notre visite à la cour.

Christine approuva, les lèvres étirées dans une expression gentille.

— Je finis ce passage et j'irai voir Jean.

Mélisande s'éclipsa, car elle savait combien le calme était nécessaire à sa maîtresse pour travailler. Elle le comprenait d'ailleurs fort bien, ayant les mêmes besoins. Si ses propres écrits n'étaient guère comparables par leur valeur, décrire le destin d'amants en fuite lui demandait quand même toute son attention.

Même si, ce jour précis, Christine n'avancerait guère : leur visite à la cour pour la réunion de dames empiéterait sur son temps de travail. En effet, une présence à la cour régulière, et en particulier auprès de la reine, était capitale pour maintenir le statut de la femme de lettres dans la bonne société.

Christine était une dame instruite dans bien des domaines, ayant voix à la cour, et ce jusque dans les plus hautes sphères. Dans cet univers impitoyable où les femmes n'étaient pas considérées du meilleur œil, alors qu'elle se targuait d'écrire et de faire partie des penseurs de son temps, au grand dam de ses homologues masculins qui ne l'avaient guère accueillie à bras ouverts, elle n'était ni plus ni moins qu'une dissidente.

Pourtant, l'opiniâtreté et la clairvoyance de l'autrice avaient fait leur office petit à petit. Son intellect lui avait permis de rester dans les bonnes grâces royales. Elle entretenait donc avec particulièrement de soins ses relations avec les nobles et quelques intellectuels moins prompts à la battre froid du fait de sa condition de femme.

Tout ceci expliquait sûrement comment était née dans l'esprit de Christine la volonté de proposer une rencontre de nobles dames autour de la lecture. Cette idée avait été appuyée par la reine, qui l'appréciait et était férue de poésie. Un petit groupe s'était formé, où chacune trouvait son intérêt, cultivant à la fois ses relations mondaines et son amour pour les beaux écrits.

Mélisande ressentit une impatience qu'elle connaissait bien alors qu'elle regagnait la pièce à vivre : bientôt elle serait à nouveau au château ! Sa vie quotidienne ne la passionnait pas toujours avec son cortège de tâches à accomplir ; en comparaison, le temps passé à la cour semblait forcément plus intéressant. Les nombreuses manigances, scandales et messes basses lui servaient bien souvent de décors pour ses intrigues. Ce jour-là, elle devrait également livrer l'un de ses textes à sa principale et plus ancienne cliente.

La maisonnée et ses quelques domestiques s'agitaient déjà. Faute de moyens, il y avait peu de gens au service de Christine et des siens. Mélisande aida rapidement en cuisine et vérifia si Jean, qu'elle n'avait pas encore vu et qui avait les bronches légèrement encombrées, allait mieux. Il était vêtu de la petite veste rouge que Christine avait fait tisser pour lui, afin d'éloigner la rougeole qui avait emporté leur frère. Son affection n'y ressemblait pas, pourtant Mélisande gardait sur lui un œil attentif pour rassurer sa maîtresse.

Flora s'occupait des enfants en tant que gouvernante, et Mélisande l'appréciait beaucoup. Malgré tout, elle n'hésitait jamais à passer du temps avec eux. En ayant grandi sous le toit de Christine, elle les considérait un peu comme de sa famille, en particulier Jean, son préféré pour sa vivacité d'esprit, même si Marie était une douce et joyeuse petite fille.

Quand tierce fut bien avancée, Mélisande se hâta d'aller enfiler sa tenue la plus convenable. D'une simplicité évidente, elle possédait tout de même une étoffe de sergé de bonne facture, ce qui la distinguait aisément de celles portées par les servantes de la cour. Elle s'accroupit pour chercher à tâtons sous sa couche le texte qu'elle avait dissimulé là. Sous une des lattes de bois du sol, une cache lui permettait de conserver ses écrits. La commande de Bertille Sombreval qu'elle devait livrer ce jour s'y trouvait.

Dès qu'elle dénicha enfin le rectangle de papier plié, elle le glissa dans le corsage sous son surcot, puis redescendit rejoindre Christine pour l'aider à se préparer et à finaliser sa coiffure, ayant déjà nettoyé les voiles dont elle couvrirait sa chevelure.

Elle ordonna les tresses de sa maîtresse pour en faire deux masses épaisses de chaque côté de sa tête, fichées haut sur le crâne comme le voulait la dernière mode. Puis elle s'appliqua à les faire disparaître sous des voilages qu'elle disposa joliment.

Comme souvent lorsqu'elle devait mener à bien une tâche rébarbative, elle laissait son esprit vagabonder ; sa nouvelle ballade plairait-elle ? La hâte qu'elle ressentait chaque fois d'avoir l'avis de ses lectrices égalait presque le plaisir qu'elle éprouvait quand son imagination s'évadait loin du quotidien répétitif.

Christine, une fois apprêtée, se releva et jeta un coup d'œil circulaire à la pièce, sourcils froncés.

— Où se trouve ce recueil que je souhaite emporter à notre séance à la cour ? s'enquit-elle à mi-voix, alors qu'elle passait en revue une pile proche de la table où elle travaillait toujours.

Sur ses indications, la suivante l'aida à chercher parmi les livres entassés dans la chambre. Quand Mélisande le repéra enfin, sa maîtresse lui sourit, reconnaissante.

— Merci. Je pense proposer à ces dames un planh[1] et un lai précis aujourd'hui. Je les ai connus récemment grâce à Jean de Berry[2], qui m'a fait parvenir cet ouvrage.

Mélisande garda le silence. Si le lai pouvait l'intéresser, elle n'était pas friande des planh, ou de toute œuvre trop triste.

— Il est temps, remarqua Christine, ouvrant le chemin.

1. Chant ou plainte pour déplorer le départ d'un être aimé.

2. Jean de Berry, troisième fils du roi de France Jean II dit le Bon.

Du coin de la salle où Mélisande se tenait, elle tâchait de paraître aussi immobile et oubliable qu'une des tapisseries qui décoraient les murs. Comme il se devait pour toute personne de son rang, en somme, les serviteurs n'étant que des présences de second ordre au milieu du ballet des réels sujets de la pièce, les nobles et aristocrates de la cour. Jusqu'à ce qu'on ait besoin d'elle, elle demeurait telle une ombre. Si son corps semblait figé dans une attitude humble, en réalité, elle écoutait avec avidité chaque échange, l'oreille aux aguets.

La sensation de décalage entre sa terne vie et ces univers de papier que lui faisaient découvrir les réunions de dames et où tout était possible, ne cessait de grandir en elle. C'était d'ailleurs ce qui l'avait poussée la première fois à assembler en cachette – très maladroitement – quelques mots. Une première strophe de ballade bien insipide et qui avait fini au feu après avoir nombre de fois tourné d'abord dans son esprit.

Ce jour-là, Hermance Burja fut la première à prendre la parole après la lecture d'ouverture de Christine à ses dames assises autour d'elle. Les cinq autres aristocrates présentes se turent. Hermance Burja avait le teint clair seyant d'une grande dame, mais le front trop haut et la peau terne coupaient là toute ressemblance avec les figures de belles, comme la mythique Guenièvre. Du moins dans l'imagination fertile de Mélisande.

— Mes chères amies, cette fois je me suis essayée à un texte plus gai. Je n'ai guère eu le temps de m'y consacrer, il n'y aura que quelques strophes. J'ai buté sur la fin et n'ai pas encore réussi à passer cet écueil. Peut-être notre cénacle saura-t-il m'inspirer.

Prenant une voix légèrement de fausset, Hermance se lança :
— « Comme du chèvrefeuille était[1]
L'amour profond qui les liait
Par-delà plaines et contrées,

---

[1]. « Comme du chevrefeuille était » est un vers de Marie de France du poème *Ni vous sans moi*.

Nul ne saurait l'empêcher.
L'amour caché de courage doit se doter,
De patience doit se parer,
Et d'oubli ne devra se contenter. »

Quand elle se tut, Christine lui sourit. Quelques hochements de tête lui répondirent. Seule Bertille de Sombreval resta de marbre, mais Hermance et elle ne s'appréciaient qu'autant qu'elles parvenaient à le feindre.

— Chère Hermance, c'est la première fois que vous sortez des planh, s'enthousiasma Christine de Pizan. Je trouve que cela vous sied bien ! Peut-être pourriez-vous varier plus vos rimes, cela apporterait de la vie à votre composition.

— Notre précédente rencontre et vos encouragements à nous dépasser, à renouveler la source de nos inspirations m'ont donné l'audace d'essayer. Cependant, je me rends compte que finir cette dernière phrase avec « contenter » ne convient pas du tout, c'est ce qui a dû me bloquer. J'avais pensé à « prémunir », mais ne savais comment tourner la phrase... Je n'avais pas songé à la monotonie que peuvent induire plusieurs rimes similaires, c'est un excellent conseil.

L'aristocrate soupira. Christine approuva gentiment, les lèvres ourlées d'un sourire de réconfort et non de moquerie.

— Qu'en dites-vous, mesdames ? Quelqu'un a-t-il une idée à soumettre quant au point soulevé par Hermance ? Nous pourrions en deviser ensemble.

Aussitôt, le groupe se perdit en conjectures et les remarques fusèrent de toutes parts. Si leurs rassemblements, à l'origine, se concentraient sur la lecture, bien vite l'une des dames avait avoué s'essayer à l'écriture avec un lai.

Christine l'avait félicitée et invitée à le leur partager une prochaine fois. Elle l'avait fait à la réunion suivante, et un conseil bien à-propos de la dame de lettres assorti d'un hochement de tête appréciateur de la reine elle-même, présente ce jour-là, avaient contribué à lancer cette nouvelle activité. Petit à petit, toutes s'y étaient mises.

Fascinée, Mélisande avait assisté à cette évolution, écoutant et retenant chaque suggestion de Christine sans même le vouloir, comme si elle s'en imprégnait. S'il était assez évident qu'encore peu de ces poétesses en devenir pouvaient rivaliser avec la maîtrise et l'éloquence que pouvait atteindre Christine de Pizan, rodée par un long entraînement, une solide éducation et un goût sûr, la volonté de progresser avait guidé les membres du groupe vers une pratique régulière de l'écriture, comme elles se seraient appliquées sur des travaux d'aiguille, dans une bonne humeur générale qui l'emportait sur tout.

Alors qu'un débat faisait rage pour savoir si « prémunir » était heureux à l'oreille, cet échange aviva chez Mélisande l'envie de trouver elle-même comment elle aurait résolu ce problème.

Tandis qu'elle y réfléchissait, le regard de la suivante croisa celui de Bertille de Sombreval. Cette dernière la fixait justement et lui adressa un léger signe du menton en guise de salut. La réponse de Mélisande fut presque imperceptible pour quiconque ne l'aurait pas observée finement, un battement de cils appuyé. L'expression impatiente de l'aristocrate lui rappela sa mission du jour, mais également leur première discussion en tête à tête, ce moment où tout avait basculé pour elle, quelque part.

Elle se remémora, il y a moins d'un an de cela, l'arrivée de la noble au sein de la réunion de dames. Leur petit comité se retrouvait déjà depuis quelques mois, quand Bertille de Sombreval s'était jointe à elles à son retour d'Italie où elle avait séjourné. Elle y avait rapidement brillé en raison d'une intelligence et d'une certaine irrévérence naturelles.

S'adaptant sans mal, elle avait apporté elle aussi un texte écrit dès sa deuxième réunion – fait assez rare, les dames mettant souvent plus de temps à s'essayer à partager leurs œuvres. Après quelques séances, Bertille avait proposé à la place d'une pastourelle[1], dont elle semblait friande, une chanson d'aube. La première de sa jeune existence que Mélisande avait entendue.

Bertille avait annoncé d'une voix guillerette :

— Ce texte devrait nous réchauffer en cet hiver qui s'éternise !

Sans attendre, elle avait commencé sa lecture. Si le début – la rencontre d'un chevalier et d'une noble dame –, n'avait rien de bien original avec ces regards échangés, ces sourires étouffés et le mouchoir perdu devant le valeureux héros, la suite avait été d'un autre cru.

— « Le chant du rossignol résonna,
Sur sa bouche pluie de baisers déposa,
le souverain en son cœur.
D'un geste, il l'emporta avec vigueur
Et dans la couche tous deux se perdirent... »

Ce souvenir, particulièrement fugace, revint à l'esprit de Mélisande, car il lui avait permis de réaliser ce qu'elle attendait de saisir depuis ses premiers essais de lais maladroits. En écoutant Bertille, elle avait senti les battements de son cœur s'accélérer. Tout avait disparu en dehors des mots qui résonnaient dans un silence épais comme de la crème. Chaque dame avait le regard rivé sur l'aristocrate, pendue à ses lèvres dans l'expectative de son prochain vers.

Bien sûr, elle-même avait ressenti l'impatience et l'avidité de connaître le sort des deux amants. Mais aussi une sorte de trouble insidieux. Son cœur n'était pas seul à avoir réagi, son ventre s'était serré, la laissant presque fébrile. Quel était ce sentiment ? Mélisande n'avait réussi à l'identifier de prime abord.

Puis, brusquement, Bertille s'était interrompue sur un rire.

— Vous m'excuserez mes dames, la suite leur appartient comme au silence complice de la nuit.

---

[1]. Type de chanson simple qui s'attache à décrire les avances d'un chevalier à une bergère.

Un concert de murmures avait parcouru leurs rangs. Bertille avait souri, fière de son effet.

À la fin de la lecture, il était surtout resté à Mélisande une profonde frustration. Toute la journée du lendemain, elle avait cherché à comprendre pourquoi cette chanson d'aube continuait à la tourmenter ainsi.

Elle imaginait ces personnages se rejoindre en cachette. Leur peur, l'envie aussi malgré les convenances. Les quelques mots de Bertille l'avaient troublée, mais une sensation de trop peu, de faim peut-être, l'avait saisie avec ce récit.

En raison de son rang, elle avait traîné ses jupons dans des cuisines ou auprès de servantes qui ne se gênaient pas pour parler de manière crue des choses de l'amour. Ce texte sur deux amants qui manquaient de peu de se faire surprendre par un mari trompé était bien tourné. Contrairement à d'autres écrits lus au sein du cercle littéraire de dames, il n'avait pas provoqué en elle l'envie d'en changer des mots. Non, elle avait finalement réalisé que le souci se situait ailleurs : Bertille avait sous-entendu avec une certaine finesse les activités auxquelles se livraient les deux amoureux... alors que Mélisande avait rêvé de plus. Elle voulait se glisser derrière le rideau où ils s'abandonnaient à leurs ébats et en connaître davantage que quelques souffles éperdus.

Ce moment modifia durablement la vie de Mélisande. Elle n'avait pas tenté de changer un texte, mais bien de le continuer, le voyant comme de premières strophes inachevées. Jusqu'à en composer une dans sa tête le soir venu... et tous les suivants.

Cela l'avait à la fois soulagée quand elle avait admis que des mots étaient comme emprisonnés dans son esprit et ne demandaient qu'à sortir, jusqu'à l'obséder... et en même temps, elle en avait été horriblement gênée.

Aucune dame bien née n'aurait décidé de se livrer à un écrit tel que celui qu'elle osa coucher sur le papier. Un homme particulièrement impudent, peut-être, mais une femme... Non, cela ne se pouvait pas. Et pourtant. Elle s'y risqua, s'y complut même, mot après mot.

Mélisande avait beau être encore vierge, son esprit vif s'était emparé de ce qu'elle avait entendu entre deux portes, de quelques chansons égrillardes et des messes basses de cuisine pour tisser de tout ça son propre ouvrage. Enfin, son premier récit lui avait paru plus harmonieux. L'action et le déroulement suivaient leur cours comme un fleuve tranquille et aussi implacable que le désir de ses deux protagonistes.

Volant quelques instants de liberté après une réunion, elle avait achevé de griffonner son texte au verso d'un feuillet abandonné par une noble, alors qu'elle était censée ordonner la salle où elles s'étaient retrouvées.

Alors qu'elle retouchait une strophe maladroite, la porte avait grincé et, paniquée, Mélisande avait plaqué contre elle le papier pour le cacher. Bertille de Sombreval s'était dessinée dans l'encadrement du chambranle, la dévisageant avec surprise ; elle paraissait presque avoir oublié jusqu'à son existence.

Son regard avait piqué vers le bas, sur la feuille toujours contre la poitrine de Mélisande, et cette dernière avait compris son erreur : plutôt que de dissimuler son méfait derrière son dos, voilà qu'elle l'avait exposé ouvertement. Bertille de Sombreval s'était approchée à pas vif. Du haut de ses trente ans, c'était une femme élancée, mais aux courbes pleines que ses décolletés carrés dévoilaient insidieusement.

Son caractère tempétueux se lisait dans chacun de ses mouvements.

— Eh bien, que vois-je ? Tu dérobes les écrits des autres ?

Avec vivacité, l'aristocrate avait tiré sur le feuillet d'un coup sec et le lui avait pris. Mélisande avait tenté de s'y accrocher, mais un reste de bon sens lui avait fait réaliser à quel point il aurait été encore plus dangereux d'agir ainsi. Elle s'était mordu les lèvres, sentant la panique monter en elle.

La noble l'avait fixée de son regard noir.

— Je pourrais être flattée qu'entre tous les textes ce soit le mien sur lequel tu fasses main basse...

À son expression, Bertille de Sombreval n'en pensait pas un mot, elle continua sur un ton pincé :

— Mais je trouve cela bien impudent de ta part ! cracha-t-elle.

Mélisande l'avait dévisagée sans comprendre, essayant de deviner la raison de ce reproche. Qu'entendait-elle par là ? Puis, en baissant les yeux, elle avait remarqué qu'au dos de son histoire, bien visible, il y avait l'écriture de Bertille. Sa bouche s'était ouverte sous le coup de la surprise.

— Je... ce n'est pas...

Effarée, elle s'était tue. Et si Bertille allait confronter Christine pour se plaindre de Mélisande ? Si elle lisait à tous sa ballade ? Elle finirait forcément par retourner le feuillet et s'apercevoir de tout. Mélisande avait cherché désespérément une manière d'implorer la clémence de Bertille. Quand elle avait fait un pas vers elle, joignant les mains, l'autre lui avait opposé un regard froid.

— Si je ne compte pas avertir Christine, c'est uniquement car je l'apprécie et que tu es jeune... mais je suis très déçue. Une suivante qui se met à voler, même un texte abandonné, cela n'augure rien de bon. Je te garderai à l'œil.

Sur ce, elle avait fait volte-face et avait quitté la pièce avant que Mélisande n'ait pu tenter quoi que ce soit. Cette dernière était demeurée rongée d'inquiétude après cet incident et, à la réunion suivante, elle avait cru mourir tant son cœur battait à tout rompre.

Pourtant, au premier regard de Bertille de Sombreval sur elle, cela avait été évident qu'elle s'était méprise. Leur rencontre s'était déroulée comme à l'accoutumée et, deux heures plus tard, les dames avaient décidé de se séparer. Christine s'était relevée pour raccompagner Blanche de Saint-Val et Hermance Burja.

Mélisande, occupée à ranger la salle, n'avait pas eu besoin de vérifier derrière elle pour deviner que Bertille s'était approchée. Avalant sa salive, elle avait préféré lui faire face.

— Mélisande, avait chuchoté Bertille, es-tu l'autrice de… ce texte ?

De sa large manche d'un rouge carmin brodé de fils verts, elle avait fait apparaître le feuillet plié qu'elle avait récupéré à leur dernière entrevue. À ce stade, nier aurait été vain. Mélisande avait seulement baissé la tête, résistant vaillamment à l'envie de pleurer qui l'avait étouffée.

Un long silence avait succédé à son aveu muet ; elle fixait sa robe au tissu brun qui frôlait celui, opulent et brillant, rebrodé de fils chamarrés, de la noble.

— Je l'ai trouvé… si licencieux.

Brusquement, Mélisande avait redressé les yeux et contemplé son interlocutrice. À son ton, elle avait bien senti qu'il n'y avait aucune condamnation. Le regard posé sur elle le lui avait confirmé.

Subitement, Bertille s'était rapprochée encore pour ajouter :
— Penses-tu pouvoir écrire quelque chose d'autre pour moi ?

Cette requête avait provoqué un hoquet de surprise chez la suivante, qui n'en avait pas cru ses oreilles. Pourtant, un sourire en coin malicieux s'était dessiné sur la bouche de Bertille.

— Je compte sur toi. Voici du papier, tu dois en manquer. Si tu as besoin et que ta prochaine chanson d'aube est aussi délicieuse, nous pourrons parler d'une… forme de rémunération, qu'en dis-tu ?

Elle lui avait présenté trois feuilles de plus, entièrement vierges celles-là.

— Noble dame, je…

— J'attends leur retour avec impatience, avait assuré cette dernière. Cela restera entre nous, bien entendu. N'aie crainte, jeune amie.

À la réunion suivante, Mélisande, tremblante, avait livré un texte à Bertille de Sombreval. Le premier d'une longue série. Bientôt, Jeanne de Plombière avait également réclamé une histoire. La première avec un ménestrel qui se serait égaré dans les appartements d'une noble, la seconde consacrée à de preux – et fringants – chevaliers valeureux qui s'apprêtaient à mourir au combat, ce qui encourageait leurs belles à faire fi de toute morale.

Ce fut ainsi que tout avait commencé. Mélisande était devenue une discrète pourvoyeuse de textes affriolants qui recevaient un accueil de plus en plus enthousiaste de la part des dames de la cour. Ils circulaient sous le manteau de main en main et ses lectrices ne cessaient d'attendre de Mélisande plus de détails sur les moments intimes d'enflammées alcôves.

Revenue à l'instant présent, Mélisande contempla Bertille et devina dans son œil vif qu'elle bouillait d'impatience de pouvoir la voir en tête à tête pour récupérer sa dernière ballade.

Cela faisait maintenant des mois que leurs petits échanges perduraient. Si la jeune fille avait eu beaucoup de doutes et de remords au début, le succès grandissant de chacun de ses textes l'avait enivrée et poussée à persister. Tout ce qu'elle espérait était que son passe-temps ne parviendrait jamais aux oreilles de Christine, car elle en aurait éprouvé une honte cuisante. La probité sans faille qu'affichait sa maîtresse jusque dans ses écrits semblait bien loin des œuvres que Mélisande concevait sous le secret. Qu'arriverait-il si son activité était dévoilée ?

Mélisande voulait croire à tout prix que Christine ne l'apprendrait pas ; aucune dame de la cour n'oserait se vanter devant elle de ses lectures, Mélisande devait juste se montrer prudente de son côté. Tout irait bien.

Dans le cas contraire, elle était certaine que sa maîtresse ne pourrait la garder auprès d'elle, ne pouvant se permettre d'entacher aussi irrémédiablement sa réputation. Son secret devait en rester un.

2

Mélisande traversa le couloir du château à la hâte. Un courant d'air froid balayait le sol et lui congelait les pieds. Elle regretta une fois de plus que ses nouvelles robes tissées de laine plus épaisses ne soient pas prêtes. Alors que rien ne le laissait présager, ses vingt printemps étant révolus, elle avait grandi soudain et ses anciens vêtements, qu'elle réservait à ses visites à la cour, ne convenaient plus.

Christine de Pizan avait commandé trois tenues à sa couturière pour elle. Adepte qu'elle était des couleurs lumineuses, Mélisande rêvait en particulier de l'une d'elles, d'une nuance proche de la violette. Elle attendait donc avec impatience de les voir en vrai. Si elle avait toujours eu des surcots corrects, leurs teintures végétales peu onéreuses se fanaient à l'usage et leurs coupes simples n'étaient pas avantageuses, bien qu'appropriées à une suivante.

Elle allongea le pas, consciente que l'entrevue privée de la reine et Christine de Pizan qui suivait la réunion pour évoquer l'épître commandée ne s'éterniserait pas et qu'elle devait rejoindre sa maîtresse avant que celle-ci ne décide de repartir.

Bertille de Sombreval lui avait demandé de la retrouver à la tourelle ouest du château. Le couloir désert la surprit un peu ; il était rare qu'elle ne croise aucune des servantes lors de l'une de ses livraisons.

Pressée, Mélisande accéléra et buta contre le corps d'un homme qui venait de surgir devant elle d'un couloir adjacent. S'apprêtant à s'excuser, elle tomba en arrêt sur le marquis Hugues de Beauvillé.

Alors qu'elle allait reculer, une poigne ferme agrippa son bras et elle fut tirée sans ménagement sur le côté. Ses yeux fixèrent ceux du barbon, son aîné d'une bonne quarantaine d'années. Âge canonique pour un seigneur dont le teint cireux et les yeux injectés de sang laissaient entrevoir une vie d'excès.

Il avait le regard torve, un sourire en coin mauvais et de nombreux on-dit s'imposèrent aussitôt dans l'esprit de Mélisande : combien de dames de la cour s'étaient plaintes des manières de Hugues de Beauvillé ? Mais surtout combien de servantes avaient eu à déplorer une rencontre malheureuse avec lui et ses penchants libidineux ?

Un frisson glacé lui remonta dans le dos.

— Monseigneur, je...

— Enfin, je te croise seule ! la coupa-t-il, ses doigts se transformant en serres autour d'elle. Tu ne quittes jamais bien longtemps l'ombre de ta maîtresse, n'est-ce pas ? Mais pas aujourd'hui...

Mélisande avala sa salive et réalisa à quel point la situation était délicate. Il n'y avait pas âme qui vive alentour, elle l'avait déjà remarqué. Si quelqu'un se trouvait à proximité, l'aiderait-il, d'ailleurs ? Il y avait fort à parier qu'une servante fuirait sans demander son reste.

Elle chercha quel argument pouvait intercéder en sa faveur ou lui faire gagner du temps, mais rien ne lui vint. Christine ne pourrait absolument pas demander justice si le moindre malheur lui arrivait. Elle le déplorerait juste avec elle... si Mélisande osait le lui confier, ce qui n'était point sûr. La pensée douloureuse de sa propre mère agressée dans une ruelle lui tordit un peu plus le ventre. Pourquoi le sort s'acharnait-il ?

Quand elle se retrouva plaquée sans équivoque contre cet

homme, elle ne put demeurer immobile. Dans l'espace restreint dont elle disposait, elle tenta de se libérer et de glisser sur le côté. La pierre dans son dos griffa la peau dénudée de son épaule dans la manœuvre, et elle étouffa une plainte.

Une seconde main empoigna sa hanche et les doigts s'enfoncèrent dans sa chair avec violence.

— Si j'étais toi, je me montrerais gentille. Tu ne veux pas que je devienne méchant, n'est-ce pas ?

La peur en elle s'étoffa, se répandit dans chacun de ses membres, coupant son souffle, oppressant son cœur aux battements erratiques. Hugues de Beauvillé fondit sur elle, cherchant à la clouer contre la pierre froide en poussant son bassin contre elle. Elle perçut avec dégoût quelque chose que, jusqu'alors, elle n'avait décrit que dans ses récits.

Si, sur le papier, ses amants étaient toujours fougueux et amoureux, ce qu'elle ressentait à l'heure actuelle s'approchait nettement d'une nausée lointaine de tout lyrisme ; Mélisande se demanda si elle n'allait pas vomir sur son assaillant tant la peur et la répugnance lui enserraient la gorge.

— Laissez-moi, pitié, balbutia-t-elle, retrouvant l'usage de la parole malgré sa terreur.

Perdant toute retenue, elle se débattit. Sa panique était plus puissante que la voix intérieure qui lui soufflait que rejeter cet homme pouvait lui coûter très cher. Décidée, elle lâcha les feuillets de sa dernière œuvre. Il fallait se défendre à tout prix !

Elle tenta d'écarter de Beauvillé d'elle de toutes ses forces.

— Puterelle, cracha-t-il entre ses dents.

L'embonpoint du vieux noble, qui lui avait auparavant donné l'avantage, joua contre lui car, sous cet amas de graisse accumulée lors de banquets, sa force s'en était allée. Mélisande mit tant de zèle à se débattre qu'elle réussit enfin à dégager son autre bras.

Aussitôt, elle le repoussa et profita de cet espace pour lui décocher un violent coup de pied dans le mollet. La colère pulsait en elle, l'aidant à réprimer la crainte qui lui étreignait le cœur.

De Beauvillé éructa une nouvelle injure, la relâchant quelques secondes, son attention détournée par la douleur.

Vive comme l'éclair, Mélisande se déroba et détala sans demander son reste. Elle fonça dans le couloir principal et accéléra jusqu'à une volée de marches qu'elle dévala avec l'énergie du désespoir. Chaque pas lui semblait la conduire vers la sécurité : Hugues de Beauvillé n'avait plus l'âge des cavalcades effrénées.

Elle continua sa route un peu au hasard jusqu'à un corridor plus passant, dans lequel elle ralentit. Son sang battait à ses oreilles au point qu'il lui était difficile d'entendre quoi que ce soit. Elle se tourna pour jeter un œil dans son dos et vérifier si le vieux pervers apparaissait. Quand, une minute plus tard, elle fut sûre qu'il n'en était rien, un soupir de soulagement lui échappa.

Ce fut seulement à cet instant qu'elle réalisa : le texte qu'elle devait remettre à Bertille de Sombreval était bel et bien resté dans le couloir là-haut avec Hugues de Beauvillé. Cette idée la fit devenir livide.

Quand elle comprit l'ampleur de la catastrophe, elle hésita longuement, la sueur au front. Cependant, l'image de Christine de Pizan tenant en main l'un de ses textes, avertie par Hugues de Beauvillé lui-même en guise de vengeance, finit de la rendre fébrile. Elle ne pouvait en aucun cas laisser cela arriver. Cet affreux personnage serait-il toujours sur place ? S'il était parti vexé par le traitement qu'il avait reçu, peut-être pourrait-elle récupérer tout simplement son œuvre ? Et s'il l'avait déjà empochée, le mal serait fait et son sort scellé.

L'idée qu'il était peut-être encore là-bas et qu'il ne lui permettrait pas de s'enfuir une deuxième fois demeurait le plus plausible, mais elle avait tant à perdre...

Aussitôt, elle imagina le visage aux traits empâtés se dissimulant dans l'ombre, attendant sa proie. Peut-être s'apprêtait-elle à se jeter tête la première dans un piège. Essayant de juguler sa panique, Mélisande inspira plusieurs fois, une main plaquée sur sa poitrine comme pour contenir les battements sourds de son cœur.

Après tout, Hugues de Beauvillé devait être en colère et était aussi connu pour être d'une ignorance crasse. La cour tout entière s'était fait l'écho du peu d'érudition de ce noble, qui semblait ne porter aucune considération à tout ce qui n'était pas la chasse ou la bonne chère.

En montant marche après marche, ses jambes se mirent à trembler de manière incontrôlée. À mi-chemin, Mélisande hésita longuement.

Renoncer était-il encore une option ? Puis l'idée de se voir chassée du foyer qui représentait tout pour elle la poussa à mettre un pied devant l'autre. Elle atteint le croisement du couloir avec les mains moites et les larmes aux yeux. Elle ne cessait de s'arrêter, retenant sa respiration pour écouter les bruits autour d'elle.

Trop perturbée, elle s'immobilisa à nouveau, sa poitrine serrée lui faisant mal. Ses écrits n'étaient bien évidemment pas au nom de Mélisande Challe. Si, au départ, elle n'avait tout simplement pas signé, Bertille lui avait fait valoir qu'un pseudonyme permettrait d'identifier plus sûrement son travail et, surtout, de générer de nouvelles demandes grâce au bouche-à-oreille qui ne manquerait pas d'arriver.

Après de longues tergiversations, Mélisande s'était donc rendue à ses arguments et avait fini par choisir un sobre « Rossignol », s'inspirant de Marie de France et de son « Laustic »[1]. L'oiseau des amants et son chant nocturne lui semblaient le meilleur hommage possible au genre de textes qu'elle produisait. Elle

---

1. « Laustic » est un lai de Marie de France. Son titre provient du terme breton *eostic*, qui signifie « rossignol ». L'oiseau y est l'allégorie d'un discours courtois sur le désir et l'amour impossible.

avait également espoir que ce terme neutre ne trahirait pas trop aisément la nature féminine qui se cachait derrière le nom de plume.

Bertille avait eu raison sur ce point, le Rossignol était à présent l'un des secrets les plus brûlants de la cour auprès de ces dames. Les commandes, souvent par le biais de Bertille, avaient afflué grâce à des messes basses, toujours entre deux portes. Comme Mélisande, ses clientes gagnaient à se montrer discrètes ; après tout, aucune femme de haut rang ne souhaitait être découverte en possession de ce genre de lecture équivoque par son tendre époux. Qu'allait devenir Rossignol après sa rencontre avec Hugues de Beauvillé ?

Le souffle court, Mélisande franchit enfin l'angle du couloir, et la silhouette qui lui tournait le dos manqua de la faire défaillir. Pourtant, elle comprit aussitôt sa méprise alors qu'elle reculait d'un pas. À la place du corps râblé du vieux noble qu'elle avait laissé là, se tenait un homme élancé, brun aux yeux sombres. Pour l'avoir déjà aperçu plusieurs fois, Mélisande le reconnut sans mal : le comte Jehan de Montorgueil. Il était proche du duc de Berry, l'un des principaux soutiens et mécènes de Christine.

Leurs regards se croisèrent et elle se figea. Jehan de Montorgueil était un ancien universitaire devenu homme de lettres et humaniste, il avait ses entrées auprès des nobles les plus influents de la cour, côtoyait même le roi, quand celui-ci était dans une de ses phases de lucidité, et était considéré comme l'un des fervents défenseurs d'Isabelle de Bavière. Il possédait en outre une fortune impressionnante et des terres dans le Poitou. Sa réputation le précédait bien souvent, et de belle manière, contrairement à celui que Mélisande s'attendait à retrouver en ces lieux, en faisant un des partis les plus convoités de la cour.

Quand il la remarqua, de Montorgueil se redressa, affichant encore plus de prestance, ce qui semblait difficile vu ses habits et son port fier. Avec lenteur, presque curiosité, il la détailla, le visage impassible.

Avant qu'elle n'ait pu dire quoi que ce soit, un geste attira son attention et lui fit baisser les yeux. Elle tomba en arrêt sur ce qu'il tenait. Son texte. Son cœur fit une sévère embardée. Elle ouvrit la bouche, cherchant son souffle. Il annonça de sa voix de baryton bien timbré :

— J'avais déjà entendu parler des œuvres de ce Rossignol, mais n'en avais jamais lu jusqu'à ce jour.

Il bascula la feuille vers elle, et l'en-tête avec son nom de plume apparut. Mélisande, aussi immobile qu'une statue, se demanda même si elle respirait encore. Que savait-il exactement ? Qu'avait-il compris ? Peut-être pouvait-elle trouver une explication plausible et se sortir de ce mauvais pas.

Avalant sa salive, elle se força à murmurer, incertaine :

— Monseigneur, je...

Elle se tut, incapable de continuer tant elle se sentait horrifiée. Leurs regards s'accrochèrent. Si on devait deviner du saisissement dans le sien, c'était tout autre chose qui se jouait dans celui, ambré, de Jehan de Montorgueil. Une vive lueur d'intelligence éclairait ses prunelles. Mélisande le contempla avec une drôle de sensation, proche de celle du froid de l'hiver qui vous engourdit. Mais quand elle remarqua le sourire ironique de l'aristocrate, cette impression étrange s'évanouit.

— Vous êtes bien Mélisande, la suivante de dame Christine de Pizan ? J'ai mis un moment à vous reconnaître.

Elle nota le fait qu'il ait choisi de la vouvoyer, quand bien peu d'hommes nobles agissaient ainsi.

— Oui, acquiesça-t-elle enfin. Je passais par là et...

Il secoua la tête, toujours impassible.

— Je vous déconseille de nier. J'étais présent quand vous avez perdu ce feuillet.

Effarée, elle le détailla : il avait assisté à son humiliation... sans intervenir ? Cela finit de la décontenancer.

Le regard de son interlocuteur se fit plus grave.

— Vous deviez être vraiment effrayée, car vous ne m'avez visiblement pas entendu. J'étais au bout du couloir et je m'apprêtais à venir vous secourir... mais cela a été inutile.

Il se tenait à quelque distance d'elle, pourtant elle avait le sentiment de pouvoir le toucher et ressentir jusqu'à son souffle. Mélisande tenta d'interroger sa mémoire : avait-elle perçu un bruit à ce moment-là ? Elle était tellement paniquée, cela lui semblait impossible à dire...

— Je me suis entretenu avec de Beauvillé, continua Jehan de Montorgueil en la contemplant. Il ne devrait plus vous importuner ou chercher à se venger. Nous avons discuté entre... À vrai dire, cet homme n'a rien d'un gentilhomme.

Sa conclusion édictée avec morgue l'étonna, même si Mélisande lui donnait amplement raison. Alors que son cœur battait à coups redoublés, elle réalisa dans quelle position délicate elle se trouvait : si Jehan de Montorgueil avait vraiment voulu lui porter secours, il était maintenant détenteur d'un secret plus compromettant encore que la scène qu'il avait surprise par hasard.

Mélisande essaya donc d'adopter l'attitude la plus humble possible, et joignit les mains.

— Monseigneur, je vous suis infiniment reconnaissante. Merci de votre bonté... Le texte, pouvez-vous me le rendre ? Je devais en être le messager et...

Elle n'osa tendre la main vers lui, consciente de ce qui se jouait à cet instant : rien de moins que tout son avenir.

— Tu sers de messager à Christine de Pizan ? Ce serait le plus probable, vu la situation.

Le passage brusque à un ton plus familier perturba tant Mélisande qu'elle le dévisagea.

— C'est elle qui écrit ces textes, n'est-ce pas ?

Horrifiée, Mélisande secoua la tête. En fait, elle s'était trompée. Plus que sa réputation, c'était celle de sa maîtresse dont il était question !

— Bien sûr que non ! se récria-t-elle avec fougue.

Comment pouvait-il penser une chose pareille ? D'autant plus qu'elle l'avait déjà vu deviser avec Christine, ils se portaient une réelle estime mutuelle. De quel droit osait-il formuler une telle accusation ?

— Dans ce cas, pour qui remplis-tu cette mission ? Je t'ai observée par le passé, tu es toujours proche d'elle, j'imagine mal pour le compte de qui d'autre tu pourrais agir sinon... Si tu es impliquée, conclut-il finalement, c'est forcément Christine qui est l'autrice de ceci.

— Non, Monseigneur, vous vous trompez je vous le jure, insista-t-elle.

Elle réprima difficilement la panique qui courait dans ses veines. Si jamais sa maîtresse était associée à cette histoire, sa réputation en serait définitivement ternie, et les rumeurs la concernant allaient déjà bon train à la cour depuis plusieurs années ; Christine possédait bien assez de détracteurs et n'avait point besoin d'en rajouter, surtout depuis qu'elle avait pris position contre Jean de Meung et sa réécriture du *Roman de la Rose*.

En effet, seulement quatre ans plus tôt, Christine avait osé dénoncer dans une lettre ouverte les positions de Jean de Meung, universitaire en vue, qui avait repris un ancien ouvrage pour y adjoindre sa propre prose. Cette dernière avait beaucoup indigné Christine tant le jugement porté sur les femmes y était rude et dégradant. Mais, à l'époque, personne d'autre n'avait à redire à cet écrit et il avait bien fallu quatre ans aux nombreux partisans de Jean de Meung pour cesser de poursuivre Christine de leur ire.

— Qui alors ? Est-ce de Sombreval ? s'enquit-il, d'un ton plus méfiant.

Mélisande continua de l'observer, ne s'attendant pas à cette sortie. Cette affirmation aurait sans doute épargné Christine, mais si cette version des faits se répandait, que se passerait-il ? Aucune noble de la cour ne devait être suspectée d'écrire de tels textes.

Jehan de Montorgueil la fixait toujours, guettant chacun de ses gestes, la mine sombre. Elle se maudit de ne pas avoir l'esprit plus vif pour trouver une parade convaincante qui ne nuise à quiconque.

Était-ce l'intervention du tout-puissant pour la punir d'être le Rossignol ? Toute faute réclame son châtiment lui avait-on appris.

— C'est ce qui me semblait... ce n'est pas elle. Et si ça n'est pas ta maîtresse...

Avec ferveur, elle secoua la tête de toutes ses forces, effarée qu'il ose redire une chose pareille. Une lueur traversa son regard. De la surprise, réalisa-t-elle.

— Est-il vrai que Christine a veillé à t'éduquer ? Cela a beaucoup fait parler, peu de suivantes savent écrire et lire.

Mélisande avala sa salive, s'efforçant de demeurer immobile. Démentir aurait été se mettre en position délicate ; il lui était plus que facile de vérifier. Comme il l'avait souligné, qu'elle sache lire était en effet assez inhabituel pour que tous les nobles à la cour s'en soient fait l'écho ; les suivantes n'étaient point instruites. Sauf elle.

Jehan de Montorgueil avait les sourcils froncés et sa panique s'accrut.

— Alors je ne vois qu'une seule explication à ce mystère... et je la juge en même temps bien improbable.

— Pitié, Monseigneur, rendez-moi le texte.

Elle joignit les mains en signe de supplique, image même de la désolation. Pourtant, l'homme qui lui faisait face n'avait pas l'air attendri le moins du monde. En désespoir de cause, elle tendit une paume ouverte. De son regard, elle tenta de communiquer tout son désarroi, priant pour le faire enfin fléchir.

Sans broncher, Jehan de Montorgueil plia le feuillet, qu'il glissa dans son pourpoint. Mélisande, figée, contemplait chacun de ses mouvements avec l'impression de sombrer. Allait-il trouver Christine ? Pire, raconter partout que sa maîtresse, dont les positions récentes avaient déplu à la cour, était à l'origine d'écrits licencieux ?

— Je vais le conserver. Je souhaite le relire au calme. Nous pourrons en discuter de nouveau prochainement. Tu viendras me voir pour le récupérer, je n'en doute pas une seconde.

Sa conclusion édictée avec sérénité fit sombrer le cœur de Mélisande dans sa poitrine. Leurs yeux se croisèrent et, au trouble de sa vision, elle comprit qu'elle était au bord des larmes. Une petite seconde, l'expression inflexible de son interlocuteur sembla vaciller. Pourtant, quand l'espoir lui revint, son visage avait déjà repris son air impassible, et elle pensa s'être trompée.

Il se pencha vers elle et, malgré les deux pas entre eux, elle se demanda si l'espace qui les séparait n'avait pas brusquement disparu.

— Nous nous reverrons à ton prochain passage à la cour... Rossignol. J'ai hâte de te lire.

Sans un mot de plus, il partit dans un bruissement d'étoffe. Son pas conquérant qui s'éloignait résonna comme un glas aux oreilles de Mélisande, qui sentit ses jambes trembler. Elle était perdue. Irrémédiablement perdue.

Une heure plus tard, Christine et Mélisande s'apprêtaient à retrouver leur maison. L'état déplorable de la chaussée répercutait chaque nids-de-poule secouant l'attelage, pourtant l'écho de la course du cheval ne réussissait pas à surpasser le chaos qu'elle abritait.

— Mélisande, tout va bien ? Tu es bien silencieuse, fit remarquer Christine.

La suivante redressa la tête, réalisant qu'elle contemplait ses genoux depuis un moment sans dire mot. Sa tentative pour sourire ne fut guère convaincante. Des réminiscences de sa confrontation avec le vieux noble ne cessaient de l'assaillir. Chaque fois, une envie de pleurer et un goût amer lui venaient en bouche. Peut-être aussi une compassion renouvelée pour sa mère qui avait dû subir bien pire affront, elle en était la preuve la plus criante. Comment Gotilda avait-elle surmonté cela ? Elle aurait aimé pouvoir en discuter avec elle, et l'avoir encore à ses côtés pour cela.

Quand, enfin, elle repoussait cette vision de cauchemar, c'était la conversation avec Jehan de Montorgueil et le couperet qui planait au-dessus d'elle qui lui revenait à l'esprit, guère plus rassurante.

— Mélisande ?

— Pardon... je ne me sens pas très bien, sûrement un peu de fatigue. J'ai des crampes, ajouta-t-elle en posant une main sur son ventre.

Elle ne commettait même pas de mensonge en disant ses mots, la nausée ne la quittait pas. Malgré tout, soutenir le regard de Christine lui demanda un effort. Cette dernière se pencha en avant et effleura son front.

— Tu ne sembles pas fiévreuse...

Ce geste attentif ressemblait tant à sa maîtresse que Mélisande éprouva un cuisant remords.

Si Mélisande avait réussi à maintenir ses activités dans l'ombre en estimant qu'elle ne faisait de mal à personne, son assurance venait brusquement de voler en éclats. À la réflexion, elle avait fait preuve d'une grave inconséquence en prenant de tels risques sans réfléchir assez à ses actes.

— À notre retour, va t'étendre, cela te fera du bien.

Mélisande dévisagea Christine. Jamais encore elle n'avait

manqué à sa tâche et l'idée même de se coucher avant sa maîtresse lui semblait pure folie.

— Ma dame, ne vous souciez pas de cela, je me porterai bientôt mieux, une simple fatigue passagère. J'aiderai Ide en cuisine dès notre arrivée.

Christine saisit la main de Mélisande. Ses yeux n'exprimaient pas la moindre défiance, et son sourire affable serra un peu plus le cœur de sa suivante, attisant sa culpabilité.

— Allons, ne t'inquiète pas. J'ai également eu une migraine il y a peu, et tu m'as encouragée à me ménager. J'ai d'ailleurs eu droit à une tisane qui a fait merveille et dont tu es allée quérir les plantes exprès. Il est normal que je veille aussi sur toi à mon tour. Avons-nous une décoction qui pourrait te soulager ?

Confondue de reconnaissance, Mélisande hocha vaguement du chef.

— Merci, souffla-t-elle de nouveau, désolée et déçue d'elle-même.

Sans mot dire, Christine lui tapota la paume.

Elles firent le reste du trajet en silence. Bien sûr, elle ne suivrait pas les conseils de Christine, mais constater une fois de plus comment cette noble femme se souciait ainsi de ses gens, même les plus humbles, lui allait droit au cœur.

Si l'absence de sa mère continuait à l'attrister, la relation qu'elle entretenait avec Christine constituait le meilleur baume sur cette ancienne plaie.

Enfin, elles arrivèrent. Mélisande descendit en premier et tendit spontanément la main à sa maîtresse pour l'aider. Alors qu'elles regagnaient l'hôtel particulier, elle s'interrogea : y avait-il un moyen pour se sauver et préserver Christine ? Prier aurait été la solution la plus logique à ses yeux, mais devant la nature de sa faute, elle doutait que le seigneur y soit sensible. À peine pouvait-elle espérer qu'une profonde pénitence réussisse à épargner les êtres chers à son cœur.

3

Les jours suivants passèrent en laissant Mélisande dans un état d'angoisse permanent. Elle s'imaginait le pire et avait perdu tout appétit. Christine, un après-midi où elles écrivaient côte à côte, s'en inquiéta même.

— Mélisande, souhaites-tu que nous discutions toutes les deux ?

Interdite, cette dernière la contempla, relevant le nez du lai qu'elle s'escrimait à finir. Elle partageait souvent avec Christine des temps de lecture ou d'écriture. Les textes de Mélisande n'étaient jamais très bons, juste acceptables. Si elle savait qu'elle n'excellait que dans un genre, sa maîtresse croyait sûrement quant à elle que sa suivante s'améliorerait avec la pratique.

— Tu me sembles bien soucieuse en ce moment, précisa Christine.

Sa mine sérieuse surprit Mélisande ; elle pensait avoir mieux caché son trouble. Après une hésitation elle balbutia :

— J'ai du mal à trouver le sommeil le soir.

L'attention dont elle était l'objet la mit mal à l'aise, mais elle se força à sourire. La situation était déjà assez complexe, il lui fallait à tout prix se contrôler.

— J'ai relu dernièrement des écrits de Hildegarde de Bingen, je t'avais parlé de son travail passionnant. Elle propose quelques conseils pour cela. Nous te ferons consommer plus d'épeautre et peut-être du pavot bleu, elle le dit souverain.

Mélisande, qui n'avait qu'un vague souvenir de leur échange à ce sujet, opina du chef au hasard. Elle se rendait régulièrement pour sa maîtresse chez les herboristes et apothicaires de la ville, mais demeurait bien ignorante sur le sujet.

Le regard clair de Christine s'adoucit.

— Une tisane nous ferait sûrement du bien à toutes deux, je cesserai peut-être de songer en permanence à ma cité et à mes dames[1] dont je redoute toujours l'accueil après la tourmente de la Rose...

Compatissante, Mélisande approuva. Son récit allégorique à paraître, *La Cité des dames*, serait sans doute l'un des plus importants de sa carrière. L'autrice s'y était consacrée avec beaucoup de soin, Mélisande savait à quel point elle espérait le voir bien reçu.

Cette simple idée ne lui rappela que trop que Jehan de Montorgueil pouvait détruire tout cela s'il venait à parler et jeter l'opprobre sur elle ou sa maîtresse. Le moment n'aurait pu être plus mal choisi...

— Sieur Jean du Berry vous a-t-il fait son retour sur votre œuvre ? s'enquit Mélisande pour s'inciter à réfléchir à autre chose.

L'expression de Christine se réchauffa.

— Son soutien précieux ne s'est pas démenti une fois de plus, confirma-t-elle. Il trouve ma société de dames bien pensée. Il a également loué mon choix des figures du passé retenues. Je n'en ai guère été étonnée, c'est un fervent défenseur de Sémiramis. Nous avions déjà évoqué ensemble les Amazones, que ce soit la reine Thomyris ou Antiope.

Réellement heureuse pour Christine, Mélisande lui sourit : si elle ne pouvait se targuer d'écrire aussi bien ou des textes

---

1. Christine de Pizan travaillait à cette époque sur un de ses ouvrages le plus connu, *La Cité des dames*.

de tant de valeur, elle savait l'impression qu'un avis positif de lecteur pouvait lui faire, quand les doutes se faisaient trop présents. Il n'y avait remède plus salutaire.

— Qui de vos allégories Raison, Droiture ou Justice a eu sa préférence quant à ses discours et sa demande de l'édification de la cité ?

Si Mélisande posait la question, elle estimait pour elle-même que c'était bien Justice dont la voix avait particulièrement résonné à son oreille et son cœur.

— Il a aimé les voir agir de concert, mais il m'a cité plusieurs passages de Raison, m'apprit-elle. Le duc d'Orléans semblait plus intrigué par la construction de la cité.

Elles continuèrent d'échanger ainsi à bâtons rompus, Christine ayant fait l'honneur à Mélisande de lui soumettre ses essais de nombreuses fois pendant son écriture. Cela avait été un long labeur. Elle avait repris sa pièce, morceau par morceau, chaque phrase et allégorie, jusqu'à s'y épuiser. C'était un travail d'artisan de l'esprit, minutieux, patient, dans lequel Mélisande avait perçu la dévotion que pouvait mettre Christine à chacune de ses œuvres.

Toutes deux se dévisagèrent avec connivence quand Christine se réjouit d'avoir campé tant de personnages sans qu'aucun ne perde de sens. Mélisande aussi se débattait souvent avec tous les êtres fictifs qui habitaient son imagination... même si sa maîtresse n'en savait rien.

— Je souhaite que ce livre reçoive l'accueil qu'il mérite, conclut Mélisande sincèrement.

— Merci, si mes plus fidèles soutiens s'en font écho, que notre reine place un mot... qui sait ? Il faut que j'avance son épître.

Cette fois, Christine parut plus morose. Étonnée, Mélisande s'enquit :

— La reine avait-elle des réserves sur la scène que vous lui avez soumise ?

— Non, elle en a loué le style. Nonobstant, je crois qu'il pourrait encore être amélioré. J'aborde un point crucial, j'ai déjà retravaillé à maintes reprises ce passage. Cela finira sans doute par ressembler à ce que j'espère... mais pas tout de suite.

Une légère grimace amusée naquit sur ses lèvres.

— J'en suis sûre, gardez confiance, assura Mélisande, oubliant un peu ses propres inquiétudes.

Christine saisit sa main et la pressa.

— Le ciel m'a envoyé en ta personne un soutien sans faille qui m'est précieux. Gotilda était l'âme de mon foyer quand je me débattais après la mort de mon époux, pourtant j'apprécie ce lien que nous avons toi et moi autour des livres. Ta mère n'a jamais souhaité apprendre à lire. Elle m'affirmait que sa tête était déjà bien trop pleine de travail.

Son ton était étrangement nostalgique, Mélisande contint l'émotion qu'elle sentait monter en elle d'entendre Christine évoquer Gotilda. Elle craignait parfois de l'oublier et louait donc chaque rappel à son bon souvenir, afin de ne pas la laisser s'échapper. Au moins garderait-elle précieusement certaines de ses paroles ou habitudes au fond de son cœur.

— Sans doute ignorait-elle ce qu'elle aurait pu trouver par cette occupation, la meilleure fenêtre vers la liberté loin des moments de labeur, commenta finalement Mélisande, prudemment.

Christine eut un sourire avant d'approuver. Un bruit les fit sursauter ; le petit Jean arrivait à fond de train. Mélisande éclata de rire alors qu'elle regardait l'enfant qui paraissait si fier d'avoir échappé à la surveillance de Flora. Il vint aussitôt se cacher dans les jupes de sa mère qui se laissa attendrir et le prit sur ses genoux.

Même en observant les facéties de Jean, le poids de sombres

pensées se raviva bien trop vite dans l'esprit de Mélisande. Leur retour à la cour était prévu pour le lendemain. Aller trouver Jehan de Montorgueil semblait la seule solution, pourtant elle continuait d'appréhender leur discussion à venir...

4

Cette visite à la cour n'avait, pour une fois, rien à voir avec une réunion de lecture. En effet, Isabelle de Bavière, qui tenait à s'entretenir régulièrement avec Christine en tête à tête, l'avait fait mander ce jour-là. Mélisande faisait bien entendu partie du voyage. De plus en plus nerveuse, elle doutait de supporter bien longtemps le sentiment de panique qui la rongeait.

À leur arrivée, plusieurs nobles voulurent échanger avec la femme de lettres. Mélisande suivit, silencieuse. Rester dans l'ombre de Christine était un exercice auquel elle était bien rodée, mais savoir que son avenir se jouerait au moment où elle reverrait Jehan de Montorgueil mettait son cœur en déroute.

Quand Christine, après avoir finalement salué la reine, annonça à Mélisande qu'elles allaient s'isoler, la suivante réussit à lui glisser :

— Ma dame, je dois me rendre rapidement aux cuisines. Souhaitez-vous que je vous rapporte quelque chose ?

Sa requête ne devrait pas alerter outre mesure sa maîtresse – quand elle et le monarque conversaient, il n'était pas rare que Mélisande rejoigne les cuisines, n'ayant guère sa place au milieu de la cour sans Christine à ses côtés.

L'aristocrate eut un geste de dénégation.

— Retrouve-nous après, confirma-t-elle en la quittant sur un sourire. Tu vas voir Amédée ?

Mélisande approuva. C'était une petite main de quatre printemps sa cadette avec laquelle elle avait sympathisé. Membre de l'équipe dévolue à la conception des repas de la reine, elle œuvrait sous les ordres de la cuisinière en cheffe qui connaissait toutes les préférences de leur souveraine.

Elle s'éloigna sans demander son reste. Quand elle l'aperçut, elle se figea sous le choc. Jehan de Montorgueil se tenait dans un des salons contigus avec d'autres nobles. Le roi Charles VI, surnommé le Bien-Aimé par le peuple, était sur un siège avec eux. Entouré de ces hommes le roi devisait, solaire et volubile. Mélisande savait, comme tous au château, qu'il n'était pas toujours dans de si bonnes dispositions.

Ses crises d'absence, où la raison semblait le quitter, le menant parfois à tous les extrêmes, que ce soit l'attaque de ses propres gardes ou rudoyer son épouse, arrivaient de plus en plus souvent. La reine devait parfois se replier dans son hôtel particulier de Barbette pour échapper à son mari.

Mais cette fois, Mélisande le sentit à l'atmosphère et au ton des conversations, leur souverain était dans l'un de ses bons jours. Dans ces cas, il aimait s'entourer d'aristocrates avec lesquels il partait régulièrement à la chasse. L'absence de Louis Ier d'Orléans, son frère, aidait peut-être à cette relative période d'accalmie vu leurs rapports houleux.

Son regard s'attarda sur Jehan de Montorgueil. Le comte se tenait de dos, il écoutait un homme dont elle détailla la mise ; pourpoint aux jalons d'or sur le bas, chevelure claire d'un blond passé... Elle aurait parié pour le duc de Bourgogne.

Déranger cette assemblée dans de telles conditions pour attirer l'attention de Jehan de Montorgueil aurait confiné à l'effronterie ; elle ne pouvait trouver de raison plausible pour lui parler. Qui aurait pu la charger d'un message à lui transmettre ? Non, c'était tout bonnement impensable.

La gorge serrée, elle fit un geste en arrière et sentit une main s'enrouler autour de son coude. Elle était si tendue qu'elle faillit crier. Son regard croisa celui, bleu sombre, de Bertille de Sombreval. Son cœur ralentit aussitôt.

— Ma chère, j'avais entendu dire que Christine comptait venir aujourd'hui. Comment allez-vous ? J'ai besoin de prendre l'air, faisons quelques pas ensemble, proposa la noble sur un ton qui n'admettait pas la réplique.

Mélisande fixa le dos du comte. En l'état, elle devait se résoudre à patienter.

— Bien sûr, accepta-t-elle avec un temps de retard.

Déjà, la poigne de Bertille l'entraînait à travers la pièce et elles gagnèrent la plus longue coursive au sud, pour rallier le jardin à intérieur de l'enceinte du château. Mélisande savait qu'elle n'avait pu honorer sa commande précédente, interceptée par l'affreux marquis de Beauvillé avant d'avoir pu rejoindre sa cliente qui l'attendait à la tourelle. Elle avait fugacement songé à réécrire le texte promis, mais ses sombres pensées et sa situation délicate l'en avaient empêchée.

Mélisande adressa un vague sourire à la noble, en remarquant que celle-ci l'observait, sourcils froncés. Elles descendaient un escalier de pierre, sans que Bertille n'ait repris la parole ; Mélisande se doutait qu'elle ne devait pas seulement chercher de la compagnie ou sa propre suivante, Mahaut, lui aurait bien convenu.

Le temps frais connaissait un redoux depuis le matin. Sur l'allée de gravillons, elles avancèrent côte à côte. Mélisande jeta un coup d'œil au profil de Bertille de Sombreval. Son nez busqué lui donnait une expression mutine dont elle savait très bien jouer. Pourtant, à cet instant, le regard posé sur elle était plutôt pensif.

— Puis-je te demander sans détour si tu as des problèmes ? Ta mine sombre m'inquiète. Dès que vous avez été annoncées, la nervosité de chacun de tes gestes n'a cessé de m'interpeller.

Surprise, Mélisande ralentit avant de se reprendre. Elle n'était pas aussi habile à dissimuler ses états d'âme qu'elle l'espérait et risquait visiblement de se trahir.

Bertille se rapprocha avant d'expliquer avec vivacité à voix basse :

— Une rumeur circule parmi les filles du château : on t'aurait vue t'enfuir alors qu'un peu plus tard Hugues de Beauvillé est réapparu, boitant. Mahaut m'en a fait part, elle sait que je vais souvent te trouver...

Sans pouvoir s'en empêcher, Mélisande frissonna en repensant à cet épisode. Ses nerfs mis à rude épreuve lâchèrent et elle craqua subitement, sentant un torrent de larmes se déverser sur ses joues sans pouvoir le refréner. Ses épaules secouées par la force des sanglots, elle tenta de se reprendre, enfonçant les ongles dans ses paumes. Mais impossible de calmer ce flot ininterrompu.

Fermement, Bertille de Sombreval l'escorta jusqu'à un banc proche, où elle la poussa gentiment avant de lui tendre un mouchoir. L'esprit confus, Mélisande se demanda quelle image elle donnait, ainsi éplorée, avec une dame de la cour à ses côtés. Pourtant, sa volonté habituelle de ne pas se faire remarquer ne suffit pas à lui permettre de reprendre pied immédiatement.

Sur l'insistance de Bertille, la jeune femme lui raconta sa rencontre avec Hugues de Beauvillé, puis Jehan de Montorgueil et le texte de Rossignol découvert. Quand elle se tut, son interlocutrice avait une expression étonnée, ne s'y attendant visiblement pas.

— Ma pauvre amie, c'est à la fois moins grave que je ne le pensais, mais aussi plus inquiétant. Jehan de Montorgueil est quelqu'un aux idées bien arrêtées. S'il craint que vous ne portiez préjudice à Christine, il pourrait aller trouver votre maîtresse pour tout lui révéler. Cela lui ressemblerait bien, à ce fat, de se targuer d'endosser le rôle du noble défenseur...

Surprise par le ton acerbe, Mélisande observa le visage de Bertille qui redevint aussitôt lisse, comme si le trouble qu'elle avait cru percevoir était le fait de son imagination. Elle soupira.

— J'ai conscience de la probité du comte, confirma Mélisande, c'est bien pourquoi j'ignore comment plaider ma cause. Ces mots ne m'ont pas laissée entendre qu'une simple promesse puisse le retenir d'agir.

Pis encore, plus elle y songeait, plus elle s'estimait perdue. Étonnée, Bertille la dévisagea.

— De quel genre de promesse parlez-vous ?

— Celle de tuer le Rossignol pour de bon, de l'empêcher... de chanter, conclut Mélisande après un regard alentour.

Mélisande avait beau s'exprimer à demi-mot, elle craignait de se voir confondue. Pourquoi s'être lancée en premier lieu sur une si mauvaise pente ?

— Et si vous lui proposiez plutôt quelque chose en échange de son silence ? Vous savez... un homme, même celui-là, doit bien avoir ses faiblesses.

Décontenancée, Mélisande la contempla. Ce que laissait entendre cette remarque... non, cela ne se pouvait.

Bertille laissa passer quelques secondes puis ses traits se durcirent, avant d'afficher un drôle de sourire qu'il aurait été difficile d'interpréter.

— Comment vous expliquer le fond de ma pensée ? Trouvez-vous Jehan de Montorgueil bel homme ?

Cette question plongea Mélisande dans la perplexité. Le rouge dut lui monter aux joues, car elle se sentit cuire sous le regard inquisiteur.

— Je ne...

— Ma chère, votre silence parle pour vous.

Mélisande revit le visage du noble et, malgré elle, ne put s'empêcher d'éprouver plus de gêne.

— Ne pourriez-vous lui suggérer une sorte d'arrangement ?

Si je peux me permettre, j'adore vos écrits. Mais je parierais que vous êtes aussi innocente qu'on peut l'être. Vous avez une jolie plume, quelques lectures, par mon concours, ont étoffé votre imagination... Pourtant, écouter la musique ou la pratiquer ne pourrait avoir le même effet sur une personne, voyez-vous ?

Soufflée, Mélisande dut admettre que Bertille Sombreval lui proposait bien exactement ce qu'elle avait compris. Elle maudit sa peau blanche qui devait avoir encore rougi, trahissant l'étendue de son embarras devant une telle remarque.

— Noble dame, je ne peux... imaginez que cela se sache ? Je serais compromise pour de bon, plaida-t-elle d'une voix sourde.

Et si elle se retrouvait fille-mère ? Sa réputation serait perdue à jamais. Bertille posa une main sur son bras pour le tapoter vaguement.

— Il y a fort à parier que de Montorgueil n'oserait aller se vanter devant Christine de vous avoir déflorée. Dès lors, il aurait meilleur compte à garder également pour lui les chants de Rossignol que nous évoquions. De votre côté, vous y gagneriez aussi. Vous pourriez jouer de votre instrument. Jehan, malgré tous ses défauts, est l'un des plus beaux partis de la cour à n'en pas douter. À bien l'observer, je le pense connaisseur en musique et sûrement un musicien sans pareil.

Mélisande secoua simplement la tête, entre consternation et effroi, imaginant les répercussions de ce plan. Pourquoi un noble, pas le premier venu, un comte, accepterait d'une fille comme elle ce marché de dupe ? La voix basse, elle rétorqua enfin :

— J'estime trop ma maîtresse pour courir un tel risque. Sa réputation en serait tout aussi ternie. Un ventre rond pour une suivante sans époux ? Figurez-vous l'affaire...

Les mots, plus brusques qu'elle ne le souhaitait, lui brûlèrent la langue. Elle se rabroua aussitôt : celle en face d'elle, de noble naissance et fortunée, ne pouvait souffrir un ton irrespectueux.

— Vous n'ignorez tout de même pas qu'il existe des méthodes

pour se prémunir des conséquences de la musique partagée à deux ? Je peux vous l'enseigner, au besoin. Moi-même, je n'ai jamais porté la vie et mon mari l'a assez déploré.

Le regard presque froid de Bertille produisit une drôle d'impression sur Mélisande, qui conserva un silence prudent. Les deux femmes se dévisagèrent. La suivante se demanda si elle respirait toujours. Elle se força à contrôler son souffle ; elle devait se reprendre.

— Ma dame, merci de l'immense honneur que vous me faites à vous soucier de mon sort. Je ne le mérite pas. Cette offre... creuserait peut-être plus encore mon tombeau, pourtant je vous suis reconnaissante plus que je ne pourrais l'exprimer. Peut-être que le comte saura... accepter que je mette seulement un terme à mes agissements.

Elle savait Bertille de Sombreval assez aventureuse pour oser de tels mots. Certes, mais cela ne voulait pas dire qu'elle-même pouvait se permettre ce genre de témérité. La pensée amère lui vint que celle en face d'elle avait dû se faire sa propre opinion de sa vertu et l'estimer prête à la brader pour peu, juste parce qu'elle écrivait en tant que Rossignol.

Bertille se pencha pour poser sa main sur la sienne.

— Je vous laisse y réfléchir. À part si vous intégrez un couvent, toute femme, un jour, partage ces moments avec un homme. Pourtant bien peu ont voix au chapitre pour le choix du partenaire. Vous l'avez vu avec ce bon vieux pourceau de marquis de Beauvillé, il vaut bien mieux s'offrir de bon cœur à une âme d'aspect engageant qu'avoir à pleurer des années une fleur saccagée par le pire des rustres. Ne pensez-vous pas injuste que seuls les hommes puissent collectionner les nuits de concert ? Jouer d'un instrument pour l'abandonner au petit jour ? Les filles du Val d'amour sont toutes les victimes d'airs contrefaits et de promesses non tenues.

Mélisande songea à sa mère et son cœur se serra. Elle ne

pouvait nier qu'il y avait du vrai dans les propos de Bertille. Le visage de cette dernière se fit plus sombre.

— Et vous savez le pire dans tout cela ? En plus de devoir partager avec eux la mélodie, parfois contre notre gré, nous ne serions pas censées en profiter. Cela ne se peut, la femme n'est pas ainsi, comprenez-vous, tout imprégnée de vertu qu'elle est. Cela ne se devrait, insista-t-elle d'une voix devenue coupante. Le devoir de la femme, notre chère Christine de Pizan nous le décrit si bien dans ses œuvres, est ailleurs. Ordonner sa maison, veiller sur les siens, toujours, et s'oublier. Nier le moindre de ses ressentis, même les plus intimes. Nous sommes condamnées à rendre grâce au ciel pour les bienfaits comme pour les pires malheurs, et prendre pour exemple la Sainte Vierge, irréprochable entre toutes.

Mélisande remarqua dans les prunelles sombres une sorte de regret. Personne à la cour n'ignorait l'écart d'âge qui séparait Bertille de Sombreval de son mari. Leur union avait été le souhait du père de celle-ci et, en songeant à la différence flagrante entre l'aspect fruste que renvoyait son époux au regard de la finesse d'esprit de la noble à ses côtés, pour la première fois Mélisande se demanda si cette dernière était heureuse.

— Nul n'exige tant des maris, ma petite, reprit Bertille plus calmement. Or, pas un de ces seigneurs ne croit que la femme puisse trouver son plaisir dans la pratique de l'art de l'amour. Jamais il ne s'appliquera à savoir quel instrument elle préfère, et le rythme des chansons qui lui convient. Quel triste sort qu'embrasse la future épouse... Alors qu'une femme de l'ombre comme une suivante, à qui personne ne prête attention, peut obtenir tant de liberté si elle se montre habile... Je vous envie parfois.

Elle ne semblait même pas moqueuse, en prononçant ces mots inattendus. Pourtant Mélisande, du fait de son statut, ne pouvait espérer guère mieux qu'un artisan débordé pour mari – encore que son rôle de suivante lui permettait de mettre quelques livres parisis de côté au fil du temps, afin d'envisager un jour de fonder une famille et d'éviter un jour la vie difficile de celles qui s'unissaient à des paysans.

Bertille détailla les jardins, avant de remarquer :

— Vous assurer que cette première chanson ait lieu en présence d'une personne qui trouve grâce à vos yeux, serait la consolation de tant de femmes, quand on y pense. Tout est affaire de manière de voir les choses, n'est-ce pas ?

Mélisande observa l'expression amère de Bertille, sans pouvoir l'accuser de controuver pour autant. Elle comprenait confusément le sens de ses paroles. Tout cela sans avoir charge d'âme ou de maison.

Presque malgré elle, les arguments de Bertille portèrent en elle : elle n'ignorait pas les mariages promis dès la naissance de certaines aristocrates, celles qui, comme la reine, avaient dû tout quitter pour aller s'unir à un inconnu... Si Christine était sincèrement éprise de son époux après ce hasard du sort qui les avait réunis, Mélisande n'en connaissait pas d'autre dans ce cas.

C'était presque triste de penser que la plupart de ses propres héroïnes trouvaient l'amour au détour d'un bal ou d'une rencontre impromptue sous les traits d'un gentilhomme étranger qui venait tout bouleverser.

— Levez-vous. Vous devez rentrer pour retrouver Christine... Si elle est la personne à laquelle vous tenez le plus, forcez de Montorgueil à rester muet. Ainsi, vous tiendrez loin de vos écrits votre vertueuse bienfaitrice et maîtresse, mon adorable Rossignol.

Bertille se releva et Mélisande l'imita. Elles regagnèrent

ensemble la cour d'un bon pas, comme si la noble s'était déjà trop attardée à converser avec elle.

Il était évident que Mélisande devait se décider rapidement, et aller trouver Jehan de Montorgueil avant qu'il ne la devance en s'entretenant avec Christine.

5

D'un pas lent, elle regagna la longue salle de réception du château, réchauffée par un feu et éclairée par une enfilade de fenêtres étroites qui déversaient une lumière atténuée par quelques nuages.

Son ventre se noua. D'appréhension... et peut-être de sentiments mêlés. Assurément, la peur se tapissait dans les tréfonds de son cœur qui ne cessait de bondir quand elle imaginait sa vie ruinée par ses choix passés ou à venir. Mais dans cet écheveau complexe, elle percevait également une curiosité étrange... impudente, si elle voulait bien l'admettre.

Une minute, immobile à quelques pas de la grande salle où devait se tenir le comte de Montorgueil, elle s'autorisa à dérouler une scène comme elle le faisait pour ses romans. Cet homme, elle... une chambre et des vêtements qui chutaient sur le sol... Un frisson parcourut sa peau. Impudent n'était peut-être pas assez fort.

Avait-elle un autre recours, une voie plus sûre ? La certitude sereine de Bertille de Sombreval ne lui semblait pas si évidente qu'à la noble. Mais pourquoi cette dernière aurait cherché à la perdre ? Elle avait l'air de bonne foi – et sans doute aussi intéressée, car il lui profiterait que Mélisande continue d'être le Rossignol. Elle n'avait jamais douté qu'en jouant les intermédiaires, la noble devait demander un peu plus pour les commandes qu'elle lui transmettait ensuite, mais le procédé lui avait paru correct, puisqu'il fonctionnait.

Résolue, elle décida de se concentrer sur son objectif : protéger son secret, et ainsi Christine et sa position auprès de celle-ci. Son existence dépendait de cet équilibre.

Mélisande se servit des quelques groupes qui s'étaient formés et parlaient fort pour raser les murs, se faisant aussi discrète que possible. Elle cherchait surtout à s'assurer qu'elle ne tomberait pas sur Hugues de Beauvillé. L'éviter restait une de ses priorités.

Habituée de la cour, Mélisande savait reconnaître la plupart des nobles qui y étaient souvent présents. Par exemple, près de la large cheminée en pierre au bout de la salle, se tenait Jean de Meung, l'homme de lettres avec lequel Christine avait eu maille à partir. Celui-là même dont les écrits condamnaient les femmes en usant des mots les plus avilissants pour les décrire.

Cet homme ayant un regard bien particulier, à la fois hautain et critique, il était aisé de le distinguer des autres. Il se tenait aux côtés d'Humbert de Montreuil, l'un de ses soutiens fidèles qui ne valait guère mieux. Puis elle observa les aristocrates autour d'eux. Certains des détracteurs les plus féroces de Christine. Enfin, de l'encoignure de fenêtre où elle s'était réfugiée, elle aperçut Jehan de Montorgueil, en grande conversation avec Jean de Berry.

Cette constatation rassura un peu Mélisande : de Berry était un fervent défenseur de sa maîtresse qui lui rendait bien son estime et, après tout, Jehan de Montorgueil aussi. Il suffirait néanmoins d'un mot de trop pour la trahir et dévoiler toute l'histoire, ce qui la replongea dans ses angoisses…

Inquiète, elle se mordilla les lèvres. Le regard de Jehan, tandis qu'il acquiesçait à ce que disait son interlocuteur, rencontra le sien. Il s'arrêta pour la fixer. La poitrine de Mélisande sembla se glacer alors que son cœur accélérait déraisonnablement. Était-ce l'expression incisive de cet homme – l'avait-il toujours eue ? – ou son imagination qui lui rappelait la scène fantasmée plus tôt la responsable de cet emballement ?

Les propos de Bertille lui revinrent en mémoire, et elle changea brusquement d'avis. Elle voulait être celle qui déciderait de son destin, et sauver le Rossignol et Christine. Elle irait trouver de Montorgueil, et empêcherait son secret d'être révélé. Peut-être que, si Bertille avait raison, ses récits seraient également bientôt plus authentiques, quand Mélisande aussi aurait elle-même connu le souffle d'un amant au creux de son cou.

Après avoir inspiré profondément pour se donner du courage, elle baissa la tête en le dévisageant bien en face, puis elle quitta la pièce sans se retourner. Un long couloir desservait la salle de réception, mais elle devait être certaine que leur conversation ne puisse être entendue par des oreilles indiscrètes, elle poursuivit donc son chemin.

Un bruit derrière elle lui fit jeter un regard par-dessus son épaule et elle aperçut Jehan de Montorgueil. Il avançait vers elle d'un pas mesuré. Un coup d'œil circulaire lui permit de repérer un escalier en colimaçon à sa gauche, elle s'y engagea après une hésitation, et s'arrêta entre deux étages. Ainsi, ils percevraient forcément quiconque descendrait ou monterait vers eux et pourraient bénéficier d'un endroit un peu en retrait, du moins elle l'espérait.

Elle se plaqua contre le mur de pierres froides lorsque l'écho de pas gravissant l'escalier lui parvint. Quand de Montorgueil apparut dans son champ de vision en contrebas, son cœur fit un bond, sans doute de peur. Il finit son ascension, s'immobilisant une marche en dessous d'elle. Malgré tout, grâce à sa stature, il la dominait encore aisément.

En silence, ils se dévisagèrent. Mélisande aurait été incapable de parler, alors qu'elle avait pourtant préparé un plaidoyer pour le convaincre. Figée, elle se contentait de le fixer.

— Tu es pleine de surprises. Je croyais que tu tenterais de

fuir et ferais profil bas, mais je suppose que l'envie de récupérer ta chanson d'aube t'a donné du courage.

Sa voix basse avait l'air de se répercuter contre les pierres autour d'eux. Mélisande devint livide. Jehan plissa des yeux, comme s'il réfléchissait.

— Appelle-t-on cela une chanson d'aube, d'ailleurs ? Le contenu m'a paru un peu… licencieux, comparé aux fadaises que j'avais déjà entendues dans ce registre, remarqua-t-il, presque pensif.

Mélisande avala sa salive en se morigénant : il était temps de parler. Faire appel à sa pitié lui semblait inutile, cet homme était connu pour ne pas se laisser infléchir facilement. S'il n'avait pas mentionné Christine, son attitude exprimait toujours la défiance.

— Tu te nommes Mélisande, n'est-ce pas ?

Surprise, elle approuva.

— Aurais-tu perdu la parole ?

Elle le dévisagea, cherchant à déterminer s'il se moquait d'elle et attendait réellement une réponse.

— Non, Monseigneur…

— Me voilà rassuré, aucun diable n'a volé ta langue malgré les mensonges que tu profères.

Son sourire cynique était empli de mépris et son ton plus cinglant lui fit courber l'échine, pourtant l'inquiétude réussit à donner à Mélisande le courage nécessaire pour qu'elle s'exprime à nouveau :

— Monseigneur, il est de la plus haute importance que je recouvre ce texte. Christine ne sait rien du Rossignol. C'est une dame noble, vertueuse ; elle ne lirait jamais un tel écrit. Il faut que ce secret… en demeure un…

Elle s'était figée dans l'attente d'une réaction qui tardait.

— Tu es donc bien le Rossignol, n'est-ce pas ? J'avais encore un doute tant cela me semblait improbable de la part d'une jeune suivante inexpérimentée… Mais je n'ai effectivement pas reconnu le style de Christine en l'inspectant attentivement, souligna-t-il.

Sa froide assurance finit de déstabiliser Mélisande. Sa certitude d'avoir peut-être un moyen de se sauver grâce à la suggestion de Bertille, aussi indécente soit-elle, laissait place à l'impression que son esprit était devenu plus blanc qu'une de ses pages au moment de saisir sa plume – et ceci alors même qu'il lui fallait trouver les bons mots.

Son sort était scellé dès lors que de Montorgueil irait voir Christine, ou pire, qu'il raconterait à qui voudrait l'entendre à la cour ses occupations. Elle devait agir à tout prix.

Avaler sa salive lui demanda un effort considérable tant sa gorge était serrée. Le comte se pencha en avant. L'espace autour d'elle sembla disparaître comme si elle se retrouvait plaquée contre ce corps qui la dominait. Il ne l'effleurait même pas, pourtant elle aurait été bien incapable d'esquisser le moindre mouvement.

Une impression curieuse lui noua le ventre. De la peur, là encore... mais pas que. L'idée de la folie qu'elle s'apprêtait à commettre lui donna le vertige. Que dirait-il ? Et s'il acceptait, comment réussirait-elle à... Elle s'incita au calme et se concentra.

De près, le visage du noble lui parut plus fort et marqué. Ses traits n'abritaient pas la moindre douceur. Il avait des sourcils droits et épais. La forme de sa mâchoire à la découpe presque brute lui conférait un air saisissant qui la déstabilisa un peu plus. Elle le trouva beau. Il aurait pu être l'un de ses héros, et non le tourmenteur qui la menaçait de ruine... Pourquoi les choses avaient-elles tourné ainsi ?

— Je suis tout de même assez surpris par le contenu de ce que tu chantes, Rossignol. As-tu une imagination sans pareille du haut de tes... combien ? Une vingtaine de printemps, guère plus ? Tu n'as jamais pris mari, j'en suis presque sûr.

Il posa soudain une paume légèrement calleuse sur sa joue.

Elle sursauta. Sa respiration se bloqua et elle le dévisagea, oubliant complètement où ils se trouvaient. Seul ce regard inquisiteur sur elle existait encore.

— Tu parais étonnamment peu habituée à être touchée... à moins que tu ne caches bien ton jeu ? Ces histoires que tu donnes aux dames de la cour, les entends-tu en tendant une oreille indiscrète aux détours de couloirs ?

Quand il lui dit ces mots, elle repensa à cette fois où la cuisinière de la reine, Marguerite, et une chambrière échangeaient des grivoiseries près de la pauvre Amédée qui baissait la tête sur ses légumes en rêvant de disparaître. L'anecdote avait amusé Mélisande plus qu'elle ne l'avait inspirée à l'époque, tant leur propos avait paru bien loin de la prose qu'elle offrait à ses lectrices.

— Les suivantes sont les plus effacées des êtres, reprit Jehan. Mais ce sont celles qui savent tout de ce qui se trame en ces murs... Ou bien y aurait-il une autre raison ? Toi-même es-tu...

Le doigt sur sa joue progressa dans une caresse à peine appuyée. Étrangement fascinée, Mélisande n'eut pas l'idée de le repousser. D'ailleurs, il avait déjà reculé. Il ne dégageait pas d'agressivité comme Hugues de Beauvillé, et cela changeait visiblement tout à ses ressentis. Même son expression à cet instant ne paraissait pas concupiscente. Il ne semblait pas vouloir la séduire, il l'étudiait avec une curiosité froide, comme si elle représentait une sorte d'anomalie à comprendre.

Le Rossignol chantera bien différemment si cet homme te donne des baisers et te serre contre lui... chuchota une petite voix à son oreille.

— Une vraie énigme, ce Rossignol, susurra-t-il, si bas qu'elle crut l'avoir imaginé.

Mais lorsque son souffle la balaya, elle en frémit. Non pas que ce fût désagréable, et son ventre se creusa à l'idée qui, à elle seule, la troubla un peu plus. Elle aurait dû avoir peur. Guetter le moindre de ses mots ainsi n'avait aucun sens.

Enfin, elle réussit à articuler laborieusement :

— Monseigneur, je vous en conjure, rendez-moi les feuillets et oublions ce... malentendu. En échange, je viendrai vous trouver chez vous un soir. Nous pourrons... partager une chanson d'aube qui saura sceller le silence.

Avant que son courage ne l'abandonne, elle posa une main sur son épaule et la laissa glisser sur le col rebrodé de fil dont elle suivit les motifs avec lenteur. Puis elle l'ôta avant de se mettre à trembler.

Si elle s'estimait terriblement maladroite, le regard qu'il lui rendit, profondément surpris, devait égaler son propre effarement devant son effronterie. Dans une autre situation, elle aurait pu en rire.

Son attention braquée sur elle était si intense que soutenir ses yeux brûlants lui demanda un effort de plus. Elle sentit l'une de ses paumes s'agiter nerveusement, et la cacha derrière son dos aussitôt.

— Je comptais te renvoyer chez toi avec tes écrits en te sermonnant pour te rappeler tes obligations et les risques que tu prends, remarqua-t-il enfin d'une voix étrange, presque voilée. Je cherchais un moyen pour m'assurer que tu ne recommences plus et ne plonge pas Christine dans l'embarras. Beaucoup de gens de la cour lui ont voulu du mal et j'admire la façon dont elle a réussi à se défendre. C'est une femme droite et courageuse. Je serais contrarié que sa suivante la desserve en attirant sur elle l'opprobre de toute la cour... mais je ne me serais jamais attendu à ce que...

Jehan de Montorgueil semblait de plus en plus perplexe. Il reprit plus froidement, le visage à nouveau impassible :

— Je t'espérais dotée d'une fertile imagination et non pas... d'une nature trop aventureuse pour ton propre bien.

Son front se plissa et une ombre traversa ses prunelles avant qu'il conclue, d'une diction semblant rendue tranchante par ses efforts pour se maîtriser, sa mâchoire bougeant à peine :

— Qui suis-je pour te juger ? Seul le seigneur le peut, je ne suis que l'un de ses serviteurs. Des circonstances qui te sont tiennes t'ont peut-être conduite à ces extrémités... Mais cela doit cesser car, si cela se sait, les gens n'auront aucune compassion. Ils te condamneront durement et, plus que ta ruine, c'est toute la maisonnée de Christine de Pizan qui viendra à en souffrir. Quel que soit l'argent que cela te rapporte et... le besoin qui motive ce triste commerce, viens plutôt me trouver si tu es aux abois. Je te donnerai la somme qu'il te faut et peut-être cela pourra te sauver, toi et cette femme de lettres que tu prétends défendre.

Cette fois, glacée par ses paroles, Mélisande réussit à reprendre pied. La réalité lui apparut brusquement telle qu'elle était, brisant la torpeur douceureuse dans laquelle elle avait eu la sensation de s'enfoncer.

Elle se tenait dans un lieu isolé avec un noble de la cour. Si quiconque l'apprenait, elle était perdue, comme il le soulignait. Une sorte d'effroi la traversa, quand, éperdue, elle réalisa qu'il était en train de la comparer à une coureuse de remparts.

Au vu de la nature de sa proposition et de ses écrits, il était difficile de lui reprocher ce raccourci, mais... l'idée qu'il pense qu'elle agisse ainsi avec nombre d'autres hommes la fit presque souffrir, bêtement.

Elle ferma les yeux et tenta de se reprendre : seul son objectif comptait. Les impressions de cet homme ne changeraient rien pour elle, il lui fallait passer outre. Quelque chose se modifia dans l'attitude de Jehan de Montorgueil, qui l'observait.

Il la détailla, fronçant les sourcils.

— Il est étrange de te voir changer si vite d'expression. Je pourrais presque croire m'être trompé à cet instant, alors que tu me toisais la seconde d'avant avec la plus grande assurance...

— Vous ne pouvez pas comprendre, se borna-t-elle à répliquer, la gorge nouée.

Parce que c'était vrai. Et comment lui reprocher ? Avec un air presque désolé, il secoua la tête.

— Sotte, je te croyais plus avisée. Une femme qui sait lire et écrire... quel gâchis, soupira-t-il. Tu devrais estimer ta valeur bien plus chèrement, et être reconnaissante du bienfait dont t'a dotée Christine en te prenant sous son aile quand tant de charges l'accablaient, sans quoi elle aura décidément bien mal placé sa confiance.

— Je donnerais ma vie pour elle et sa famille, Monseigneur, rétorqua-t-elle calmement.

Mélisande en pensait chaque mot. Elle aurait voulu mourir à la place du petit Mattheus quand ce dernier était tombé malade. Elle aurait même sacrifié une main en reconnaissance de tout ce que la noble avait fait pour elle et sa mère, si cela avait pu ôter les soucis financiers qui affligeaient les de Pizan.

Qu'il la croie ou pas, Mélisande était parfaitement consciente de ce que Christine avait fait pour elle, et Gotilda avant elle.

— Tu ne m'as offert aucune promesse de t'arrêter... et, après cette conversation, je crains de ne pouvoir l'entendre. Tes à-côtés peuvent lui coûter cher. Elle a déjà bien assez de détracteurs à ce jour, tu le sais pertinemment... À moins que tu ne souhaites plus la servir et ne prépares ton départ ? Dans ce cas, je resterai dans l'ombre avec ton secret.

Un cri étouffé lui échappa.

— Monseigneur, je suis au service de Christine depuis des années, je... ne peux la quitter. Je la servirai elle et les siens aussi longtemps que ma maîtresse voudra de moi, répondit Mélisande avec une forme de férocité dont elle eut conscience sans réussir à l'atténuer.

L'âpreté n'était guère pardonnée aux femmes. Sa fidélité

coulait dans ses veines, au même titre que son amour des mots ou son besoin de respirer pour vivre.

— Je ne peux fermer les yeux, quelles que soient les raisons qui te poussent, trancha finalement Jehan après l'avoir observée. Si j'apprends qu'un seul autre texte du Rossignol circule à la cour... ton destin sera scellé. Il sera de mon devoir de parler avec Christine. Je ne peux te laisser la mettre en danger, elle ne mérite pas ça.

Ils se dévisagèrent dans un silence tendu.

— Si tu t'abstiens, je resterai dans l'ombre où ton secret doit aussi demeurer. Et ne crois pas que je l'ignorerai, si tu essaies de me duper. Une ballade de plus, un rondeau ou lai, et c'en est fini, promit-il. Tu sais comme moi qu'elle condamnerait cela.

Abasourdie, elle scruta ses traits en réalisant qu'il venait de plaquer avec rudesse dans ses mains du papier. Un simple coup d'œil lui confirma qu'il lui avait restitué son texte au lieu de s'en servir comme d'un chantage ou de monnaie d'échange contre ses faveurs... Une forme de soulagement mêlée de toute autre chose, indéfinissable, courut dans ses veines.

Il recula. Une expression horriblement lointaine avait remplacé son air intrigué. Elle repensa à ce moment où il avait touché sa joue. Une sorte de douceur avait-elle bien été là, ou l'avait-elle imaginée ? À cet instant, cela lui semblait impossible.

Après un dernier regard insondable, Jehan de Montorgueil l'abandonna sur place sans un mot de plus. Son départ donna à Mélisande l'étrange impression qu'un vent glacial venait de souffler sur elle. Les jambes tremblantes, elle se laissa choir sur une marche.

Si elle se doutait qu'il exigerait d'elle de tuer le Rossignol, l'entendre le formuler ainsi la secoua, comme si le poids de ses responsabilités lui retombait lourdement sur les épaules. Peut-être pourrait-elle continuer d'écrire pour elle ? Puis elle se contenterait de brûler chaque texte une fois achevé ?

Mélisande expira bruyamment, hésitant à presser ses deux paumes contre sa poitrine pour faire taire les battements erratiques de son cœur. Elle avait récupéré ses feuillets. Jehan de Montorgueil n'avait rien demandé de plus... qu'une retraite, en somme.

Si elle lui avait promis de le rejoindre pour partager sa couche, il avait finalement rejeté son offre, non ? Il l'avait donc délivrée de toute dette.

La voix de Bertille, insidieuse, se rappela à elle avec ses allégations : si le comte et elle n'en venaient pas à « chanter à deux », comme la noble l'avait suggéré, pourrait-il changer d'avis et la dénoncer malgré tout à Christine ?

Comment s'assurer de son silence et qu'aucun retour en arrière ne soit possible ?

6

À la réunion suivante des dames de la cour, Mélisande vit bien que Bertille la couvait du regard. Elle attendait sans doute la première occasion pour échanger seule à seule. Et c'était exactement ce que la suivante redoutait ; dans sa situation actuelle, elle ne pouvait accepter aucune autre commande de texte.

La séance prit l'allure habituelle, les nobles semblaient plus disposées à parler des dernières rumeurs de la cour que d'évoquer leurs propres lectures ou œuvres, surtout lorsque la reine ne pouvait être présente. Christine dans ces cas avait toujours le même sourire poli, pourtant sa réserve évidente dénotait bien à quel point elle n'avait pas l'air de priser particulièrement de tels sujets.

— Comment écrire des histoires à la hauteur des intrigues que ces couloirs abritent ? conclut avec ironie Eulalie de Grécourt. Les récents rapprochements de la saison ont-ils eu lieu selon vous ?

Son expression innocente n'était que partiellement bien imitée, laissant facilement comprendre qu'elle avait plus à dire sur le sujet.

— Plaît-il mon amie ? Auriez-vous entendu quelques rumeurs ?

Mélisande dut se retenir de laisser transparaître son amusement. Quand Eulalie de Grécourt était présente en même temps que Constance Duverrier, chacune trouvait en l'autre sa meilleure auditrice.

— Il aurait été rapporté que Colombe de Montreuil, qui a quitté sa période de veuvage, pense à reprendre époux. En sa qualité de comtesse, quelques noms semblent les plus indiqués pour cela.

Comme d'un commun accord, les cinq dames autour de la table, en dehors de Christine et Mélisande, y allèrent chacune de leur proposition – jusqu'à Bertille de Sombreval, pourtant plus réservée sur ce type de commérages.

— Faudrait-il comprendre qu'un comte est le joyau convoité ? Le comte de Chaussé ? Il a perdu sa femme de la peste il y a plus de deux ans maintenant.

Le comte de Chaussé avait une telle réputation que plusieurs de ces dames frémirent. À n'en pas douter, des médisances circuleraient sur une association de cet ordre.

— De quel royaume parlons-nous ? relança Bertille. Peut-être le comte de Warwick ?

— Il ne se peut, il est en opposition à Bonne de Tiraille. Elle est parente éloignée de Colombe, rappela Constance Duverrier avec empressement, comme si elle appréciait d'être le centre de l'attention avec son jeu de devinettes.

Les supputations continuèrent bon train jusqu'à ce que Bertille propose à nouveau :

— Alors il est question du comte Jehan de Montorgueil, je ne vois plus que ce gentilhomme dont le titre pourrait convenir. À moins que, dès le début, notre avisée Eulalie n'ait voulu nous induire en erreur et qu'un marquis ou même un vicomte ne soit la cible de notre chère Colombe.

Celle-ci se défendit d'un hochement de tête effaré, dérangeant son voile qui s'accrocha dans le filet doré qui entourait ses tresses au-dessous.

— Je ne suis pas si taquine, Bertille, je vous l'assure. Il semblerait que vous ayez eu le nez creux.

Mélisande était presque sûre d'être restée immobile, pourtant la simple évocation de ce nom lui remonta le long de la peau comme un manteau épais, appréhension mêlée de trouble qui l'enveloppa aussitôt. Elle ignorait encore si rejoindre le comte pouvait constituer une option ; sa conduite à tenir lui paraissait d'autant plus délicate en ce sens.

Après un moment de plus, Christine finit par réorienter finement la conversation en proposant une lecture. Ce fut à peine si Mélisande prit conscience de la ballade qu'elle estima parfaitement lénifiante.

Quand sonna le temps de la séparation, elle fit signe à Christine et s'éclipsa avant que toutes les nobles ne soient parties, sous le prétexte de ramener un plateau de confiseries enrobées de miel et d'anis à la cuisine. Elle souhaitait surtout éviter le tête-à-tête avec Bertille qui ne manquerait pas sans cela...

Son plateau rendu à Amédée, elle s'attarda pour écouter Marguerite échanger avec son amie. Les deux se plaignaient de leur quotidien, comme un hypocras de qualité renversé par l'une des plus jeunes chambrières ou un mal de dos persistant qui affligeait Marguerite. Ide souffrant des mêmes douleurs, Mélisande n'en fut guère étonnée. Amédée en était encore épargnée, mais la suivante ne doutait pas que, malheureusement, son tour arriverait.

Marguerite finit par rappeler à l'ordre Amédée et Mélisande la laissa. Elle se hâta le long de la coursive qui menait au chemin de tourelle où se trouvait leur salle de réunion, quand elle se sentit agrippée. Elle eut un mouvement instinctif pour se dégager. Tout son corps se révulsa à l'idée que Hugues de Beauvillé venait de la retrouver. Cependant c'était bien Bertille qui la dévisageait, suspicieuse.

— Chère, que de défiance, commenta-t-elle, la voix presque sirupeuse.

— Désolée, marmotta Mélisande.

Le fait que plus une fois elle ne pourrait être surprise sans penser à cet atroce moment avec l'affreux marquis lui serra le cœur ; son corps plus encore qu'elle semblait se remémorer ce souvenir, le rejetant.

Comme si Bertille avait deviné à quoi elle songeait, elle lui tapota le bras avec plus de gentillesse, avant d'enrouler le sien autour d'elle. Elle l'entraîna en avant pour faire quelques pas.

— Constance et Eulalie ont réussi à tendre un guet-apens à ta maîtresse qui, trop polie, peine à les renvoyer. Sous le prétexte de choisir un nouveau livre d'heures, les voilà reparties à pérorer, se moqua Bertille sans s'en cacher.

Mélisande acquiesça vaguement, sûre quant à elle que Bertille ne croyait pas réellement que cela pût l'intéresser.

— Ma dame, je ne peux accéder à votre demande, remarqua-t-elle brusquement pour prendre les devants après un coup d'œil alentour pour vérifier que la voie était libre.

Bertille arqua un de ses sourcils redessinés de noir. Si bien des femmes de la cour se fardaient, de Sombreval était l'une des plus habiles à ce jeu et l'aspect que revêtait son visage de près ou de loin semblait presque différent. À cet instant, la forme de ses sourcils soulignait subtilement sa surprise. Feinte, Mélisande l'aurait juré.

— J'aurais pourtant parié n'avoir encore proféré aucune requête ?

Le ton s'était fait gentiment moqueur.

— L'entrevue avec le... seigneur que nous avions évoqué a tourné court.

— Il compte parler à Christine ? s'enquit Bertille le regard pénétrant.

Mélisande secoua la tête, frémissant à cette idée.

— Il m'a en fait mise en garde. La moindre incartade sera ma perte. Le Rossignol ne chantera plus, explicita-t-elle.

Une vague grimace déforma la bouche de la noble avant qu'elle ne se reprenne.

— Fâcheux... Peut-être est-il judicieux de faire mine d'obéir un moment, et d'accepter ce temps de retrait pour plus vous concentrer sur votre art ?

Les deux femmes se dévisagèrent et Mélisande vérifia que Mahaut n'était toujours pas en vue.

— Il semblerait plutôt qu'il faut y voir là une retraite à l'aune de celle embrassée par les carmélites où seule la contemplation sera admise, précisa-t-elle de son ton le plus définitif.

À peine sa remarque formulée, Mélisande réalisa que la sagesse lui manquait encore ; la comparaison lui paraissait presque blasphématoire. Le visage de Jehan de Montorgueil quand il l'avait traitée de sotte lui revint en mémoire... Elle ne pouvait lui donner tort, finalement.

La bouche de la noble prit un pli contrarié.

— Le seigneur lui-même ne doit guère souffrir le gâchis et chacun est invité à cultiver ses dons. Nier le vôtre me semble une faute en soi... Mais dois-je comprendre que le seigneur en question a repoussé votre offre ? Ou n'avez-vous su trouver le moment opportun pour en discuter ? À moins, bien sûr, que ça ne soit le courage qui vous ait manqué ?

Mélisande avala sa salive, mal à l'aise de s'entretenir d'un tel sujet, même à mots voilés.

— J'ai bien... réussi à glisser la suggestion dans la conversation, contredit-elle. J'ai eu la sensation qu'il était atterré de... cette offre.

Le cœur lourd, elle réalisa que l'angoisse ne la quittait toujours pas à chaque fois qu'elle y repensait ; elle avait pourtant récupéré le fameux poème compromettant. Finalement, plus que cette preuve tangible, c'était le fait que le noble connaisse toute l'histoire qui importait.

Son appréhension dut l'emporter, car elle s'épancha auprès de Bertille en quelques phrases rapides. Celle-ci avait pris un air grave, ses yeux vifs allaient et venaient entre le visage de la suivante et le couloir qu'elle surveillait afin de ne point être découverte.

Enfin, elle hocha du chef.

— À mon humble avis, vous vous êtes trop engagée sur ce chemin pour faire demi-tour. Peut-être a-t-il été surpris ? Les hommes dans son genre sont plus habitués à ravir de force qu'à se voir... offrir de plein gré. Mais sans ce lien entre vous, vous resterez la seule fautive et il pourra prévenir Christine si l'envie lui prend.

Mélisande considéra cette idée sans être sûre que Bertille soit dans le juste. Elle se sentait si perdue que plus rien ne lui semblait vrai ou faux. La noble lui lança un coup d'œil par en dessous, difficile à interpréter.

— Ne seriez-vous pas déçue de la conclusion de votre entrevue, par hasard ?

— Moi ? Je ne... bien sûr que non. J'ai prononcé ces mots devant... le seigneur les mains tremblantes, un goût de ruine en bouche.

Même en disant cela, Mélisande réalisa qu'elle n'était pas complètement honnête.

— S'il s'est montré aussi vertueux qu'à son habitude, jugeant de son regard noir, je ne m'étonne guère de voir une frêle suivante se recroqueviller tout entière sous son terrible courroux.

Déstabilisée, Mélisande avala sa salive. L'avait-il jugée ? Assurément, mais peut-être pas si mal. Il avait offert de lui donner de l'argent pour l'aider, ce qui l'avait mortifiée, mais devait partir d'une bonne intention. Elle soupira. Quoi qu'il en soit il n'avait pas pour autant suggéré un quelconque échange entre eux. Elle secoua la tête, vaguement honteuse de ses pensées.

— Te sens-tu redevable ? insista Bertille.

La gorge nouée, Mélisande y réfléchit. Cela ne pouvait effectivement se dire autrement.

— Je...

— Tu as ta réponse. Il a une emprise sur toi maintenant. Il te menace avec le futur du Rossignol, tu frémis dès que tu entends son nom et, crois-moi, cela se devine aisément quand on s'attarde à t'observer... Rends-toi chez lui. Séduis-le. Obtiens de lui le silence. Tu ne dois compter que sur toi pour ta propre défense, petit Rossignol. Qui sait, s'il te prenait plusieurs fois dans ses draps, peut-être un de ses secrets à lui, plus grave encore, te parviendrait-il aux oreilles ? Ainsi vous seriez quittes pour vous garder à distance l'un de l'autre.

Mélisande secoua la tête, trouvant l'idée presque effrayante.

— Mélisande, insista Bertille un ton en dessous, après s'être assurée qu'elles étaient toujours seules, cesse de penser que les femmes n'ont pas de moyens de se protéger. La ruse, la dissimulation quand il le faut, sont des armes redoutables. Compte sur toi et sur ton charme, cela vaudra mieux que de prier dans le clapier qui doit te servir de chambre à espérer que jamais la foudre ne s'abatte.

Ces mots sonnèrent étrangement définitifs... et convaincants. Mélisande avait vu Christine sauver sa propre maisonnée et ses enfants de la ruine en combattant. En infligeant des procès et en lavant son honneur sans jamais faiblir. Elle avait pris son destin en main, tout ça sans mari à ses côtés.

Certes, si Mélisande s'y attardait, Christine l'avait fait avec vertu quand elle-même songeait à un moyen bien différent... Cependant, Bertille était une femme plus mûre et avisée, pourquoi refuser son conseil ?

7

L'hôtel particulier de Jehan de Montorgueil se trouvait rue Vieille-du-Temple, finalement assez proche de l'hôtel Barbette que possédait Isabelle de Bavière. Christine s'y était déjà rendue pour visiter la reine quand elle avait été forcée de s'éloigner du roi pendant une de ses crises.

Alors qu'il faisait nuit, elle marchait sur le pavé, le cœur battant. Elle avait bu deux verres de Passito, que Christine faisait venir de Venise pour les visiteurs de marque qu'elle recevait de temps à autre. Son peu d'habitude de l'alcool avait suffi à lui conférer un surplus de courage.

L'heure tardive n'aidait pas à la tranquilliser et elle essayait d'avancer rapidement et sans bruit. Une part d'elle, résolue, estimait jouer son seul atout possible. Des heures durant elle était restée éveillée la veille, pesant le pour et le contre.

Plusieurs conversations avec Bertille, en particulier, l'avaient obsédée. Sur la liberté accordée aux hommes de se comporter comme bon leur semblait par exemple. Nombre d'entre eux à la cour possédaient des maîtresses, d'autres nobles, comme Hugues de Beauvillé, s'attaquaient à la première servante visible presque sans s'en cacher... Et qui les en blâmait ? Combien de pastourelles décrivaient, sous la forme d'une séduction délicieuse, un jeune chevalier fondant sur une bergère semblable à un oiseau de proie ? Toutes avaient-elles voulu accueillir le héros triomphant revenant de croisade comme le laissaient croire ces fables ?

Si tous ces aristocrates et nobles pouvaient suivre de tels chemins en s'accommodant de confessions rapides et d'indulgence monnayées directement à l'église, elle aimait à penser qu'elle pouvait aussi agir ainsi. Même elle, la plus humble. Marie Madeleine s'était repentie, elle ferait de même en faisant ses Pâques. S'il le fallait, elle se rendrait dans une église lointaine pour s'assurer que jamais Christine n'en soit inquiétée.

Vu sous cet angle, ce qu'elle s'apprêtait à faire n'avait-il pas du sens ? Jehan de Montorgueil serait peut-être conforté dans ses préjugés à son sujet, mais il ne l'estimait déjà pas et elle voulait cesser de trembler, suspendue aux desiderata d'un autre et à une parole dont elle ne savait somme toute pas ce qu'elle valait. En un sens, Mélisande n'avait rien à perdre. Un paiement pour son silence, et elle ne possédait guère que son corps à lui offrir... ou sa plume et quelques textes, mais elle doutait qu'il se montre aussi intéressé que les dames de la cour. Ce dont elle avait besoin était une certitude afin de redormir la nuit.

La silhouette de l'hôtel de Rivesselles apparut à l'angle de la rue. Des flambeaux dans la cour carrée qui entourait la large entrée dessinaient des ombres dans l'obscurité. Un portier sommeillait sur le seuil. Elle leva les yeux et observa les fenêtres. Plusieurs étaient éclairées d'une clarté ambrée que n'occultaient pas tout à fait les panneaux de bois.

Elle sentit son cœur sombrer dans sa poitrine. Elle avait peur... Du fond de chacun de ses muscles, une crainte cuisante la parcourait, sans toutefois parvenir à la faire reculer. Elle se transformerait en l'héroïne impudique d'un de ses textes. Peut-être Jehan de Montorgueil lui avait semblé trop farouche pour jouer à la perfection le rôle de l'homme subjugué de son histoire. Sans doute n'avait-elle jamais réellement écrit d'histoires où seuls deux corps devaient se rejoindre ; bien souvent, elle avait ouvert ses ballades par des regards échangés, des mots… une évidence. Deux âmes qui ne pouvaient échapper l'une à l'autre.

Ce qu'elle s'apprêtait à faire ne répondait pas à cette description. La gorge sèche, elle estima que ce seuil imposant n'était en aucun cas fait pour accueillir une suivante. Elle le savait ; les servantes des lieux ne devaient même pas oser passer cette entrée.

Le pas hésitant, elle contourna la bâtisse jusqu'à trouver ce qu'elle cherchait dans la pénombre à peine trouée par l'éclat de la lune entre les lourds nuages. Au fond du jardin qui entourait l'hôtel particulier, à l'arrière, elle découvrit le second accès réservé aux domestiques, aux petites gens qui vaquaient, anonymes, pour réapprovisionner en bois de chauffage ou ravitailler les cuisines.

Elle patienta à l'ombre d'un mur, guettant le moment opportun. Plusieurs des gens du comte sortirent. Une portait des eaux usées, bientôt suivie par un laquais qui s'éloigna dans la rue avec un sac de jute. Puis une nouvelle femme apparut, chargée d'un panier plat que Mélisande reconnut sans mal ; elle en manipulait un plusieurs fois par jour quand elle allait chercher du bois.

La silhouette frêle se dirigea vers une remise que Mélisande apercevait au fond du jardin, près des écuries. Si la porte avait été repoussée, la servante l'avait laissée ouverte. Mélisande se décida, il fallait tenter sa chance avant qu'il ne soit trop tard.

Elle fila dans l'ombre, tête baissée jusqu'à la porte. Quand elle toucha la poignée de laiton de ses doigts, elle réalisa que, bientôt, elle ne pourrait plus expliquer sa présence ou changer d'avis.

Aucun bruit ne lui parvint depuis l'autre côté du battant, elle le repoussa donc doucement. Si la bâtisse était plus luxueuse que la demeure de Christine de Pizan, leur organisation similaire lui permit de facilement deviner l'arrangement des pièces autour du long couloir où elle se tenait. On devait pouvoir accéder à la buanderie, à la cuisine et au cellier proche pour entreposer les vivres. Sur l'avant un escalier principal, réservé aux maîtres de maison, se trouvait sans doute, et il en existait forcément un pour les domestiques. Profitant du calme de cette heure tardive, elle rasa les murs et repéra enfin la volée de marches.

Elle la gravit, de plus en plus pressée et inquiète. Elle devait se situer maintenant à l'un des angles de l'hôtel, estima-t-elle en montant. Quand son pied se posa sur le palier, elle avança la tête pour jeter un œil à ce qui l'attendait.

Un couloir assez large au sol de bois desservait plusieurs pièces. Elle avait retenu l'agencement des différentes fenêtres éclairées et évaluait qu'il lui fallait viser les salles du milieu de cette coursive. Après avoir étranglé un soupir pour se donner du courage, elle tendit l'oreille. Toujours aucun bruit.

Ce fut d'un pas tremblant qu'elle avança. Le couloir était sombre, à peine éclairé par une unique torchère murale dont la flammèche semblait près de mourir. Elle continua et guetta de la lumière sous l'interstice des portes. À la disposition des lieux, deux d'entre elles auraient pu correspondre à ce qu'elle cherchait, ce qui la préoccupait. En effet, Jehan de Montorgueil n'avait aucun proche à la capitale et elle savait que, s'il possédait de la famille, elle se trouvait sûrement sur ses terres dans le Poitou, près de Poitiers. Toutes les dames de la cour se questionnaient sur sa parentèle. Alors pourquoi deux pièces éclairées ?

Un bruit de pas parvint à Mélisande de l'escalier qu'elle venait d'emprunter et elle chercha du regard où se cacher. Un large rideau qui drapait l'une des fenêtres du couloir lui sembla sa meilleure option. Le lourd pan de velours qui avait pour vocation de couper l'air froid qui passait entre les vantaux de bois tombait jusqu'au sol. Elle se faufila derrière puis s'immobilisa, priant pour ne pas être découverte.

Un coup d'œil lui permit d'apercevoir la silhouette d'un valet qui tenait un plateau. Il rejoignit une des portes, à laquelle il frappa. De là où elle était, Mélisande n'entendit qu'une rumeur de la voix qui lui répondit, pourtant elle comprit sans doute possible qu'il s'agissait bien de Jehan de Montorgueil.

Assourdie par les battements de son cœur, elle ferma les paupières pour reprendre contenance, oscillant de crainte. Pourquoi avait-elle pensé qu'elle devait courir un tel risque ?

Elle s'imagina entrer dans cette pièce et se faire traîner à l'extérieur par le noble, qui la jetterait au-dehors devant tous ses gens. L'effroi la saisit à cette idée. Si elle descendait maintenant, peut-être ne rencontrerait-elle personne ?

Mélisande essaya de ranimer les braises de sa détermination. Si elle avait estimé que c'était le seul moyen, pouvait-elle par couardise reculer après être allée aussi loin ? Elle perçut un remue-ménage et le bruit d'une porte. Déjà, l'écho des pas du valet décroissait dans le couloir. Elle patienta un peu plus, pour être sûre qu'il ne revenait pas.

Le Passito qui coulait toujours dans ses veines parla pour elle et, un pas après l'autre, presque comme si elle se contemplait de loin, elle rejoignit la chambre de Jehan de Montorgueil. Semblable à un fantôme, elle se glissa par la porte sans frapper avant qu'un nouveau domestique ne vienne à passer.

Son souffle était court, mais elle se morigéna ; comment se serait comportée Bertille de Sombreval dans une telle situation ? Avec morgue, avec assurance. Elle s'imagina se glisser dans les atours de la belle dame, et redressa la tête autant qu'elle le put.

— Maurin, je n'ai plus besoin de rien, je vous l'ai dit. Allez vous coucher, lança Jehan, qui n'avait pas relevé les yeux des feuillets étalés sur la table devant lui.

Ce court instant suspendu, Mélisande apprécia de se tenir devant cet homme qui ne savait encore rien de ses intentions. Elle détailla la pièce. Le lit du comte se trouvait dans un coin, mais la plus grande partie de la chambre était occupée par de lourds rayonnages où de nombreux livres étaient alignés et un épais bureau en face duquel le noble se tenait à ce moment. En parcourant du regard les dos des romans sur les étagères, elle se sentit étrangement réconfortée, comme si elle était maintenant en présence d'amis silencieux.

Et puis, à cette heure tardive, qui pouvait distinguer ce qui n'était pas de la trame des rêves pour assurer qu'il se situait dans le réel ? La lumière était si basse, la nuit si avancée. Peut-être n'était-elle pas vraiment ici. Peut-être était-elle Iseut, qui retrouvait Tristan car il lui était destiné...

Puis, il releva la tête et ses yeux la balayèrent de la tête aux pieds avec lenteur.

Jehan se demanda une seconde si sa vision lui jouait des tours. La fatigue de longues heures passées penché sur une feuille pouvait-elle à ce point pervertir ses sens ? La silhouette sombre à l'entrée avait pourtant tout de la jeune suivante.

L'étrange immobilité dans la pièce, seulement troublée par le craquement du feu de cheminée qui brûlait dans l'âtre, perdura. Il ignorait s'il était censé s'adresser à un rêve éveillé, sans doute pas ; la raison le déconseillait. Cette vision avait malgré tout tant de détails précis qu'il peinait à se croire endormi sur sa table de travail, les mains tachées d'encre.

Mélisande, la servante de Christine, ne pouvait se trouver sous ses yeux. Qui l'aurait guidée jusqu'à cette pièce ? Il repensa à la phrase qu'elle lui avait murmurée, proposition indécente à laquelle il avait eu bien du mal à ne plus penser. Était-ce lui qui la convoquait ici par un sombre regret qu'il ne s'excusait pas ?

La femme abaissa le capuchon qu'elle portait. Elle n'avait aucune coiffe, ses cheveux étaient détachés sur ses épaules, sans bandeau ni voile... une sirène elle-même n'aurait pas eu l'air plus libre avec ces boucles ondoyantes. Il la détailla sans mot dire. Sa mise était la même qu'habituellement, elle était vêtue d'un surcot simple sous la cape épaisse et cela amplifia l'impression de débordement impudique des longues mèches qui drapaient sa nuque.

— Mon seigneur, je suis venue à votre rencontre. Le chant que je vous ai proposé pourrait résonner ce soir. Je suis prête à…

Sa voix avait décru et elle fit un pas, délaçant les deux cordons qui retenaient le tissu autour de sa gorge pour laisser choir son mantel au sol. Constater qu'elle ne portait aucun décolleté qui aurait dénudé plus de peau ou des vêtements différents des siens eut un drôle d'effet sur Jehan, peut-être réalisa-t-il qu'elle se trouvait vraiment devant lui.

— Comment as-tu pu arriver jusqu'ici ? s'étonna-t-il.

Son ton avait sonné plus rudement qu'il ne s'y attendait, ce qui lui permit de comprendre qu'il se sentait presque en colère. Pourquoi était-elle venue ? Ne lui avait-il pas signifié que vendre ses charmes la mettait en danger, tout en faisant courir d'immenses risques à Christine de Pizan ? Il s'était montré clair, lui semblait-il.

En rogne, il avança d'un pas vers elle. Elle parut prête à reculer puis se contenta de relever la tête pour le toiser. Ce fut le seul instant où il douta que tout ceci ne relevât pas d'une mascarade ou d'un bien étrange rêve ; jamais la jeune femme n'avait eu à son égard tant d'outrecuidance dans le regard. Elle s'était faite humble, suppliante, effrayée… troublée. Mais il l'avait mis sur le compte de la situation compromettante dans laquelle il l'avait découverte.

Alors qu'à cet instant, il observa la teinte de ses yeux. Vert ou bleu ? La clarté diffusée par les lanternes était trop basse pour en juger. Elle avait la peau pâle pour une servante, sans doute sa vie de suivante à la cour ne l'exposait guère à l'extérieur.

Même à cette distance il remarqua l'odeur qui émanait de Mélisande, identique à celle qu'il avait perçue dans la tour, quand ce pourceau de Beauvillé avait décampé et qu'elle était revenue au mépris de toute prudence pour un feuillet de papier. Il reconnut du romarin, facilement identifiable ; ce qui ne pouvait lui laisser oublier son statut de servante qui devait traîner dans des cuisines, préparer des plats pour sa maîtresse. Mais juste après une pointe de... violette ? C'était plus intrigant pour une femme de basse extraction.

— Je t'ai posé une question, rappela-t-il, comme elle gardait le silence et maintenait sans le savoir cette curieuse ambiguïté ; était-elle vraiment présente, dans cette pièce avec lui à cette heure tardive ?

La seule manière de s'en assurer lui semblait de la toucher, mais il ne pouvait s'y résoudre.

— J'ai suivi le chemin de mon rang, je suis passée par l'entrée des domestiques... personne ne m'a vue ni ne me verra. À moins que vous ne décidiez de me jeter dehors devant tous vos gens, tempéra-t-elle d'une voix étrangement voilée.

Ce ne fut qu'à ce moment qu'il en fut sûr ; oui, Mélisande se trouvait bien juste devant lui. Enfin, il remarqua le léger tremblement de ses doigts, sa respiration perceptible et assourdie.

Leurs yeux se croisèrent et s'accrochèrent. Dans ceux de Mélisande, il ne lut pas de peur comme à la cour, c'était plus diffus. Il y avait... non, il était bien incapable de comprendre l'âme de cette femme venue s'introduire chez lui en pleine nuit.

À nouveau, il sentit une réprobation s'imposer en lui, qu'il rejeta fermement. Il avait grandi avec un père violent, qui avait traîné plus d'une domestique dans des couloirs, parfois sans s'inquiéter de le faire sous les yeux ébaudis de son fils pendant que les pauvres se débattaient avec l'énergie du désespoir. Il avait entendu les cris. Vu ces mêmes servantes pleurer, et être pointées du doigt avant de souvent disparaître, la taille épaissie.

Des années plus tard, il avait parfaitement saisi ce que son père avait pu engendrer comme malheur sans s'en soucier le moins du monde. Plus que la peine, le statut déchu de ces femmes qui n'avaient rien demandé. Surtout en croisant l'une d'elles aux abords du village le plus proche du château familial, réduite à se vendre pour subsister.

Les raisons qui avaient pu pousser Mélisande à en faire autant lui échappaient et, ne les connaissant pas, Jehan se refusait à la juger. Ce père lui avait au moins permis de comprendre que la vie des femmes était plus compliquée que celle des hommes, car jamais il n'avait vu celui qui l'avait mis au monde se repentir ou être accusé par qui que ce soit, pas même par sa mère qui préférait détourner les yeux.

— Es-tu venue me trouver pour recevoir de l'argent ? J'avais dit que je t'aiderais, mais tu devais cesser de... te mettre en danger, car il s'agit bien de cela.

Une part de lui, plus cynique, se demanda si une telle offre ne risquait pas de se transformer en rente que la jeune servante ne manquerait plus de venir réclamer régulièrement. Pourtant, quand il la détailla, il ne put détecter la moindre ruse dans ces yeux. Il se targuait de juger assez bien les gens et, dans ce cas, il pouvait prendre ce fameux risque.

Alors qu'il commençait à estimer mentalement de combien de livres parisis il disposait dans sa bourse, Mélisande fit un pas vers lui. Il fut si étonné qu'il ne réagit pas immédiatement, même quand elle se dressa sur la pointe des pieds et que, d'un seul geste, elle déposa ses lèvres sur les siennes. Il baissa le regard et remarqua les pupilles dilatées de la servante.

Sa bouche s'ouvrit sous la surprise et une langue audacieuse vint le caresser, douce, légère... tentante. Elle s'était appuyée sur ses deux bras pour se stabiliser, mais par ce geste semblait aussi l'empêcher de le repousser.

D'ailleurs il n'y pensa pas. Son souffle chaud sur lui, l'intrusion délicieuse de sa langue tiède... Il ferma les paupières. Un bref instant, sans réfléchir. Sa tête bascula de son propre chef sur le côté, et leur position s'adapta alors qu'il se baissait vers elle pour approfondir ce contact.

Elle soupira. Un son de tendre abandon qui eut l'air de résonner dans le silence. Le corps de Mélisande sembla se rapprocher et il ne réalisa pas tout de suite qu'il avait laissé glisser ses mains dans son dos pour aller poser l'une d'elles sur ses reins tandis que l'autre venait prendre sa nuque pour l'inciter à se ployer en arrière. L'inclinaison était maintenant parfaite et il caressa de sa langue celle mobile, presque effrontée, qui le taquinait.

Le souffle de Mélisande contre lui se fit plus erratique et il rouvrit les paupières dans un état second, comprenant qu'ils perdraient vite toute mesure s'ils continuaient. Tant qu'il en avait la force, il la relâcha et s'efforça de rétablir une distance entre eux. Mais une main agrippée à son bras le retint.

Mélisande secoua la tête.

— Monseigneur, je suis ici pour... pour m'offrir à vous, me laisserez-vous repartir ainsi ?

Un instant passa, l'odeur de violette semblait se trouver sur ses propres vêtements depuis qu'ils s'étaient enlacés, l'entêtant. La chaleur qui lui parvenait du feu dans son dos lui sembla bien trop puissante, il aurait aimé jeter ses vêtements bien loin de lui à cet instant... mais s'il était honnête, c'était le regard de Mélisande, franc et sans détour, qui exacerbait surtout cette impression.

— C'est une erreur. Je peux te donner ce que tu veux sans que tu sois obligée de... te résoudre à ceci, contredit-il finalement.

Sa voix hachée ne lui parut pas le moins du monde convaincante. Il se maudit en lui-même. Comment réfléchir quand elle se trouvait si proche ? Il savait pourquoi il la repoussait. Il avait eu peu d'amantes et, en dehors de la première, une jeune fille de son âge lorsqu'il était encore un jeune jouvenceau inexpérimenté, toutes étaient des aristocrates plus âgées.

Des veuves qui tenaient à garder les apparences pour la cour, mais ne souhaitaient surtout pas se marier. Des femmes libres de venir à lui sans en payer le prix. Il n'allait pas au quartier des plaisirs du Val d'amour ou aux étuves publiques connues pour ce genre de rencontres. Il ne le voulait aucunement... et c'était pourtant ce dont se rapprochait l'offre de Mélisande. Même si elle s'était présentée de son propre gré, il ne pouvait croire qu'elle le faisait sans contrainte, ce qui lui semblait inacceptable.

Il la vit avaler sa salive et, au lieu de lui répondre, elle saisit sa main pour la poser sur son buste, entre le renflement de sa poitrine qu'il pouvait sentir sous le tissu. S'il faillit retirer aussitôt sa paume, elle ne lâcha pas ses doigts. Il comprit quand elle les pressa plus fermement ce qu'elle tentait de faire : lui montrer le rythme erratique de son cœur.

Les yeux clairs le contemplaient toujours. Elle avait la bouche entrouverte et rougie de leur baiser. Quelque chose, vif et indéfinissable, traversa son regard ; une détermination cachée ? Un avertissement ?

Avant qu'il n'en soit sûr, elle se dressa à nouveau sur ses pieds et attrapa cette fois le bord de sa veste d'intérieur pour s'y accrocher. Elle lui tendait les lèvres, offerte.

Ce fut lui qui se surprit à ravaler sa salive. Sa main avait glissé dans le mouvement et se trouvait à présent sur son sein. Malgré les épaisseurs de tissus, il devina... Ses doigts bougèrent et le renflement léger se fit plus net. Un mamelon se lovait sous ses phalanges, l'appelant.

Le geste qu'il fit pour se pencher et prendre sa bouche d'un baiser fut brusque. Il s'abattit presque sur elle. Loin de le repousser, elle gémit et enroula les bras autour de sa nuque, se faisant lierre, arrimée fermement à lui alors qu'ils tanguaient sur place.

Jehan abdiqua pour la force de ces lèvres, pour la douceur de ce sein sous sa paume qui s'adaptait parfaitement à lui. La nuit succède au jour, peu importe si on la redoute ou si on l'invite au contraire de ses vœux...

8

Mélisande avait le souffle court et pourtant l'étrange impression de mieux respirer, étouffée par les baisers de Jehan de Montorgueil. Elle avait bien cru qu'il la repousserait implacablement, pourtant la raison avait vacillé dans son regard et elle avait saisi sa chance.

Car elle le ressentait bien ainsi, le baiser qu'elle avait initié en piétinant pudeur, craintes et bon sens lui avait ouvert les yeux. Mille et une phrases échangées avec Bertille de Sombreval lui revinrent. Cette dernière le lui avait dit. Son corps aussi pouvait lui parler, exiger ses besoins. Elle savait quand elle devait se sustenter ou boire, et cette fois le besoin qui la taraudait se trouvait tout au creux de son ventre en feu.

Aurait-elle dû en avoir honte? Sans doute. Était-ce mal? Elle l'ignorait. Ce qu'elle éprouvait, à cet instant, était simplement que s'éloigner de Jehan lui aurait trop coûté. À elle d'aller cueillir le bonheur du moment, ce contact doux de ses mains sur elle, et d'oublier le reste du monde.

Elle fut soulevée de terre et un vertige la saisit, elle sentait le corps chaud de Jehan contre elle et son odeur. La pensée fugace traversa son esprit qu'elle venait de franchir un cap et de plonger dans l'un de ses récits… ce qui la grisa. Les mains de Jehan sur elle ne provoquaient aucune répugnance, elle aurait presque pu croire n'avoir jamais vécu la confrontation abjecte dans le couloir avec Hugues de Beauvillé.

Cette fois ce fut elle qui se pencha pour maintenir le contact de leurs lèvres, elle qui se promit qu'elle rendrait à cet homme chacune de ses caresses pour partager pleinement cette étreinte si cela devait être la seule. Accrochée à ses épaules, elle battit l'air de ses pieds avant de s'enfoncer dans un édredon épais, puis le poids de Jehan l'écrasa sur la couche.

Ses draps dégageaient une senteur agréable, mélange d'herbes séchées qui devaient baigner le linge à chaque lessivage. Mais elle y devinait le même effluve délicieux qu'au creux de son cou, une odeur qui, elle le comprit, ne pouvait qu'être celle de Jehan lui-même. Le lin sous sa peau était d'une telle qualité que le tissu paraissait doux comme une caresse, loin de la rudesse à laquelle elle était habituée.

Un instant, elle se demanda s'il allait remonter dès à présent ses jupes ou s'il préférerait plutôt la voir se dénuder, mais le baiser avec lequel il l'étourdit l'empêcha tout bonnement de réfléchir plus avant.

Jehan se tenait au-dessus d'elle, un bras replié pour ne pas l'écraser, et ils se dévisagèrent sans mot dire. Elle porta les mains à son visage pour le découvrir. Observer un homme de loin et le parcourir de ses doigts se révéla infiniment différent. Il avait un début de barbe qui piquetait sa peau, une cicatrice à la tempe qu'elle souligna sans y penser.

— Un accident de chasse avec mon père, j'avais à peine huit ans, murmura-t-il presque contre sa paume sur son visage.

Il y déposa un baiser. Le geste intime et immédiat frappa Mélisande. Un sentiment doux lui gonfla le cœur. Elle n'était pas certaine de ce à quoi s'attendre au moment où elle avait embrassé Jehan. Elle avait entendu bien assez d'histoires pour savoir qu'il aurait pu la plaquer contre un mur, retrousser à la hâte un vêtement puis la rejeter une fois son plaisir pris.

Mais non, il se trouvait au-dessus d'elle et la détaillait d'un regard aussi attentif que celui qu'elle venait de porter sur lui pour observer sa balafre. Mélisande se redressa, ses hanches frôlant celles de cet homme pour embrasser la courbe solide de sa mâchoire. Ses lèvres sentirent l'éraflement de la barbe et le creux dans son ventre se dessina un peu plus.

L'envie, encore. Jehan tourna à nouveau la tête, mais cette fois il mordilla sa paume et le geste anodin découvrit un abîme en elle. Elle vint chercher sa bouche qui la taquinait. Aussitôt il délaissa sa main pour l'embrasser pleinement. Le bassin de Jehan frotta plus bas sur le sien. Elle se débattit sous lui pour réussir à écarter les jambes et l'accueillir contre elle.

Une sensation dure et évidente, que même son innocence, dans les faits, ne pouvait ignorer, s'imposa à elle. Mélisande avait bien assez souvent décrit ce moment de rudesse où le corps s'érigeait pour aller conquérir sa promise. Elle parcourut les épaules de l'homme, ses bras. Ils s'embrassaient encore.

Il se frotta de bas en haut entre ses cuisses et une vague de plaisir la traversa, inattendue. Elle soupira sur ses lèvres. C'était donc cela, le désir ? Cette onde vibrante qui courait sur sa peau, de ses pieds jusqu'au creux de sa nuque, et lui donnait envie de ployer vers l'avant pour le pousser à ne jamais cesser ce contact irritant et délicieux à la fois ? Mélisande avait besoin de plus.

Avec détermination, elle écarta sa veste d'intérieur pour atteindre sa chemise. Elle voulait le voir dénudé, observer le grain de sa peau qui n'avait jamais été dévoilée à ses yeux. Leur mouvement avait remonté le tissu et elle sentit la chaleur sous ses doigts ; il se laissa faire quand elle entreprit de le dévêtir, la contemplant entre ses paupières mi-closes. Il se contentait de l'aider, se tenant au-dessus d'elle. Enfin son ventre plat parcouru d'une ligne de poils sombres apparut.

Avide, elle le fixa. La forme douce de ses muscles tendus dégageait une force tranquille, leur dessin souligné par l'effort qu'il faisait pour se maintenir au-dessus d'elle. Elle se porta en avant, goûtant sa peau de ses lèvres. Il tressauta lorsqu'elle caressa de sa langue une veine saillante dans son cou. Un flot de mots issus de fabliaux érotiques et de textes courtois s'écoulait dans son esprit. Les conseils incroyablement impudiques de Bertille aussi, dispensés au milieu d'un couloir. Tout cela, elle s'en rappelait avec l'étrange envie d'oublier. Comme si son corps seul devait guider la course, connaissait déjà la partition à jouer, sans besoin d'y penser.

Elle s'arc-bouta, lui faisant comprendre qu'elle voulait qu'il roule sur le côté, consciente que la force de cet homme ne risquait pas de ployer devant son invite s'il ne l'acceptait pas. Après une hésitation, Jehan obtempéra, la libérant. Elle lut l'incertitude dans son regard, jusqu'à ce qu'il la voie se déplacer sur le lit ; non, elle ne tentait pas de le fuir ou n'avait changé d'avis. Bien au contraire, elle estimait qu'il était temps d'explorer tout le plaisir qu'elle pouvait susciter dans ce corps.

Ses lèvres reprirent leur chemin sur lui depuis son cou ; elle parcourut son ventre qu'elle sentit se tendre. Elle l'avait surpris quasiment prêt pour la nuit et il ne portait que sa veste, une chemise ouverte et des braies assez fines. La bosse qu'elle avait devinée plus tôt se fit plus évidente. C'était là son but, elle s'approcha du lien qui enserrait les hanches étroites de Jehan, et il émit aussitôt un soupir rauque.

— Tu n'as pas à...
— J'en ai envie, souffla-t-elle, si bas qu'elle se demanda même s'il l'avait entendue.

Pourtant c'était vrai. À cet instant, ce qui lui importait était de voir si elle pouvait faire éprouver à cet autre corps ce que le sien ressentait ; était-ce possible ? La façon dont elle avait le ventre noué, ce désir qui pulsait au creux de son intimité qu'elle n'avait jamais osé caresser seule dans le secret de la nuit. Soudain, elle se demanda pourquoi. Comment n'avait-elle pas eu besoin de plus que d'écrire des mots pour décrire un corps qui haletait ? Qui suppliait, qui prenait et donnait... Oui, cela ne lui suffirait plus.

Sa main, avec une maladresse teintée d'une volonté inébranlable, chercha à tâtons comment saisir le membre de cet homme. Elle finit par courber le poignet pour permettre à ses doigts d'accéder à la peau nue sous le lin. Le râle qui s'échappa des lèvres de Jehan l'encouragea.

C'était cet endroit précis qu'elle brûlait de parcourir. La chaleur intense la prit au dépourvu. Ses doigts sur la verge entreprirent un mouvement lent de bas en haut de simple découverte, mais elle observa aussitôt le dos de Jehan se tendre. Les muscles de son ventre jouaient à peine à quelques centimètres de son visage. Plusieurs minutes, elle se consacra à le caresser, puis il lui fallut le voir réellement ; elle tira sur le cordon et le dénuda.

Les veines sur le sexe dressé la fascinèrent. La forme étroite et longue avait tout de la dague dressée, réagissant à la moindre sollicitation. Jehan enserra de sa main celle de Mélisande et l'attira contre lui. Leurs doigts ainsi liés, leurs regards se croisèrent. Il avait le souffle haché, de la sueur sur les tempes et une voix enrouée quand il remarqua :

— La façon dont tu me touches... il y a tant de retenue que cela me met au supplice et en même temps c'est délicieusement...

Il se tut, car elle avait entrepris de mouvoir à nouveau leurs doigts mêlés sur sa hampe. Qu'il tienne sa paume la séduisait infiniment. Elle s'était imaginée le caresser, peut-être même qu'il la gratifierait aussi de frôlements, de tâtonnements comme tout à l'heure. Mais agir à deux de cette façon lui sembla impudique et troublant. Elle étouffa un soupir, appréciant de plus en plus ce qu'elle découvrait.

— Montrez-moi ce qui vous plaît, dit-elle.

Sa voix ne lui ressemblait pas, rauque et accidentée. Elle avait la forme du désir brut, trop puissant, qui comprimait sa gorge. Elle avait envie… elle ignorait de quoi. Elle voulait que ce moment n'ait pas de fin. Caresser cet homme et voir jusqu'où cela pouvait aller.

Le sentir contre elle, oser… tout oser. Sans fard. Une nuit suffirait-elle ?

Il imprima à la main de Mélisande plus de force et elle adapta sa poigne, prenant plus fermement son sexe. S'il la regardait entre ces cils, bientôt elle devina à son expression et son souffle court qu'il se laissait submerger et elle continua, toujours guidée par Jehan qui accéléra. Ce partage érotique lui fit tambouriner le cœur, elle guettait chaque plainte et modifiait ses gestes en conséquence, puis, enfin, osa ce qu'elle n'avait lu qu'une fois mais qui l'avait longtemps hantée.

Elle s'abaissa et plaça sa bouche sur le bout du membre de Jehan. Ce dernier eut un violent soubresaut et s'enfonça en elle par ce simple mouvement. Elle sentit le goût salé de son sexe et le prit plus loin. Le profond râle et sa main sur ses doigts se contractèrent. Il poussa en avant et elle accueillit la verge, adaptant sa position. Elle joua de sa langue, de ses lèvres… mais brusquement Jehan la repoussa, et d'un geste puissant la bascula sur le lit. Il l'embrassa à pleine bouche alors qu'un liquide chaud se déversait dans leurs mains. Le geignement de plaisir qu'il abandonna lui sembla si incroyable qu'elle eut l'impression de s'embraser. Les sens en alerte, elle découvrit son intimité humide… impatiente.

Le regard de Jehan la parcourut. Son visage tourmenté, son dos contracté contre elle, le moindre de ses muscles saillants, tout cela avait laissé place à un corps alangui. Fascinée, Mélisande l'observa. Elle le trouva beau, il était brûlant et plus viril qu'elle n'avait jamais dû réussir à le retranscrire dans aucun de ses textes : à cet instant, ses héros lui paraissant bien pâles face à celui qui se tenait à ses côtés.

Jehan se racla la gorge et, sans parler, se débarrassa de sa chemise. Il épongea leurs mains, prenant un soin particulier à essuyer les doigts de Mélisande un à un, puis il la repoussa sur le lit comme elle l'avait fait avec lui.

Mélisande parcourut le dos de Jehan et y découvrit une moiteur que trahissait aussi des gouttes de sueur au creux de son cou. Elle trouva le tableau magnifique et regretta de ne pouvoir le conserver pour ne jamais l'oublier, pourtant il aurait fallu un peintre d'un infini génie pour rendre hommage à cet homme.

Lentement, il entreprit de la dévêtir. Elle se retrouva bientôt avec en tout et pour tout une simple chemise, devant lui qui semblait la dévorer des yeux. Il tira sur le cordon à la poitrine et l'échancrure libéra une large portion de décolleté, laissant apparaître la forme d'un sein.

Les doigts de Jehan lui arrachèrent un frisson, il remontait de sa cheville le long de son mollet… et s'arrêta, sourcils froncés au niveau du genou. D'un geste étonnamment doux, il le fit tourner vers le côté et observa l'endroit où elle portait une importante cicatrice, plus attentif.

Cherchant son souffle, le cœur battant elle murmura :

— Un accident quand j'étais jeune. Le baquet d'eau bouillante a glissé lors de la lessive et je n'ai pas reculé à temps. La peau est restée abîmée…

De simples mots qui décrivaient bien mal ce qu'elle avait vécu. Des affres de douleur, les onguents et cataplasmes soulageant à peine la peau meurtrie qui avait fini par se détacher par plaques. Elle détestait cette cicatrice profonde et laide. Sentir les doigts de Jehan la parcourir sans paraître rebuté la fascina presque.

— Tu as dû souffrir, remarqua-t-il avec une forme de compassion dans la voix qui la prit au dépourvu.

D'un geste, il acheva de la débarrasser de sa chemise. La froideur sur son buste lui arracha un frisson… et son sexe se contracta. Elle ignorait la raison de ce geste, mais elle eut bien du mal à continuer à regarder en face celui qui semblait s'ingénier à l'observer avec minutie, de bas en haut. Sa main avait trouvé le pli de la hanche ; la peau sensible entre la jonction de la jambe et le bas de son ventre, qu'il effleura. Cette fois un râle lui échappa, faisant cuire ses joues de honte.

Un demi-sourire étirait les lèvres de Jehan. Il plaça sa paume devant elle, bien à plat, et ne bougea plus. Surprise, elle le fixa ; il agita les doigts un à un comme une invite.

Voulait-il de l'argent ? Non, elle ne comprenait pas ce qu'il attendait.

— Je ne possède... rien ? dit-elle, incertaine.

Il se pencha en avant et lui vola un baiser, mordant sans force sa bouche entrouverte. Un nouveau soubresaut balaya ses hanches. Enfin, elle remarqua qu'il avait saisi une de ses mains pour lier leurs doigts qu'il vint plaquer contre l'intimité de Mélisande.

Éperdue, les yeux écarquillés, elle le dévisagea. Déjà, Jehan avait entrepris un mouvement circulaire, s'immisçant entre les plis humides de son sexe, et l'étonnement initial fut remplacé par une lame de fond puissante et irrépressible. Un désir qui lui remonta jusqu'au creux des reins, la laissant pantelante. Elle se retint de son autre bras, agrippée à l'édredon épais sur le lit.

— Montre-moi ce qui te plaît, dit-il en écho à une phrase que Mélisande avait elle-même prononcée et presque oubliée.

Comme elle ne bougea pas, ce fut lui qui continua de la caresser. Ses gestes étaient francs et ils lui arrachèrent bientôt une longue plainte. Elle réalisa la position dans laquelle elle se trouvait, assise face à lui, offrant sans pudeur une vision très crue de cette partie d'elle-même toujours cachée à cet homme agenouillé devant elle sur la couche. Mais rien en ce monde n'aurait pu la pousser à cesser ce qu'ils avaient entrepris.

Elle sentait ses doigts sur elle, ils se mouvaient et chaque frôlement la plongeait dans un parfait supplice. Il appuyait, pressait, faisait rouler entre ses phalanges déliées un point précis de son corps qui semblait retenir toute son attention au point que rien d'autre n'existait plus.

— Dis-moi, Mélisande, rappela une voix plus impérieuse.

Elle ferma les yeux, incapable d'en supporter tant. Ou pour se concentrer sur ce qu'elle éprouvait, elle ne savait plus. Puis ses doigts imitèrent Jehan, elle comprit instinctivement qu'elle voulait changer le rythme de ses caresses et le lui montra. Doucement, elle bougea ses hanches. Il l'encouragea, poursuivant chaque petit geste comme s'il devenait elle.

C'était trop bon, elle se mit à gémir. Était-ce vraiment elle seule qui produisait ces sons rauques ? Elle avait l'impression d'avoir le dos baigné de sueur... mais elle continua. Parce qu'il aurait été impossible de s'arrêter. C'était meilleur que tout ce qu'elle avait jamais imaginé, ce qu'elle avait même espéré.

Un doigt de Jehan plongea vers le bas, s'enfonçant en elle, lui arrachant un gémissement. Elle se frotta sur lui sans éprouver plus de honte, ayant besoin de sentir plus et mieux leur contact. Oh oui, elle le devinait ; il venait d'initier un nouveau plaisir.

Elle avança et poussa la paume de Jehan. Le doigt s'enfonça plus avant, faisant rouler sa peau. Elle pinça ses lèvres entre ses dents, s'encourageant à supporter ce flot inattendu de sensations.

— C'est bon, hoqueta-t-elle.

Il semblait guetter seulement cette indication, et un deuxième doigt rejoignit le premier tandis qu'il bougeait sa main sur elle. Elle l'aida à se replacer et le pouce qui s'ingéniait à titiller le point culminant de son désir conjugué à cette intrusion délicieuse l'incita à prendre les devants. Elle souleva doucement les hanches, prenant appui sur le matelas, et se laissa aller, son bassin imprimant un mouvement de houle de lui-même.

Les yeux fermés, le souffle court elle se sentait en feu alors même que l'air caressait sa peau. C'était vraiment parfait... ou pas assez, elle continua et, quand il raidit sa main, rendant ses gestes plus forts et brutaux, elle devina qu'elle n'allait plus pouvoir en supporter.

— Il faut arrêter, je ne...

Il se pencha vers l'avant et bâillonna sa bouche de ses lèvres alors qu'elle poussait un cri. Loin de reculer, il imposa à son sexe ouvert une pression qui la fit basculer. Elle se tendit tout entière à l'extrême, tout son corps contracté, et la rivière de jouissance en elle s'écoula, explosive, délicieuse... Elle geignit à en avoir des larmes qui perlaient à ses yeux. Sa respiration hachée heurta les lèvres de Jehan qui la parcourut de sa langue, finissant d'étouffer une plainte inarticulée.

Quand elle retomba en arrière, elle se sentait fondue comme le plus ardent des métaux déversés dans le feu. La fusion avait fait fondre son bassin, son sexe... C'était presque trop.

Jehan s'allongea sur elle et l'embrassa. Il vint essuyer sa tempe et elle craignit d'avoir pleuré, même si elle n'en était pas certaine, tout son corps s'étant couvert d'une fine sueur.

Il n'émit aucun commentaire et elle tenta de contrôler son souffle haletant, lui rendant son baiser. Il lui fallut un moment pour réaliser que, contre ses hanches, une bosse dure reposait. Il ne la tenait pas contre elle comme tout à l'heure. Seule leur proximité lui permettait de percevoir son désir réveillé.

Elle comprit enfin qu'ils n'avaient pas été jusqu'à fondre leurs bas-ventres, et Jehan se mouvoir en elle. Mélisande savait que cet acte pouvait conclure une étreinte intime comme celle-ci, et crut qu'il allait l'initier.

Pourtant il n'en fit rien, se contentant de l'embrasser. Sa main passa sur un de ses seins qu'il prit dans sa paume sans insister.

— Merci, chuchota-t-elle quand sa gorge sèche lui sembla plus docile.

— Merci ? répéta-t-il sur sa peau, comme s'il était étonné.

Elle approuva, incapable d'en dire plus. Mélisande réalisa qu'il ne faisait pas mine de plonger en elle et devina qu'elle en avait envie. Son sexe était encore ouvert, réceptif, et elle voulait aller jusque-là avec lui. Elle profita du geste qu'il avait fait pour l'embrasser pour remonter les jambes, et les écarter autour de lui. Puis elle les noua sur ses hanches, intensifiant leur baiser. Enfin, elle perçut le renflement dur frapper son con. Il recula le bassin, mais elle bascula un peu plus vers l'avant et ils se touchèrent intimement.

Ce fut lui qui lâcha un gémissement et elle resserra la prise de ses deux pieds noués sur ses hanches pour l'entraîner sur elle, ou plutôt en elle. Le mouvement parut les surprendre tous les deux, le bassin de Jehan s'enfonça vers l'avant alors qu'elle saisissait l'une de ses fesses ronde et ferme, puis un pincement cuisant arracha un râle à Mélisande.

— Mélisande ! Qu'est-ce que...

— Venez plus près, insista-t-elle, appuyant de ses talons dans le bas de son dos.

Il la dévisagea un instant qui ne dut durer qu'une brève seconde. Pourtant il lui sembla durer une éternité. Elle crut même qu'il allait parler ou la repousser. À la place, il attrapa sa nuque et l'incita à lever la tête vers lui. Il l'embrassa à pleine bouche et ses hanches basculèrent à nouveau vers elle dans un geste profond.

Le mouvement la surprit, elle peina à s'y adapter. Déjà il reculait et revenait. Débordée, Mélisande s'accrocha à ses épaules et sentit qu'il ne se retenait pas, venant taper fort en elle, arquant encore les reins. Le souffle coupé, la douleur se distendit dès qu'il la toucha toujours au même endroit, et la fit gémir.

Chaque fois qu'elle s'ouvrait, il semblait plonger plus en elle. C'était moins évident, mais elle comprit bientôt comment changer l'inclinaison de ses hanches pour accompagner ses coups de boutoir, puis se détendit en inspirant et, cette fois, lorsqu'il frappa en elle, ce fut de la plus parfaite des manières. Subjuguée, elle ferma les yeux.

Il expira au creux de son cou, lui tirant un long frisson qu'il amplifia encore en parcourant de sa langue sa peau sensible. D'une main, il vint soulever ses reins et Jehan pu la prendre plus profondément, se servant du cadre du lit, un bras aux muscles saillants tendu au-dessus d'elle.

Rivés l'un à l'autre, ils se mouvaient avec cette fluidité qu'elle ignorait pouvoir connaître. Elle n'avait plus mal, elle n'avait que l'impression de l'accueillir, de sentir un plaisir liquide et brûlant se déverser de ses cuisses. Sa seule obsession devint d'aider Jehan à mieux s'enfoncer en elle.

Cette façon de tanguer, pourtant allongée sur la couche, lui ôta toute notion de ce qui existait en dehors de lui. Elle remarqua à peine les dents sur son sein, qui la titillaient et finirent de la faire basculer dans un état second. Elle n'avait plus conscience de rien, elle baignait dans leur étreinte, submergée, et quand les doigts de Jehan reprirent leur ronde sur son sexe, aussitôt une vague déjà éprouvée enfla en elle, incapable d'en supporter plus. Elle se laissa emporter. Son intimité se contracta plusieurs fois, comme des battements de cœur enfouis en elle, profonds comme un rappel parfait d'être en vie. Jehan gémit dans son cou et elle se serra si fort contre lui qu'elle aurait pu faire partie de ce torse musclé.

Peut-être mordit-elle aussi la peau sous sa bouche, ou l'embrassa-t-elle, elle l'ignorait. Elle respirait avec difficulté, et ne pensait plus, assurément.

Ils retombèrent emmêlés. Il y avait une atmosphère humide et moite entre eux. Tout son corps lui parut fourbu. Elle avait l'impression d'avoir subi un grand froid et un chaud intense, tout en elle vibrait encore du plaisir éprouvé.

Jehan, contre elle, reposait les yeux clos, l'enlaçant d'un bras. Elle devina que son souffle lourd présageait le sommeil. Attentive, elle garda une immobilité parfaite. Silencieuse, elle profitait de la sensation de ce corps doux et rude à la fois qui l'épousait. Il ne l'avait toujours pas lâchée. À peine quelques minutes plus tard, il sombrait pour de bon.

Elle était contre lui, enfin apaisée... repue. Cette félicité ressentie après une étreinte, elle ne l'aurait pas crue possible. Avait-elle une seule fois rendu justice à cet acte de deux corps se reliant avec ces mots bien inadaptés ? Comment décrire ce qui se vit, se sent, se respire... se goûte ?

Quand elle le devina profondément perdu dans le sommeil, elle prit la liberté de déposer un baiser sur ses lèvres en remerciement. Elle embrassa la cicatrice de sa tempe, une autre sur l'épaule. Elle l'admira, nu, désolée de ne pas savoir dessiner pour conserver ce souvenir. Son esprit parviendrait-il à ne pas effacer les détails ? Le contact de sa peau lisse sur l'épaule, la ligne de poils sur le ventre... le velours de la bouche ou le plissé des paupières fermées.

Un long moment, elle s'imprégna de l'abandon de son compagnon, le cœur étrangement... lourd. De fatigue, de désir comblé et peut-être de regrets. Si elle revenait, une nuit de plus... ouvrirait-il sa porte ? La surprise du premier soir serait-elle balayée par les remords ou le jugement ? La condamnation de leur acte, peut-être. Quoi qu'il en coûte, elle n'avait aucune envie de se rendre dans une église pour s'excuser.

Si son corps semblait à ce point accordé à ce qu'ils avaient fait, cela pouvait-il être autrement que parfaitement juste et autorisé ? Il remua un peu et elle en profita pour reculer avant qu'il ne referme le bras sur elle à nouveau. Finalement, elle se leva, le cœur lourd. Consciente qu'elle ne pouvait demeurer là, quand la luminosité commençait à poindre entre les battants de bois aux fenêtres, elle s'habilla avec les gestes de l'habitude, l'esprit ailleurs, et enjoignit à son cerveau de, surtout, ne point trop réfléchir. Elle devait s'en garder. Et suivre le conseil de Bertille, se rendre aux étuves pour laver et baigner son corps et éviter d'abriter la vie.

Elle partit avec l'envie de laisser un baiser sur chacun des doigts de Jehan qui dépassait maintenant de la couche, pendant dans le vide. Avait-elle imaginé l'impression qu'il la cherchait entre les draps ? Sans nul doute.

Mélisande se contenta de les frôler pour les remercier des présents qu'ils lui avaient offerts dans la nuit, et se força à se glisser hors de la chambre avant de ne le plus pouvoir.

Jehan se réveilla la tête lourde. Et seul. Quand il repoussa les couvertures pour se lever, son regard resta fixé sur le drap souillé. Le même drap qui aurait été exigé comme preuve lors d'une nuit de noces car, il en était maintenant sûr, Mélisande n'avait pu donner son corps à quiconque avant ce moment qu'ils avaient partagé.

Il se frotta la nuque en soupirant, puis arracha les draps de la couche. Il s'habilla avec des gestes incertains. À bien y réfléchir, si elle n'avait pas paru prude, il doutait qu'elle soit familière d'aucun des actes intimes qu'ils avaient goûtés ensemble. De nombreux détails et attitudes l'avaient trahie.

Alors, pourquoi venir à lui ? Pourquoi le défier de la laisser repartir sans avoir... Décontenancé, Jehan vit le jour se lever en observant le ciel au-dehors. Les questions qui tournaient dans sa tête n'avaient guère de sens ni ne trouveraient seules de réponses. Il ignorait pourquoi Mélisande avait agi ainsi.

Une noble aurait pu y voir un moyen de demander réparation et d'exiger une alliance s'ils avaient été surpris... une servante ? Cela ne se pouvait. Cette nuit n'était pas un rêve. Le drap au sol le prouvait. Son corps aussi, dont certains muscles témoignaient de la puissance de la passion qu'ils avaient partagée.

Pensif, il finit par répandre la carafe de vin rouge sur le drap, pour noyer la tache laissée par l'innocence de Mélisande. Ce genre de ruse pouvait ne pas tromper l'intendante qui viendrait bientôt pour livrer son premier repas, mais cela suffirait sûrement à empêcher une réelle certitude de planer sur ses occupations de la nuit et étoufferait un peu les messes basses. Il n'avait pas besoin de parcourir sa demeure pour savoir que Mélisande avait dû partir sans encombre, ou des bruits l'auraient alerté.

Le jour se leva sur lui alors qu'il était encore songeur, hésitant à regretter les événements de la nuit… sans y parvenir tout à fait. Depuis quand n'avait-il pas éprouvé un tel plaisir, que ce soit seul ou dans les bras d'une amante ? Peut-être l'inattendu de la situation avait-il joué. Mais il n'en était même pas certain…

9

— Tu sembles à nouveau bien pensive, ma belle Mélisande ?

Elle eut un sursaut et le petit fer de laiton bouillant qu'elle tenait pour lisser le drap faillit lui échapper. Presque par habitude, elle sourit à Christine. Devant elles, les deux jeunes enfants de l'aristocrate, Marie et Jean, jouaient ensemble. Leur différence d'âge suscitait quelques cris et bousculades, mais Mélisande partageait tant de temps avec eux qu'elle savait calmer leurs conflits. D'autant plus qu'ils avaient tendance à se montrer plus sages quand leur mère était présente. Jean s'amusait avec des bonshommes de bois trouvés au marché par Mélisande pour son anniversaire, Marie faisait galoper un petit cheval qui était vendu avec.

Christine tenait particulièrement à fêter chaque année passée, surtout depuis la mort de son Mattheus ; chaque année écoulée éloignait les enfants des maladies propres aux bambins qui les enlevaient parfois bien trop tôt à leurs parents.

— Je me concentre sur ma tâche, je suis trop maladroite pour éviter les accidents.

L'excuse était peu crédible, mais sa maîtresse ne releva pas. Pourtant il aurait été bien difficile de nier qu'elle avait un mal certain à garder son esprit fixé sur un travail depuis cette fameuse visite à Jehan. Cela faisait déjà trois jours. Trois jours et donc deux nuits entières seule dans son lit à craindre d'avoir tout inventé, sans y croire tout à fait. Son corps attestait encore de leur rencontre. Des souvenirs la hantaient.

La veille elle s'était longuement interrogée : le noble avait-il guetté, se demandant si elle allait réapparaître ? Cela lui paraissait hautement improbable, il ne l'avait pas invitée en premier lieu et n'avait pas eu l'air réellement heureux de la découvrir dans sa chambre… du moins au début. À chaque fois qu'elle repensait aux moments qu'ils avaient partagés, elle en venait à douter de bien se souvenir de ce qui s'était passé. Avait-elle tant insisté pour le voir accepter, ou était-ce sa honte qui lui susurrait sans cesse cette idée, presque obsédante, qu'elle s'était jetée à ses pieds sans la moindre pudeur ? Comment la jugeait-il après tout cela ? Il avait consenti sûrement à chacun des gestes qu'ils avaient eus, mais à la pensée d'être celle qui en était l'instigatrice, ses joues la brûlaient de gêne.

Elle avait envisagé de retourner le trouver. Pour s'excuser ou s'expliquer ? Lui avouer que la peur l'avait guidée ou même qu'elle avait eu l'idiotie de laisser la boisson la conseiller… pourtant rien de tout cela n'était tout à fait vrai. Et surtout ne lui semblait avoir une chance d'effacer son humiliation, peut-être ne ferait-elle même qu'ajouter à son ridicule.

Elle soupira.

— Mélisande, qu'y a-t-il ?

La voix douce mais empreinte de fermeté de Christine de Pizan la sortit de son marasme. Une très brève seconde, elle songea à tout lui dire. Parce que, dans ce monde, si elle vouait à une femme toute son estime et une confiance aveugle, c'était bien à Christine. Et, justement pour cela, dans cette situation précise, c'était bien la dernière des confidentes envisageables.

Bertille de Sombreval aurait été plus à-propos… oui, mais cette fois-ci, elle ne pourrait nier avoir suivi les conseils de la noble et une défiance naturelle l'aurait plutôt incitée à n'avouer à personne ses sombres pensées.

— J'ai la sensation que ton cœur est aussi lourd qu'une pierre et que tu ne veux t'en ouvrir à moi, reprit Christine, le silence de Mélisande se prolongeant.

La suivante eut un sourire d'excuse.

— Il m'arrive d'être un peu perdue dans mes rêveries. J'aimerais écrire des textes tout comme vous et, si vous avez déjà gravi cette montagne, j'ai la sensation de n'en être qu'au pied.

— Tu as pourtant déjà écrit à mes côtés, contredit Christine, étonnée.

Songeuse, Mélisande repensa aux mascarades qu'elle avait commises devant sa maîtresse, et qui ne méritaient pas d'être qualifiées « d'écrits ». Aucune fierté ne pouvait lui venir en se remémorant ses petits fabliaux maladroits pétris de morale et de mauvaises assertions philosophiques. La raison était simple, elle tentait de faire honneur à la rigueur de Christine, à ses essais qui appelaient à la réflexion... sans y parvenir. Par ailleurs, elle dissimulait ses progrès dus à un dur labeur fait à la lueur de la chandelle pour apprendre à mieux manier vers et rimes. Il lui semblait que, si un jour, quiconque venait à parler à Christine du Rossignol, ainsi elle n'aurait jamais l'idée d'envisager Mélisande comme l'autrice de ces textes.

Malgré tout, contrefaire ses penchants dans l'art du récit rendait souvent le résultat médiocre.

— Ne me flattez pas, ce n'était rien de valable.

Christine abhorrait le mensonge, Mélisande le savait. Elle attendit, presque curieuse de voir si la noble allait déroger à ses principes, trouver une façon de souligner un point positif de cet imbroglio malhabile, comme elle le faisait parfois à la cour pour une des dames lors de leur réunion. Mais Christine la surprit en secouant la tête.

— Tu n'y as jamais mis tout ton cœur, ma douce. J'ignore pourquoi, d'ailleurs. On dirait que tu te retiens. Je te vois cacher dans ta plume plus de mots que tu ne laisses en échapper.

La justesse de la remarque la frappa. Même quand elle croyait se montrer prudente, elle se révélait totalement transparente.

— J'ai aussi l'impression d'avoir... vous savez...

Elle se tut. Cette impulsion de se confier sans exposer le réel fond de ses préoccupations était peut-être une bien mauvaise idée.

— Je ne te jugerai pas, Mélisande. Jamais.

Le regard clair de Christine semblait si honnête à cet instant, sa suivante ne doutait pas une seconde qu'elle le pensait... Et un goût amer lui tapissa la bouche quand elle songea qu'elle aurait pu la faire mentir si aisément en lui dévoilant Rossignol. Car elle en était sûre, jamais une dame de sa condition ne verrait d'un bon œil ce type d'errements.

— Merci de le croire, remarqua-t-elle malgré tout.

— Tu es comme une fille pour moi, une aînée. Gotilda t'a confiée à moi et je ne serai jamais trop reconnaissante au seigneur que, dans le malheur qui traverse toute vie, j'ai eu la chance de vous croiser toi et ta maman. C'était une de mes amies de cœur les plus chères et sincères. Continue ta phrase sans crainte, s'il te plaît.

Mélisande soupira et chercha comment s'épancher sans trop en dire...

— J'ai l'impression de développer une... inclinaison pour un seigneur. Mais un noble et une suivante... il ne peut en être question, admit-elle le regard fuyant. Je tente de refréner ces idées dangereuses. C'est pour ça que je suis sans doute souvent... distraite en ce moment.

Le mensonge lui fut si malaisé qu'elle doutât d'être crédible. Elle ne pensait pas avoir de sentiments pour Jehan de Montorgueil. Non, elle avait eu de l'émoi pour lui. Du trouble, du plaisir, de la jouissance, oui... Rien de dicible, en somme.

Pourtant Christine ne tiqua pas. Au contraire, elle l'observait de façon attentive. Elle soupira finalement, secouant doucement la tête.

— Un noble de la cour, je présume ?

Mélisande se décida à acquiescer ; où donc aurait-elle pu le croiser ? Au marché ne venaient que les domestiques, leurs maîtres se gardaient loin de la populace.

— Souhaites-tu te tenir à distance de la cour ? Nous pouvons te faire remplacer… Flora pourrait sans doute se substituer à toi et tu t'occuperais des enfants ?

Résolue, Mélisande eut un signe de dénégation.

— Ma dame, si j'en arrivais à ne pas accomplir mon devoir à cause de mes états d'âme, je me sentirais la pire des personnes et tout serait perdu.

Cette fois, se montrer honnête la soulagea. Quoi qu'il se passe, cette aventure avec Jehan ne devait prendre le pas sur sa relation avec Christine. Sur ce qu'elle était, une suivante aussi attentionnée qu'elle en était capable.

Elle tendit à Marie le cheval de bois qui avait glissé sous le siège jusqu'au bord de la robe de Christine.

— Tu as maintenant vingt printemps, je comprends que la pensée d'un compagnon se fasse plus présente dans ton esprit. J'avais cinq ans de moins quand j'ai été unie à mon Étienne, remarqua Christine calmement.

Mélisande approuva, connaissant cette histoire. Qui au fond ne correspondait que peu à ce qu'elle pourrait vivre elle-même. Pour se marier, il lui aurait fallu continuer de constituer sa dot encore bien maigre, accepter d'être moins disponible auprès de sa maîtresse et se mettre en retrait à moins d'épouser un autre de ces gens ; les rares domestiques au service de Christine étaient des femmes, en dehors de l'unique valet qui gérait son attelage et ses deux juments. La noble les avait volontairement choisies pour les aider, elles qui étaient mères ou filles de familles nombreuses et devaient absolument travailler.

— Je ne sais pas… ce sont les rêveries d'une suivante qui

a trop relu les romances de Guenièvre et Iseult. Rien de plus, tenta-t-elle de rassurer Christine.

Presque aussitôt, elle se figea ; les deux exemples donnés étaient ceux de femmes dépassant les limites admises par passion. Mais Christine se révéla peut-être plus fidèle à sa promesse que Mélisande ne s'y attendait, car elle secoua la tête en signe de dénégation.

— Ne déprécie pas tes propres sentiments.

Le sourire de Mélisande fut amer, quand elle remarqua :

— Quand ils n'ont pas lieu d'être... ou de chance d'aboutir, je suppose que cela vaut mieux.

Christine sembla presque y réfléchir.

— Eh bien, tout sentiment a sa raison. Même les pires.

— Comment cela ?

— La jalousie dévoile une peur, une incertitude en l'avenir. La méchanceté peut s'expliquer par un passé où le trouble a dominé. On ne peut parfois donner seulement ce qu'on a reçu, vois-tu ? Malgré tout tu as raison sur un point, les barrières dressées par les rangs et l'argent sont les plus infranchissables de toutes. Bien peu de nobles pourraient même songer à une mésalliance.

Mélisande, qui n'avait jamais espéré une telle chose, se sentit dans le rôle d'une faussaire ; elle n'attendait rien de Jehan, et voir Christine si désolée pour elle la culpabilisa. Une pensée lui traversa l'esprit, pourtant difficile à formuler.

Elle remarqua le sourcil de sa maîtresse s'arquer.

— À ton expression, une question te brûle les lèvres, je me trompe ?

Mélisande pouffa. Jean tenta d'assommer sa sœur avec un soldat, et leur mère s'interposa, rattrapant la main au vol avant de lui caresser la tête.

— Les soldats doivent rester sur la montagne, Jean, ou ils seront punis par leur général, surveille-les attentivement !

La montagne, dans leur jeu d'enfant, était le petit tabouret près de lui. Aussitôt, le chevalier qu'il tenait repartit à l'assaut de la table et Mélisande nota le sourire amusé de Christine. Parfois elle ignorait si elle cultivait sa patience et ses qualités uniquement pour rendre cette femme fière, ou si c'était pour elle-même.

— Je me demandais si votre mari vous manque. Je... pardon, c'était idiot. C'est seulement qu'avant sa disparition tragique, vous n'étiez pas...

Mélisande songea confusément à un feuillet qu'elle avait parcouru de sa maîtresse. Une simple esquisse sur le statut et le rôle des mères dans un foyer. Christine eut un regard oblique. Sa finesse d'esprit frappait bien souvent Mélisande, qui se trouvait parfois bien sotte. Comme de voir un cours d'eau filer, poussé par la sente de la montagne quand à côté une petite rivière peinait à suivre son lit, craignant de ralentir encore sa course.

— Il y a une douleur immense à avoir perdu un compagnon qui a toujours encouragé... ma pensée et mon libre arbitre. Mon éducation ne l'a jamais inquiété, nous avons beaucoup partagé sans que je me sente brimée à l'époque. Alors tu as raison, il me manque.

Mélisande s'estima décidément bien maladroite de remuer ainsi le passé de Christine, pourtant cette dernière reprit, la surprenant :

— Néanmoins j'ai dû, en me chargeant de cette maisonnée à sa mort, affronter des situations auxquelles je n'aurais jamais été confrontée. Mon père m'a instruite avec patience et presque ferveur. Mon mari a salué mon esprit. Il m'a demandé mon avis, et poussée à exercer mon intelligence... mais tout cela dans le cadre du foyer, tous deux restant mes garants. Je m'occupais de notre demeure, de Jean jeune bébé. Je gérais nos gens, plus nombreux il est vrai... Je doute que j'aurais pu écrire la moitié des textes qui dorment là-haut sur mon bureau. Et qu'ils auraient été lus par quelqu'un en dehors d'Étienne. Je serais peut-être épouse et comblée... mais je ne serais pas autrice, assurément.

Sans les bruits des enfants jouant à leurs côtés, un profond silence aurait drapé la pièce.

— Me comprends-tu ? s'enquit Christine avec une forme de réserve prudente.

Mélisande ne répondit pas tout de suite.

— La peine et la perte que vous avez subies vous ont permis d'accéder à autre chose... hors d'atteinte auparavant ?

Dire à voix haute la fin de sa phrase lui sembla très déplacé, elle ne pouvait dire à une veuve qu'ainsi elle avait obtenu de manière inattendue une liberté qu'elle n'aurait, sinon, jamais pu espérer.

— L'indépendance a un poids immense. Il a été celui des dettes et des hommes venant frapper à ma porte, me prenant jusqu'aux tableaux, aux livres de mon père ou au moindre bibelot. J'ai refusé tous les noms qu'on me proposait pour remplacer celui d'Étienne à mes côtés. Mais cela m'a aussi retiré le poids d'avoir à justifier mes choix ou expliquer que je pouvais souhaiter écrire des nuits entières dans le silence de ma chambre. Présenter mes idées, les défendre, les ordonner et trouver une façon de les faire circuler, tout cela en étant femme, l'une des seules de la cour... La liberté a ses chaînes, leur forme se contente de muer. Sans ma situation, je serais une tout autre personne.

La conclusion, dite sur un ton tranquille, habita longtemps les pensées de Mélisande. Les enfants voulurent jouer avec elle, et elle accepta, tandis qu'une des cuisinières ramenait de la tisane à Christine, interrompant pour de bon leur conversation.

Pendant qu'elle tenait l'un des chevaux de bois, Mélisande comprit aussi la confiance dont sa maîtresse venait de la gratifier en se dévoilant ainsi.

Peut-être avait-elle raison, chaque bienfait apporte son lot de perte. Chaque action, sa cohorte de doutes.

10

La cour semblait étrangement hostile à Mélisande ce jour-là. Elle ne comptait plus le nombre de réunions de dames qu'elles avaient eues et rien ne différait des fois précédentes, si l'on exceptait qu'elle revenait dans un lieu où elle pouvait le croiser, lui qui n'avait pas vraiment quitté ses pensées.

Cela l'avait beaucoup questionnée après cette discussion avec Christine ; était-ce seulement la crainte d'une confrontation... le regret de ne pas l'avoir revu ? Ce ne pouvait être des sentiments, en tout cas. Elle le connaissait à peine.

Elle s'était appliquée à remplir ses journées de tâches quotidiennes harassantes, presque abrutissantes, pour s'empêcher de réfléchir ou se rappeler que ses doigts fourmillaient. Ils lui indiquaient bien assez qu'elle n'avait pas touché une plume, écrit un traître mot depuis qu'elle avait été attaquée par Hugues de Beauvillé et avait failli se trahir. Sans compter les menaces de tout révéler de Jehan ; elle-même ignorait encore si elle pourrait supporter de reprendre un tel risque pour elle et sa maîtresse.

Pourtant, le besoin d'écrire restait là, fiché en elle comme l'une des flèches dont finissaient par périr les chevaliers de ballades, appelant de leurs vœux un dernier baiser de leur belle. Jamais Mélisande n'avait eu à cesser de conter ces ballades d'amants, et ainsi, jamais elle n'avait senti à quel point cela lui était devenu nécessaire. Cela lui paraissait presque risible. Ce qu'elle racontait dans ses histoires n'avait aucune portée réelle. Christine de Pizan s'appliquait à traiter de philosophie, elle pouvait donner des conseils aux femmes confrontées au poids d'un foyer, mais elle était aussi l'autrice d'essais militaires et politiques, sujets dont elle s'entretenait avec la reine elle-même. Aucun texte écrit par Mélisande ne passerait à la postérité. C'était un fait. Seules celles qui avaient pu la lire en garderaient, peut-être, rien n'était moins sûr, souvenir. Alors pourquoi ne pas tirer un trait sur cette marotte douteuse ?

Elle l'ignorait. Cela lui semblait plus fort qu'elle. Les mots, les scènes ou les rencontres de gens qu'elle décrivait tenaient à se déverser par ses doigts sur le papier.

Au moins, dans ces écrits, ses personnages vivaient pleinement. Ils s'affranchissaient des convenances. Ils laissaient parler leur cœur et elle pensait que, peut-être, certaines de ses lectrices avaient oublié tout de ce qui avait pu les entourer un bref moment. N'était-ce pas déjà une forme de magie ou de maléfice que seule la lecture pouvait offrir ?

— Mélisande ?

Elle accéléra aussitôt, n'ayant pas remarqué que sa maîtresse était repartie après s'être entretenue avec un noble. Chaque pas lui donnait envie de se fondre dans le sillage de la dame et de disparaître. Plusieurs fois, Christine dut s'arrêter pour saluer ou discuter avec des aristocrates.

Au détour d'un couloir où la comtesse Ermeline De Pellevier ne cessait de discourir sur son dernier manuscrit enluminé, Mélisande réalisa qu'une longue silhouette se dessinait à quelques pas.

Son cœur frappa à coups redoublés et, avant qu'elle n'ait le temps de réagir, Jehan lui adressa un signe discret mais sans équivoque. Si elle ignorait à quoi pourraient ressembler leurs retrouvailles, elle n'aurait certainement pas cru que Jehan chercherait à lui parler.

Christine se remit enfin en route après une promesse de visite, pour admirer le manuscrit de la dame. À l'expression polie de Christine, Mélisande aurait juré qu'elle se serait bien passée de cette entrevue à venir ; ce qui était surprenant de sa part, elle appréciait la plupart du temps de découvrir de nouveaux ouvrages.

Christine sembla avoir remarqué l'air intrigué de sa suivante, et lui murmura entre deux portes :

— L'enlumineur en question est souvent le responsable de bien piètre exécution. Son art, il le connaît sur le bout des doigts, mais ces derniers sont devenus malhabiles avec le temps, malheureusement. Sa fille, par contre, excelle dans l'apprentissage qu'il lui a légué. Mais les gens de la cour font encore appel à lui, pour son nom et non son talent... Quelle tristesse.

Mélisande acquiesça et profita de l'humeur pensive de Christine pour lui glisser à l'oreille :

— Quand la réunion de dames va commencer, souhaitez-vous que je me rende en cuisine pour voir si Amédée peut trouver un peu de mauve ? L'herboriste ne peut nous en fournir et nous ne disposons plus que de sauge et de vinaigre.

— Pour mon cataplasme contre les migraines ? Il fait des miracles, c'est une si bonne idée.

Mélisande était consciente que sa maîtresse souffrait en période de menstrues de nombreuses céphalées, et dans ces cas ne s'en remettait qu'à un remède de Hildegarde Bingen. Se servir de cela pour fausser compagnie à Christine lui semblait indélicat, mais nécessaire, même si elle n'en était pas fière. Peut-être Jehan avait-il réfléchi et voulait-il tout révéler ? Cette idée la fit frémir.

Dès qu'elle fut sûre que les femmes du jour étaient installées confortablement et ne manquaient de rien, elle s'éclipsa. Bertille de Sombreval, présente ce jour-là, la suivit lourdement du regard. Sans qu'elle sache pourquoi, cela contraria Mélisande.

Elle n'avait pas vu Hugues de Beauvillé à la cour à leur arrivée, mais, prudente, elle parcourut la coursive pour revenir vers l'entrée du château d'un pas pressé. Jehan de Montorgueil s'avança vers elle dans le couloir transversal et elle hésita à s'arrêter avant de continuer, tête basse.

Il lui fallut à peine quelques mètres pour remonter jusqu'à elle. Il se tenait un ou deux pas en arrière, à bonne distance, et profita de ce qu'ils étaient seuls pour s'adresser à Mélisande aussitôt :

— Nous devons parler, le valet de cet infâme de Beauvillé a dû te suivre.

Elle faillit faire volte-face, mais se força à marcher.

— Que voulez-vous dire, mon seigneur ?

Ils étaient à la jonction avec un corridor qui desservait le bord sud du château. Peu usité, il se trouvait vide à cette heure et Jehan de Montorgueil accéléra pour lui attraper le coude et l'y entraîner. Elle se laissa emmener, essayant de ne pas faire cas de son cœur battant.

Ils s'immobilisèrent et il lui fit signe de conserver le silence.

— Nous devons faire vite, attaqua-t-il aussitôt. Le valet devait te filer, il t'a vue entrer chez moi.

Le résumé, presque brutal, lui fit écarquiller les yeux. Elle porta la main à sa bouche pour retenir un son étouffé et se reprit, détaillant le couloir alentour.

Mélisande s'interrogea : comment un tel hasard était possible ? Elle y réfléchit rapidement et en tira les conclusions qui s'imposaient : le valet du marquis devait être à ses trousses depuis plusieurs jours.

— Hugues de Beauvillé est venu vous trouver ?

— Oui, pour s'excuser, ajouta Jehan avec une diction sèche, la mâchoire serrée.

— Pourquoi donc ? s'étonna-t-elle, pas sûre de suivre les explications de Jehan et troublée de le voir si près d'elle.

Avait-il toujours eu ce regard ? Ses cheveux lui parurent moins bien peignés que d'habitude et un chaume discret à peine perceptible couvrait ses joues. Son regard s'attarda sur ses doigts, avant qu'elle n'imagine tous les endroits où il les avait laissés courir sur elle. Puis elle réalisa que, dans ce sinistre couloir passant empli du relent âcre de nombreux nobles et serviteurs, elle ne risquait pas de sentir son odeur. Elle devait s'avouer que son parfum lui avait manqué et elle ne le comprenait que maintenant, après s'être languie de lui depuis leur séparation. Pourquoi cela l'obsédait-elle à cet instant ? C'était le dernier de ses soucis, se morigéna-t-elle.

— Il ne voulait pas chasser sur mes terres, se contenta de résumer Jehan, le regard toujours sombre.

— Vos... terres ? Ils ont vraiment réussi à me voir me glisser chez vous ? Depuis quand me faisait-il suivre ? s'enquit-elle mortifiée.

— J'ai sous-estimé le caractère fielleux de cet homme. Il n'a pas supporté l'humiliation que tu lui as infligée en répliquant et, sans doute, celle que j'y ai ajoutée en criant haro sur lui quant à son comportement. Il cherchait à se venger. Sors-tu souvent en course pour Christine ? Même tard ?

Décontenancée, Mélisande le dévisagea.

— Assez peu, à vrai dire. Suite à... une histoire arrivée à l'une de ses servantes, Christine préfère envoyer son valet de pied autant que possible.

Il paraissait inutile à Mélisande de préciser que c'était sa propre mère qui était la victime de cette triste histoire.

— Alors il devait guetter pour tenter sa chance, en conclut Jehan. Il a insisté sur... comment trouver une façon élégante de dire ce qu'un pourceau sans âme peut penser ? Il n'y en a pas. Il m'a expliqué me laisser la priorité par esprit de chevalerie, et demandé de lui faire signe quand je serai lassé. Il n'a certainement jamais eu le moindre honneur, mais passons. Je n'ai pas démenti. Son ton et la manière dont il m'examinait avec suspicion... à mon avis, il voulait une confirmation de ma part. Sans cela, il s'en reprendra rapidement à vous.

Le trouble de leurs retrouvailles oublié, Mélisande réalisa enfin la situation dans laquelle elle était. Et si Hugues de Beauvillé répandait la nouvelle ?

— Mélisande, ce n'est pas un piège, argumenta Jehan en cherchant son regard.

Elle lutta un instant, puis accepta de le dévisager bien en face.

— Je ne le supposais pas, mon seigneur.

Et c'était vrai ; dans son esprit il ne souhaitait pas frayer à nouveau avec elle. Après tout, il ne lui avait pas ouvert sa porte de plein gré. Depuis ils ne s'étaient même pas revus...

— Nous pourrions vérifier si son valet te file souvent. Si c'est le cas, peut-être fraudait-il jouer le jeu quelque temps. Nous pourrions nous croiser dans des couloirs au bon moment et laisser croire que cela n'a rien de fortuit... pour d'autres raisons.

— Si des rumeurs venaient à courir...

— Il faudrait que seul Hugues de Beauvillé ou son sbire soit témoin de ce petit jeu, confirma Jehan sérieusement. Savez-vous le reconnaître ?

— Son valet ?

Mélisande y réfléchit, avant de secouer la tête. La hiérarchie du château voulait qu'elle ne côtoie que les autres suivantes, parfois les servantes et certains valets de pied. Elle n'avait que rarement affaire à des cochers ou des gens en dehors des cuisines.

— Je me doutais de ta réponse.

D'un geste plus doux que précédemment, il reprit son bras et l'entraîna vers une fenêtre. De son côté, il prit garde à demeurer derrière le lourd pan de mur pour rester dissimulé.

— À l'extérieur, expliqua-t-il, cherche un homme à la veste lie-de-vin. C'est mon propre valet, Gauchet. Si un jour tu as besoin, va le trouver et il t'aidera. Il parle avec une personne à la veste d'un brun presque noir...

— Petit de taille, râblé et le dos prêt à se voûter, compléta Mélisande en repérant le gaillard en question.

Elle croisa le regard de Jehan dont l'expression l'interpella.

— Mon seigneur ?

— Rien, j'oublie parfois que le Rossignol sait chanter... et décrire d'une bien jolie manière. C'est bien cela. Celui-là, c'est le valet de Hugues de Beauvillé, Eudes. Son laquais préféré, dont la réputation chez les servantes ne doit pas être bien éloignée de celle de son maître, même s'il ne parvient pas à l'égaler. Si tu le vois, préviens-moi. Le marquis a bien des défauts, cependant je doute que l'opiniâtreté en fasse partie. Il devrait se lasser et tu n'auras plus à t'inquiéter. En attendant, jouons le jeu.

— Qu'entendez-vous par là ?

— Y a-t-il d'autres personnes au-dehors ?

Intriguée, Mélisande observa la terrasse où se tenaient les deux hommes à bonne distance. Elle secoua la tête. Jehan tendit alors devant elle un large écusson d'or ; il le fit tourner et un éclat de soleil frappa l'œil de Mélisande qui plissa ses paupières.

— Que faites-vous ? s'étonna-t-elle.

— Un signal pour mon valet.

Elle détailla son expression à la recherche d'une réponse, mais déjà il s'approchait d'elle et se penchait au-dessus de son visage. Il se tenait si près qu'elle se figea. Elle sentit un drôle de frisson lui parcourir la peau. Gênée, elle espéra vraiment que ses joues ne s'empourpreraient pas.

Jehan la dévisagea et elle remarqua que ses prunelles qu'elle aurait décrites comme brunes se révélaient infiniment plus complexes. Mordorées, peut-être pour leur ton foncé éclairé de nuances d'un or plus clair.

— Ils nous observent ? s'enquit-il, si près qu'un geste aurait pu les faire s'embrasser.

Abasourdie, elle cligna des paupières avant d'avoir enfin la présence d'esprit de regarder au-dehors. Et effectivement, elle repéra les deux valets qui s'agitaient. Gauchet, celui de Jehan, tentait d'entraîner l'autre à sa suite.

Jehan saisit sa main et l'attira dans le couloir pour les éloigner à nouveau des fenêtres. Elle le contempla, troublée au départ, avant de réaliser ce qui venait de se jouer ; une comédie à la seule destination du valet de Hugues de Beauvillé, dont le fameux Gauchet avait dû attirer l'attention puis feindre l'embarras. D'où son mouvement pour faire partir l'autre...

Un sentiment qui avait les atours de la colère la traversa, mais elle se força à sourire et effectua même une minuscule révérence.

— Mon seigneur, je vous remercie de tant vous soucier de ma sécurité. Je n'en mérite pas tant. Je dois m'en aller, Christine m'attend. Si je ne reviens pas avec de la mauve, elle se doutera de quelque chose.

Elle se recula et sentit qu'il la rattrapait par le bras.

— Pourquoi réagis-tu ainsi ? Tu aurais souhaité que je m'abstienne de dire au marquis qu'il y avait quelque chose entre nous ? l'interrogea-t-il, visiblement perplexe.

Elle détailla ses sourcils froncés. Quelque part, elle ne pouvait réfuter ; comment justifier une telle demande ? Il affirmait agir pour son bien après tout.

— Je crains depuis le début de cette histoire de voir ma réputation ruinée au point de devoir quitter le service de ma maîtresse et de l'entraîner dans cette chute. Avec ce que vous venez de me confier sur ce faquin, je ne me sais que plus en danger...

Sa voix n'avait pas faibli et elle en fut fière. Ils s'affrontèrent du regard.

— Que se passera-t-il pour elle s'il colporte des rumeurs malintentionnées ?

Jehan répliqua aussitôt avec morgue :

— Et qu'arrivera-t-il si cet homme ou son valet te saute dessus en pleine nuit ? Ils ont déjà appris ce que tu pourrais vouloir cacher, ta venue chez moi est plus compromettante que tes récits, Mélisande.

Elle avala sa salive, réalisant que son sang battait fort à ses tempes. Comment nier ? Il n'avait pas tort. Malgré tout elle aurait aimé qu'il ne feigne pas de se rapprocher d'elle pour une raison aussi... tortueuse ? C'était ridicule, depuis le début, c'est elle qui se montrait insensée.

Plus calme, elle approuva.

— Nous devons faire au mieux avec les cartes que nous avons en main. Guettons simplement. Il se lassera sûrement ? conclut Jehan.

— Espérons.

Elle avait failli dire « Prions », pourtant elle ne pouvait appeler de ses vœux une intervention divine dans cette affaire.

11

Les jours suivants, Mélisande put confirmer que Jehan était un homme d'honneur qui ne cherchait pas à la tromper ; elle constata assez vite que le valet de Hugues de Beauvillé était effectivement aux aguets. La première fois ce fut après son passage au marché, en revenant à la maison de Christine avec un paquet du drapier.

Puis à la cour, elle aperçut aussi l'individu dans des coins de couloirs, en bas d'un escalier où elle passait avec le plateau pour rejoindre la réunion de dames. Cette ombre insistante qui semblait flotter autour d'elle se fit plus pesante avec les jours. Elle en venait à la redouter et l'imaginer sans cesse dans son sillage depuis qu'elle avait croisé le regard vide de ses yeux encaissés dans leur orbite.

Malheureusement, Christine avait dû se rendre au château de Beauté proche de Vincennes plusieurs fois la même semaine, empêchant Mélisande de se tenir éloignée du valet sinistre.

Ce qui la perturba plus encore fut de constater avec quelle constance Jehan réussissait à apparaître de manière opportune au détour d'un corridor, à la saluer alors qu'il marchait en sens inverse... et toujours quand le valet venait de se montrer. Elle comprit vite qu'il devait forcément, lui ou Gauchet, garder un œil sur elle.

Chaque fois son cœur accélérait. Elle s'efforçait de paraître calme, de ne pas chercher un signe particulier sur son visage, comme le reflet de la joie qu'elle éprouvait malgré elle en l'apercevant ou la façon dont certains souvenirs de leur étreinte semblaient infailliblement resurgir de sa mémoire au pire moment. C'était inapproprié et surtout dangereux. Si Jehan le remarquait ? Bien sûr il l'avait touchée une fois au détour d'une pièce, posé une main au bas de son dos, cependant Mélisande savait que, s'il agissait ainsi, c'était car ils étaient observés. Dans ces moments-là, il gardait une expression impassible, quand elle avait bien du mal à endiguer la sensation d'un simple frôlement sur sa peau.

Alors qu'elle remontait un escalier pour rejoindre le logis de tour où se tenait la réunion, le bruit d'un pas derrière elle la fit bondir. La foulée se rapprocha à vive allure et elle accéléra par instinct, avant de sentir qu'on lui saisissait le bras. En effectuant un demi-tour pour s'arracher à ce serrement, elle faillit rater la marche et se tordit la cheville. Elle tendit les bras, cherchant en vain une prise pour se rattraper parmi les pierres inégales du mur de l'escalier en colimaçon.

Une main secourable apparut aussitôt pour la stabiliser.

— Mélisande ?

Elle releva les yeux et croisa le regard de Jehan. Si la peur reflua, son cœur ne ralentit pas pour autant, ne put-elle s'empêcher de noter. Il la relâcha.

— Mon seigneur, le salua-t-elle d'une voix hachée.

— Désolé, je ne comptais pas t'effrayer. J'avais demandé à mon valet Gauchet de surveiller celui du marquis, il m'a confirmé que ce dernier continue de rôder. Je devais t'en aviser, expliqua Jehan à voix basse.

Il la balaya avec une expression inquiète, ce qui la toucha étrangement, comme à chaque fois qu'il avait fait preuve d'égards envers elle. Il dut remarquer sa réaction, car il la détailla plus longuement.

— Que se passe-t-il ?

Embarrassée, elle chercha comment formuler le fond de sa pensée.

— Je l'avais aussi vu. Il se montre souvent quand je suis au marché ou au château. Je vous remercie de votre sollicitude et de m'en avoir avertie... mais je ne veux pas vous causer embarras. Vous ne devriez pas demander à Gauchet de surveiller ses agissements, ajouta-t-elle.

Il eut l'air presque surpris.

— Il me semble au contraire qu'il vaut mieux que Gauchet reste dans les parages pour prévenir toute mauvaise action. Peu de gens peuvent rosser avec autant d'adresse que ce forban...

— Rien ne vous y oblige, insista-t-elle. Je me suis mise dans cette situation seule. Je suis allée vous trouver, j'ai perdu ce feuillet dans l'escalier...

Un instant, Jehan n'eut aucune réaction, avant de lui opposer froidement :

— Tu te méprends. Cet homme n'agit pas ainsi... À cause des chants du Rossignol. Il se comporte de cette manière, car c'est un rustre libidineux. Tu n'es pas responsable des intentions que nourrit une personne de cet acabit à ton égard, surtout sans les avoir sollicitées, comme c'est censé être le cas pour toi.

Son cœur lui sembla sombrer dans sa poitrine. Le noble venait-il vraiment de demander confirmation qu'elle n'avait pas voulu séduire le vieux marquis ? Elle essaya d'étouffer la vague de révolte qui la parcourut et détourna les yeux, se raidissant devant ce qu'elle estima être une allégation de sa part. Vu la situation, sans doute était-ce évident pour le comte. La voix de Bertille lui revint en écho, avec une note acide qu'un citron n'aurait pu égaler ; les hommes avaient toujours la faveur du doute quand l'accusation portait plus aisément sur les dames blâmées sans partage.

— Je n'avais jamais cherché sa présence, affirma-t-elle, mortifiée d'avoir à se justifier.

Jehan attrapa sa main. Il pressa sa paume, pour l'inciter à lui faire face.

— Je me suis mal exprimé. J'ai assisté à ce qui s'est passé et je n'ai pas cru une seconde que tu avais donné ton accord pour cette affligeante scène et... ce que ce mufle avait à l'esprit.

En entendant ces mots et voyant le sérieux de son regard, Mélisande réalisa que l'avis de Jehan comptait bien plus qu'elle ne voulait l'admettre. Elle était heureuse qu'il l'ait parfaitement comprise. Elle remarqua enfin l'oppression dans sa poitrine, les larmes qui lui étaient montées aux yeux en quelques phrases au goût de honte. Depuis quand se montrait-elle si sensible ?

Son rôle de suivante l'avait habituée à être parfois malmenée. Bien sûr, pas par Christine elle-même, mais certains nobles lui offraient autant de considération qu'au sol qu'ils foulaient. Même certaines femmes de chambre du château s'estimaient d'un rang supérieur, car liées à la cour. Bien des comportements à son égard avaient pu être exécrables par le passé et elle en avait rarement été atteinte. Avant toute chose, elle savait être respectée par celle qu'elle servait. Cela lui paraissait suffisant. Toutes ses consœurs ne pouvaient en dire autant.

Ce fut le moment où elle réalisa qu'il ne l'avait pas lâchée... et qu'ils étaient seuls. La chaleur de la paume contre la sienne sembla irradier sur sa peau. Elle avait envie d'effleurer cette large main et d'entrelacer ses doigts à ceux longs et agiles du noble. Si agiles... à cette simple idée elle eut l'impression de piquer un fard et se maudit de son esprit vagabond, sans parler de ses souvenirs bien trop vifs. Combien de temps faudrait-il pour que chaque geste de cette nuit-là s'estompe enfin de sa mémoire ?

Elle se trouvait à un point où elle avait tenté d'enterrer ses réminiscences malvenues dans son quotidien sous forme d'un *fin'amor* entre un chevalier et une femme de marquis, dont l'époux, parti à la guerre, avait délaissé son épousée après des années de mauvais traitements.

Le texte était brûlant, plus passionné – et détaillé ! – que tous ses écrits passés. Plus que des images et mouvements décrits avec autant de soin que possible, à grand renfort d'envolées lyriques, cette fois un aspect plus charnel et immédiat se dégageait de ces lignes jetées sur le papier. Elle avait songé à parler des odeurs de ce moment ; les draps de Jehan de Montorgueil devaient être baignés par ses servantes avec des plantes bien différentes de celles utilisées chez Christine. Il y avait aussi eu la température des doigts de son amant, du feu dans l'âtre, la sensation divine du tissu fin sur sa peau... Oui, Mélisande estimait n'avoir jamais réussi une histoire à ce point.

Hélas, son cœur battant lui confirmait qu'elle n'avait en rien exorcisé le mal ; la présence de Jehan près d'elle le lui fit sentir de manière cuisante.

— Vous ne devriez pas vous soucier de moi, répéta-t-elle presque douloureusement.

Sa voix l'alerta, avait-il pu saisir la détresse dedans ? Elle ne voulait pas qu'il se montre courtois et attentif ; elle risquait de se faire des idées et espérer plus quand il lui fallait au contraire oublier.

Il la relâcha et la sensation de froid qu'elle en éprouva lui tira un frisson. Il s'était contenté d'effleurer sa paume, elle était ridicule ! Elle ne pouvait frémir pour si peu... et pourtant. Tout son corps l'appelait, réalisa-t-elle avec effarement.

Elle dut se contraindre à rester immobile pour ne pas se tendre vers lui, comme emportée vers l'avant.

— Cela me semble naturel, j'agirais de même pour n'importe quelle gente dame.

Son ton perplexe accentua encore le pincement au fond du cœur de Mélisande. Bien sûr...

— Je ne suis pas une gente dame, rappela-t-elle d'une voix blanche. Je ne suis qu'une servante.

— Toutes les dames sans souci de leur rang devraient être considérées ainsi, remarqua-t-il calmement. Je suis désolé de te déranger, mais je devais m'assurer que tu continues à te montrer prudente. Cette sangsue met du temps à lâcher prise... Ne t'inquiète pas de ce que fait Gauchet et méfie-toi du valet du marquis.

Par esprit de conciliation, et surtout pour en finir, elle approuva. Néanmoins une forme de reconnaissance se disputait en elle avec... de la déception. Comprendre qu'il agissait par droiture lui laissait une drôle d'impression qu'elle n'aurait su expliquer. Bien sûr, cela aurait dû lui suffire. Il était beau de voir un noble se soucier des petites gens, peu importait dans le fond qu'elle, Mélisande Challe, soit une femme parmi d'autres.

Sur un dernier salut, Jehan s'éloigna. Dans son regard, elle avait cru lire une hésitation, sans en saisir clairement la raison. Il avait peut-être retenu une question qui lui était venue ?

En revenant du marché aux poissons dont elle devait rapporter du maquereau et des morues séchées, Mélisande sentit sur sa peau la sensation étrange et visqueuse des yeux du valet qui la guettait, maintenant coutumière. En accélérant à un coin de rue, elle le repéra enfin, pressant le pas à ses trousses, fidèle comme une odeur nauséabonde et persistante. Cela la contraria, pourtant elle se força à avancer.

Lorsque, plus tard, elle dut ressortir dans la soirée pour vider les bacs d'eaux usées, elle ne put s'empêcher de vérifier si une ombre furtive se découpait près d'une des maisons de la rue. Si elle n'avait pas été sur le qui-vive, sans doute ne l'aurait-elle pas vu, mais elle le distingua finalement sous une porte cochère. Son sang se glaça avant de bouillir : de quel droit Hugues de

Beauvillé continuait-il ainsi à se pencher sur sa nuque par l'entremise de son infâme laquais ?

Remontée, elle accomplit ses corvées le cœur sombre, ressassant son ire. Enfin lui apparut clairement ce qu'elle voulait faire. Ce jeu ne cesserait que quand le riche barbon aurait la certitude qu'elle était déjà la femme perdue d'un autre ? Bien, elle allait donc lui donner cette confirmation. S'il n'avait pas agi, il y avait fort à parier qu'il craignait Jehan de Montorgueil, et cela ne l'étonnait pas vraiment venant du vieux marquis d'avoir la lâcheté chevillée au corps.

Elle s'assura que les enfants étaient bien couchés puis, assise près du lit de Marie et Jean, dont le sommeil était plus fragile, elle leur chanta une berceuse originaire de l'est, qu'elle avait entendu Christine entonner maintes fois quand ils étaient nourrissons :

« Doucement s'endort la terre.

Dans le soir tombant.

Ferme vite tes paupières

Dors petit enfant »

Entre chaque strophe elle entonnait la mélodie en la faisant rouler dans sa gorge, assourdie et rassurante. Elle frotta le dos, ordonna deux boucles brunes et reprit son chant. Marie avait sombré. Un simple regard lui apprit que les yeux de Jean la fixaient, même s'ils semblaient plus lourds. Elle reprit la mélopée, l'entrecoupant de sons bas et rassurants qu'elle faisait venir du plus profond de sa poitrine. Du temps où ils étaient petiots, quand elle-même avait encore le buste plat et les hanches étroites, Mélisande les avaient portés sur elle, marchant longuement à chaque rage de dents, fièvre et soucis. Christine ne pouvait se charger des trois, alors elle avait aidé, comme sa mère avant elle, dès qu'elle avait eu une dizaine d'années.

Cette fois, Jean avait fermé les yeux et il lui suffit de guetter son souffle pour deviner le sommeil qui l'alourdissait. Elle chantonna jusqu'à son départ de la pièce et fit le tour de la maison. Ide la cuisinière avait ajouté une bûche au feu et s'était calée dans le fauteuil profond où elle somnolait souvent dans l'alcôve attenante à la cuisine. Elle ne remuerait qu'au matin, se plaignant de ses hanches et de ses reins engourdis. Les autres étaient depuis longtemps couchés.

Quand elle passa devant la porte poussée de sa maîtresse, elle la vit assoupie sur son lit, un livre d'heures à la main. Sur la pointe des pieds, elle la rejoignit et récupéra l'ouvrage qui s'apprêtait à tomber. C'était l'un de ses préférés.

Dedans, une petite page d'un blanc jauni dépassait à peine. Mélisande la tira délicatement en sachant presque à l'avance ce qu'elle allait découvrir ; un portrait de l'époux de Christine, bien peu fidèle mais qui lui suffisait sans doute pour se souvenir du temps passé. Une page plus loin, elle trouva une mèche de cheveux tressés ; ceux de Mattheus, le fils disparu de Christine.

Mélisande l'observa à travers ses cils alors qu'elle la bordait d'une courtepointe de laine. Combien de cicatrices et de blessures pouvait donc contenir le cœur des femmes ? Celui des mères ? Elle songea au sien et estima que le sillon le plus douloureux demeurait l'absence de Gotilda, dont le visage s'effacerait chaque lever de soleil un peu plus sans qu'elle ne puisse rien y faire : seuls les nobles avaient la chance de conserver un portrait – même médiocre – des leurs.

Ce qu'elle conservait précieusement était une odeur, dont la teneur lui avait été expliquée par Christine un jour. Un mélange de serpolet et d'hysope, dont Gotilda se servait avec une dévotion mystique, affirmant qu'il éloignait le mauvais œil et le malin. Mais avant tout, elle fleurait la sueur. Celle des heures de labeurs quand Christine n'avait plus qu'elle et Ide à ses côtés.

Cette idée lui rappela le ménage qu'elle venait d'accomplir et elle plissa le nez ; sa décision inchangée imposait qu'elle procédât à une toilette sommaire. Elle se nettoya à l'eau d'un baquet, avec le morceau de savon sans odeur qu'il lui restait, puis elle déposa du baume à la violette que Christine lui avait offert à son anniversaire sur sa peau fragile, souvent abîmée aux mains et aux poignets par les travaux de maison. La senteur de l'onguent étant agréable, elle s'en appliqua sur le creux de la nuque.

Son doigt trembla un instant ; Jehan de Montorgueil avait-il eu des maîtresses parées d'huile parfumée rare et précieuse ? Sans doute, mais elle ne pouvait de toute façon pas rivaliser, il lui faudrait s'en accommoder.

Prête, elle vérifia ses nattes sur sa tête et hésita à les défaire comma la fois dernière. Se balader ainsi dans la rue l'avait rendue presque malade d'angoisse, elle garda donc ses tresses, se disant qu'elle pourrait les ôter plus tard.

Décidée, Mélisande glissa comme une ombre silencieuse dans les couloirs, entraînée à éviter chaque latte de parquet grinçante depuis des années. Elle sortit de la maison, ombre furtive que seule la lune accompagnait dans sa course. Du moins le pensait-elle car, en approchant de son but, elle entendit la rumeur d'un pas en écho du sien qui frappait le pavé, et elle eut la certitude qu'une fois de plus elle était bien suivie.

Elle continua sa route jusqu'à l'hôtel particulier de Jehan et le contourna pour gagner l'arrière. L'heure était presque similaire à sa précédente visite et elle put agir à l'identique, profitant d'un moment où l'un des serviteurs s'éloignait dans l'arrière-cour.

Sur le seuil, elle jeta toutefois un regard dans la rue et aperçut une silhouette couverte d'un mantelet sombre.

Observe-moi bien, je suis dans le lieu de perdition. Rapporte-le à ton maître, qu'il reste bredouille ; il n'y a plus à ravir ici !

Le grincement de la porte tira Jehan de ses pensées moroses. Il avait relu presque toutes les phrases de son essai philosophique écrites ce soir-là sans s'en dépêtrer. Curieusement, il se refusait à admettre qu'il attendait encore une visite, et ce, depuis plus de dix jours, bien après le coucher du soleil...

Quand son regard se reporta sur le seuil, l'apparition espérée s'y tenait. Il la détailla, se demandant s'il rêvait. La familiarité de la réflexion le secoua et il se redressa.

Dans les yeux de Mélisande, il devina une hésitation. Gêne, trouble... peur ? Sans doute imaginait-il de toutes pièces ces sentiments mêlés, ou bien cette femme avait vraiment le visage le plus expressif qu'il ait jamais vu.

Puis le souvenir de leur étreinte lui revint, ce qu'il avait éprouvé en l'entendant soupirer et gémir. Une flamme ne possède-t-elle pas infiniment de nuances quand on l'observe avec attention ?

— J'ai réfléchi à ce qui convenait de faire depuis des jours. Cet individu ne cessant pas sa surveillance, une preuve concrète sera la meilleure des réponses à leur offrir, non ? Me revoici donc devant vous... Sans être sûre de ne pas me montrer à nouveau importune comme quand...

Il aurait dû faire preuve d'un minimum de retenue, faire appel à son jugement pour s'exhorter à la prudence, mais à la place il marcha vers elle et l'attira contre lui sans lui laisser finir sa phrase. Déjà, elle penchait la tête et il rencontra ses lèvres dans un baiser passionné. Le goût sucré d'un fruit semblait s'attarder sur sa bouche et il songea que la maladresse de la dernière fois n'était plus qu'un lointain souvenir.

Ses mains remontèrent le long des bras de Mélisande qu'il souligna d'un geste appuyé, comme pour s'assurer de sa présence avant de venir empaumer ses joues.

D'une caresse des pouces, il l'incita à ployer encore en arrière et approfondit leur baiser. Sa langue s'aventura contre la sienne, qui réagit avec ferveur. Elle se pressa contre lui, le souffle court.

Quand il rouvrit les paupières, elle lâcha d'une voix étranglée :

— Vous m'aviez presque rejetée...

Il referma ses mains sur sa taille et la souleva pour la plaquer contre lui et permettre à leurs yeux de se retrouver au même niveau. Après une hésitation manifeste, Mélisande passa les bras autour de son cou.

Jehan ignorait ce qu'il aurait pu lui répondre. Avouer qu'il avait espéré la revoir chez lui dès le lendemain soir, ce qui n'avait rien du comportement d'un gentilhomme ? Que, s'il avait tenté de la repousser, c'était parce qu'il était conscient de leurs positions sociales respectives et que cela aurait dû interdire tout rapprochement entre eux ? Elle n'était pas libre d'une telle relation, pas plus que lui.

Plus encore que les convenances, il y avait le fait qu'elle s'était sûrement résolue à le trouver par peur, et que, dans ce cas, cela tenait d'un chantage des plus vils. Une seconde il envisagea de formuler tout cela, même maladroitement. Mais l'idée de l'entendre confirmer ce qu'il croyait le glaça. Il se montrait lâche...

Ce qui s'était passé, la passion qu'ils avaient partagée et la façon dont il s'était laissé déborder, tout cela lui était apparu presque comme un étourdissement bref, et inexplicable. Alors pourquoi persister dans l'erreur et se ruer ainsi sur ses lèvres ? Qui accuser, quand il savait que la chair faible n'était en aucun cas une excuse cette fois-ci ? Doucement, il la reposa, presque avec précaution.

— Tu as pris des risques en revenant, s'inquiéta-t-il tout haut à la place.

Le regard de Mélisande, étrangement sombre, le parcourut.

— J'ignore quand je me suis mise en péril, admit-elle à mi-voix. Avec le Rossignol ? En me rendant ici ? Et, assurément, en souhaitant revenir...

Cet aveu le troubla, parce qu'il résonnait trop en lui. Oh ! il ne se faisait guère d'illusion et comprenait l'urgence qui poussait Mélisande, son besoin de protection. Mais, un instant, il aima à croire que ce moment qui n'avait cessé de le hanter l'avait aussi tourmentée. Il ne voulait pas être seul dans ce cas...

Des mots tus flottaient entre eux. Il aurait dû l'interroger, il aurait dû s'assurer de ce qu'elle éprouvait, mais ne savait comment s'y prendre. Écrire lui paraissait infiniment plus aisé que trouver les quelques phrases qu'il aurait fallu prononcer.

Quand il perçut son regard clair, avec cette même nuance indéfinissable entre vert et bleu, il se força à parler pour ne pas se montrer indigne à tout point de vue :

— Mélisande, chaque nuit que tu passeras ici ne fera que compliquer les choses.

Sa protestation sonna bien faible à ses oreilles, conscient qu'ils devaient faire preuve de raison... sans en avoir la moindre envie. Elle avait encore cette odeur de violette douce et entêtante. Contre lui il sentait la chaleur de sa peau à travers le vêtement. Sa façon de le dévisager enfin lui sembla presque douloureuse. Mélisande fixait ses lèvres et il se demanda vraiment si elle pouvait l'appeler sans un mot, ou s'il en rêvait seulement.

— Le vin est déjà tiré, rétorqua-t-elle dans un murmure presque inaudible.

— Peut-être, mais une fois ivre, il sera trop tard pour regretter... ou s'arrêter.

Ils s'observèrent dans un silence lourd. L'envie de la toucher lui brûlait les doigts. Il contracta ses muscles et le mouvement involontaire de son bas-ventre lui rappela le désir latent qui envahissait chacun de ses membres.

Mélisande se percha sur la pointe des pieds et, comme le premier soir, en sentant sa main aux longs doigts fins s'appuyer sur lui comme pour s'empêcher de tomber, son besoin d'elle se creusa encore en lui.

— Mais mon seigneur... je crains de regretter bien plus de garder mes distances que de me perdre dans vos bras, finalement.

L'aveu aurait pu sonner avec assurance. Être celui d'une séductrice, rouée à l'art de déployer ses charmes. Pourtant Jehan savait bien être celui qui avait ravi sa virginité. Et, comme à ce moment-là, la supplique dans ses yeux tenait bien plus d'un constat inquiet que d'une envie de le tenter, il l'aurait parié. Parce qu'il éprouvait la même chose.

La tension entre eux sembla s'épaissir, intense et insoutenable. Il sentit le mouvement de sa poitrine soulevé par son inspiration hachée. Songeur, il se dit presque pour lui-même :
— Se perdre ?

Le terme lui parut bien choisi. Perdre les principes et la rigueur qu'il pensait avoir. Perdre la raison juste pour des bras qui lui étaient interdits. L'image de son père tirant une servante tremblante dans un vestibule lui revint, sorte de frisson funeste et répugnant qui lui donnait encore la nausée des années après.

Sauf que, devant lui, Mélisande ne tremblait pas, ne le fuyait pas. Sa main ne l'avait même pas lâché... L'envie pouvait-elle être plus forte que toute autre considération ? L'un de ses doigts caressa la joue veloutée alors que son esprit se débattait, entravé par l'indécision.

Elle inclina la tête comme pour l'encourager. Les arguments qu'il tentait d'ériger sur un sol meuble s'écroulèrent d'eux-mêmes.

Enfin, il se porta à sa rencontre et scella leurs lèvres d'un baiser, abdiquant pour de bon. Il le fit cependant avec une lenteur consommée, espérant contre toute attente qu'elle s'écarte et leur évite ce qui était de toute évidence une erreur. Chacun de ses muscles tendus protestait, il avait seulement besoin d'attraper sa bouche, de l'emporter jusqu'à son lit où il se perdrait au creux de sa nuque et de ses deux seins ronds, pour inspirer son odeur.

Il tint bon, s'exhortant à conserver cet ultime rempart : si elle venait à lui, il n'agirait pas comme un homme aussi fruste que celui qui l'avait mis au monde.

Mélisande, inconsciente de son tourment, avança d'un geste fluide vers lui et embrassa sa mâchoire, suivant sa peau de ses lèvres puis de sa langue. Le contact le fit frissonner, mais ce fut l'instant qu'elle choisit pour le mordiller avec taquinerie tandis qu'une de ses mains descendait résolument le long de son torse jusqu'à son ventre, s'abîmant toujours plus bas.

Enfin, il l'arracha au sol et la porta jusqu'au bureau qu'il avait délaissé.

12

Mélisande eut l'impression d'un vertige quand elle se sentit soulevée et se raccrocha aux épaules de Jehan. Le contact du bois sous elle lui fit rouvrir les yeux. Au lieu de la couche à laquelle elle s'attendait, il l'avait portée jusqu'au bureau. Lorsqu'il la repoussa en arrière sur le large meuble de chêne, leurs regards se croisèrent. Il dut lire une interrogation dans le sien, car il se pencha en avant pour voler un baiser sur ses lèvres. Son cœur fit une nouvelle embardée mais, loin de la peur, elle éprouva une impatience grandissante.

— Je n'ai pas pu te saluer comme toi-même tu l'as fait la dernière fois, et j'en garde une certaine frustration, expliqua-t-il d'une voix lente aux intonations traînantes qui submergèrent Mélisande.

— Vous saluer ?

Jehan ne parlait pas ainsi habituellement... sauf ces fois, dans l'intimité, où il lui avait demandé de lui montrer ce qu'elle voulait qu'il lui fasse. Ce souvenir brûlant la força à avaler sa salive.

Il dénoua le cordon de sa cape, dont le tissu tiré en arrière par ses propres bras s'abattit sur le bureau. Ses pieds pendaient dans le vide et Jehan se trouvait entre ses deux jambes ouvertes, empêtré dans sa robe. Alors qu'il ne la quittait pas du regard, il se baissa et elle sentit ses mains se faufiler sous les pans d'étoffes pour chercher à tâtons ses pieds. Immobile, elle l'observa pendant qu'il la débarrassait de ses bottillons de cuir. Ils tombèrent dans un bruit mat au sol.

Ses mains étaient restées sur ses chevilles et les relevèrent pour venir lentement déposer ses pieds sur le plateau de bois, la forçant à glisser vers l'arrière. Sous ses doigts elle devina le contact de feuilles froissées sans parvenir à s'en préoccuper le moins du monde.

Elle avait maintenant les genoux rassemblés contre la poitrine et le bout de ses orteils dépassait à peine de la table. Sa position aurait été proprement impudique sans les vêtements qu'elle portait.

— Te saluer, reprit-il alors que, trop troublée par ce regard lourd sur elle, Mélisande avait tout bonnement oublié sa question. Je peux te montrer ce que j'entends par là…

Les doigts sur ses chevilles remontèrent le long de ses chausses et elle ne réalisa pas immédiatement qu'il entraînait dans le mouvement de cette indolente caresse sa cotte et son surcot de laine fine vers le haut. Un soupir mêlé de plainte lui échappa.

Il fit courir ses mains sur elle, soulignant l'articulation déliée du genou, jusqu'à la cuisse où il retroussa le bas de sa tenue. Son souffle se coupa tout à fait quand elle crut qu'il allait toucher son sexe à travers les braies qu'elle portait en dessous, mais à la place il s'interrompit.

Elle ne bougeait pas, osant à peine aspirer sa lèvre discrètement pour se forcer à ne pas parler. Elle aperçut sous le tissu de son pantalon d'intérieur un renflement qu'elle connaissait. L'idée qu'ils allaient replonger dans le même tourment parfait que la dernière fois créa un vide en elle, et attisa une avidité qu'elle ne se soupçonnait pas.

Ses doigts se glissèrent sous le vêtement de lin si près de son con qu'elle faillit sursauter. Mais il se contenta de tirer sur le cordon qui le retenait. Le mouvement distinct du lacet qui cédait peu agaça sa patience lors d'un terrible moment d'attente.

L'envie de dégager elle-même le tissu la poussa à s'agripper au bois de la table pour se contenir.

Jehan, qui épiait chacun de ses gestes à travers ses paupières mi-closes, laissa ses lèvres pleines s'étirer en un demi-sourire. Elle n'y lut nulle moquerie, juste une sorte de… complicité.

Enfin, elle estima qu'il pouvait forcément accéder à son intimité s'il pliait la main et se demanda ce qui le retenait encore. Un frisson d'anticipation la saisit ; quel effet cela lui ferait de sentir ses caresses sur elle alors qu'elle se trouvait toujours entièrement habillée ? Pas une fois, dans ses histoires, elle n'avait eu l'idée de faire conserver à ses amants leur tenue. L'étape des vêtements qui tombaient l'un après l'autre tel le prélude du chant du troubadour menant au cœur du refrain lui avait jusqu'alors apparu comme un passage obligé… Quelle douce erreur !

Lorsqu'il tira enfin sur ses braies, dénudant ses jambes, elle se souleva pour l'aider dans un état second. Elle ne portait plus que sa cotte et son surcot, nue jusqu'à la taille sous le regard brûlant de Jehan. Le rouge lui monta au front. Si elle avait pu faire preuve d'un peu d'audace la dernière fois, c'était emportée par l'élan. Ainsi posée à sa vue, elle se sentit exposée et fragile.

Presque sans y penser, elle resserra les cuisses pour se dissimuler, et ce fut le moment que choisit Jehan pour laisser glisser sa main sur son genou et repartir dans l'exploration de son corps. Un soupir lui échappa, sa poitrine se soulevant alors qu'elle secouait doucement la tête.

— Mon seigneur…

— Jehan, toi et moi nous sommes trouvés dans des situations assez intimes pour que tu oses user de mon prénom, remarqua-t-il avec un ton presque taquin quand son regard lui sembla de braise.

Lorsqu'il plongea en avant pour l'embrasser, elle répondit à son baiser avec ardeur sans s'en cacher. Ce fut elle qui entrouvrit en premier la bouche et chercha le contact de sa langue. Perdue dans cette caresse affolante, elle réalisa avec un temps de retard que les doigts brûlants sur elle avaient atteint le centre même de sa féminité et elle sentit son bassin s'arquer vers l'avant.

Il abandonna ses lèvres, et elle dut contenir une protestation. Jehan caressa de sa bouche le creux de son cou avant de descendre vers la rondeur de ses seins. Le tissu de son surcot n'était pas si épais et la pression de ses dents qui frottait son vêtement contre le bout de son téton lui tira un gémissement quand elle le sentit se dresser.

Jehan poursuivit son chemin sans s'arrêter, et quand elle rouvrit les paupières elle le vit passer derrière sa robe retroussée. La surprise n'eut pas le temps de succéder à l'incompréhension, déjà un souffle chaud sur son intimité lui arrachait un hoquet de surprise. Puis la sensation se précisa et elle devina enfin qu'il la goûtait de sa bouche.

L'émotion inédite que cela lui procura captura toute son attention ; sa pudeur débordée par ses impressions nouvelles fut vite emportée pour de bon. Elle ferma les yeux, incapable de résister à cette sensation délicieuse et parfaite. Presque sans y penser, elle partit vers l'arrière et posa ses coudes jusqu'à laisser sa tête retomber à l'envers. Jehan l'avait attirée vers l'avant et, dans cette position, elle ne le voyait plus. Tout cela aurait presque pu paraître issu de son imagination si tout son corps ne se transformait pas en flamme vive, brûlante, dont un point sensible paraissait crépiter un peu plus à chaque caresse de la langue de Jehan.

Quand elle s'aperçut que, plus que des souffles hachés, sa bouche délivrait maintenant de longues plaintes, elle changea de position pour enfouir son visage dans son bras et s'obliger à se taire.

Sur Mélisande, la bouche de Jehan se jouait d'elle avec une dextérité impertinente, ralentissant dès qu'elle se tendait, approfondissant chaque effleurement jusqu'à ce qu'elle sente ses jambes trembler sous le flot de ce qu'elle ressentait. La chaleur gagna chacun de ses membres, ses vêtements sur sa peau lui semblaient la dernière chose qui l'empêchait de s'embraser.

Une main attrapa celle qu'elle avait arrimée à la table et il entremêla leurs doigts. Ce point d'ancrage eut un drôle d'effet sur elle, comme d'amplifier chaque sensation, chaque frémissement, et en même temps la force de son amant eut l'air de se communiquer à elle. C'était intime, un lien entre eux qu'il lui offrait au lieu de se contenter de rester uniquement au cœur de son désir.

Plus encore que le plaisir qui l'assaillait, cette sensation la porta en équilibre avant de la faire basculer. Une vague de fond explosa en elle avec force et elle gémit en jouissant. Cela lui parut durer bien plus qu'il n'était possible, comme si elle flottait et ne réussissait pas à retrouver son corps.

Alanguie sur la table, ses muscles étaient retombés en désordre, l'angle de sa jambe lui tira enfin une grimace sans qu'elle soit capable de se mouvoir. Comme si Jehan le comprenait, une main secourable vint l'aider à déplacer son mollet et des doigts massèrent sa cuisse douloureuse. Elle se racla la gorge, cherchant à parler sans être sûre d'y parvenir.

Jehan l'attira contre lui et elle glissa sur le bois du bureau sans lui opposer la moindre résistance. Elle avait éprouvé un plaisir jusque-là inconcevable. Comment trouver des mots pour ce qui n'était que… sensations ? *Émotions aussi*, lui souffla une voix dans sa tête en repensant à leurs doigts entremêlés.

Lorsque Mélisande se retrouva assise sur lui, encore nue sous la taille, elle se ressaisit assez pour essayer de tirer sur le tissu, rougissante. Cela lui parut presque ridicule après s'être laissé ainsi contempler et aller à ce point, et elle redouta qu'il ne se moque. Pourtant, il n'en fit rien, repoussant une mèche qui s'était échappée d'une de ses tresses et lui barrait le front.

— Mon seigneur… vous n'auriez pas dû…

Il l'observa en silence puis désigna le guéridon qui jouxtait le bureau. Un sourire fugace traversa ses beaux traits.

— Heureusement que je pose toujours à côté le plateau que me porte mon intendant pour épargner mes feuillets en cas de maladresse. Sans cela, je crois que tu aurais fini couverte de vin...

Gênée, elle ne sut comment interpréter sa remarque, consciente qu'elle avait dû se tordre de belle manière tant ses sens avaient imposé leur loi sur son corps. Pourtant l'expression douce du visage en face d'elle n'avait rien de la raillerie méchante, il se montrait... taquin, comme on le serait avec un proche. Il attrapa un verre à pied teinté légèrement irisé. Il contenait un liquide sombre d'un bordeaux soutenu.

— Bois un peu. Tes joues me semblent à nouveau pâles.

Mélisande avait déjà observé de telles coupes au château ; sa maîtresse lui avait appris qu'elles venaient d'Italie, sans doute du côté de Rome. Mais plus habituée à manipuler de banals gobelets de grès, elle hésita de peur de le casser.

Ce fut lui qui saisit donc le récipient et l'amena à ses lèvres. Ainsi assise sur lui, une jambe repliée de chaque côté de son buste, à peine couverte de son surcot troussé, la situation lui parut encore plus incongrue quand il posa une main sur ses reins pour s'assurer qu'elle ne glisse pas. Elle but en l'épiant à travers ses cils par-dessus le rebord. Lui aussi la fixait, pensif.

À son tour, il prit une gorgée dans le même verre et ce simple geste finit de créer une confusion étrange dans son esprit ; ce que Jehan venait de faire était bien plus intime que de partager du vin sans nul doute... et pourtant...

De nombreux nobles étaient connus pour frayer avec les servantes. Frayer, badiner, oui... se comporter de la sorte ? Certainement pas.

Elle se racla la gorge et murmura :
— Merci.
Il eut un sourire.

— Tu m'as déjà dit cela la dernière fois, si je ne m'abuse, et cela me surprend toujours autant, avoua-t-il d'une voix qui fit fondre le cœur de Mélisande.

— Merci pour vos égards, précisa-t-elle.

Du doigt elle désigna la coupe. En vérité, elle pensait surtout à sa façon de s'adresser à elle, à sa prévenance aussi. Jamais elle ne l'avait vu la détailler avec la concupiscence de certains aristocrates de la cour ou ceux qui la scrutaient avec le même regard qu'ils pouvaient poser sur un attelage ou des chevaux, comme s'il la considérait comme un bien de plus. Cela lui parut d'autant plus précieux maintenant qu'elle s'était ouvertement offerte à lui.

— Nous devrions... vous savez, pour que vous aussi...

Il embrassa Mélisande pour l'inciter à se taire. Un long baiser, empreint d'une lenteur qui à elle seule ralluma la langueur en elle. Sa main dans sa nuque l'invita à ployer contre lui et elle s'adapta, passant les bras autour de son cou. Chaque geste vers lui semblait lui coûter quand la passion ne l'aveuglait pas ; elle se sentait gauche... et peut-être un peu indigne, en comparant leurs rangs respectifs.

Ses visites à la cour ne lui avaient rien mieux appris que le rôle et la place de chacun. Se glisser contre lui, l'enlacer, c'était outrepasser des règles implicites qu'elle pensait pourtant parfaitement connaître. Malgré tout, les lèvres de Jehan sur Mélisande lui imposaient de faire fi du reste.

Elle répondit à son étreinte et crut qu'il souhaitait initier plus quand ses mains parcoururent son dos, pétrirent ses hanches ; mais, contre toute attente, il s'arrêta.

— Je vais aller demander à préparer les étuves. Le bain devrait être assez grand pour nous deux. Si tu ne t'immerges pas dans de l'eau chaude tu auras des douleurs aux jambes demain vu la façon dont tu t'es tendue.

Elle secoua la tête.

— Je peux me rendre dans celles publiques de la ville au matin si...

Il caressa sa joue, ce qui lui coupa le souffle.

— J'aimerais partager avec toi ces ablutions, Mélisande, pas te laisser t'y rendre seule...

Confuse, elle mordilla ses lèvres et remarqua le regard de Jehan qui s'attardait sur sa bouche.

— Laissez-moi au moins m'en occuper pour vous. Je le fais déjà pour Christine, je peux...

Sans qu'elle sache pourquoi, le simple fait de prononcer le nom de sa maîtresse sembla créer un froid palpable entre eux. Tous deux n'ignoraient pas ce qui avait dû les réunir au début et le comte se doutait forcément de ses tâches dans la maison de Christine, qui ne possédait qu'une seule chambrière. Malgré tout, une forme de malaise flotta un instant.

Elle hésita à se relever et le quitter dès à présent pour y mettre fin, sensible à l'atmosphère toute différente. Pourtant, il ne bougea pas ses mains de ses hanches, et se contenta de secouer la tête.

— Ici, tu n'as pas à te soucier de tout cela, remarqua-t-il enfin, posément. Il n'est pas rare que je demande à mon valet ou à la servante qui s'occupe encore du feu de s'en charger. Je pense qu'ils ont même déjà dû préparer la salle. Je m'assurerai qu'ils aillent se coucher et ainsi nous pourrons nous y rendre ensemble.

Il se redressa en la soulevant comme si elle ne pesait rien, puis il la reposa sur son large siège de bois à l'assise rembourrée de velours rouge.

— Je reviens, promit-il.

13

Restée seule, elle observa autour d'elle. Une sensation de froid la fit frissonner, comme si Jehan avait emporté avec lui la chaleur de la pièce. Celle-ci lui parut plus grande, moins hospitalière... Si elle songea à se rhabiller en vitesse, l'idée de ce que Jehan ressentirait en la découvrant partie l'arrêta aussitôt.

Qu'il lui ait montré tant d'égards et donné tant de plaisir sans en attendre en retour méritait plus de considérations qu'une fuite sans un au revoir. Toujours troublée, elle se décida à rassembler les feuillets sur le bureau sur lequel elle avait mis un désordre indescriptible.

Par chance, l'encrier qui se trouvait à distance n'avait pas versé sur le bois et elle s'en félicita, imaginant le chêne d'une qualité évidente ruiné par un de ses gestes.

Habituée à organiser des écrits, elle vérifia rapidement si un ordre semblait se dégager de ceux-ci. Des chiffres en marge l'aidèrent et elle prit garde à ne pas toucher à ceux dont elle n'était pas sûre. Son amour des mots la rattrapa et elle parcourut les premières lignes d'une page au hasard... puis continua, fascinée par la musicalité des versets devant elle.

C'était une sorte de fable, qui lui rappela un peu certains des procédés que Christine aimait utiliser comme dans *La Cité des dames*. Jehan se servait d'allégories pour confronter des points de vue sur la sévérité à avoir pour l'éducation des enfants. L'une de ses figures prônait l'ascétisme, une rigueur à toute épreuve et de livrer l'enfant au moins de contacts possibles, comparant le petit à une terre glaise malléable dont chaque contact pouvait laisser une marque intempestive regrettable.

Face à lui, un second personnage invitait au contraire à l'écoute et au partage. Avant de défendre d'offrir à l'enfant le plus grand nombre de découvertes pour ouvrir son esprit, mathématiques, philosophie, religion...

Quand le protagoniste se servit, pour décrire les jeunes enfants, de frêles pousses en devenir dont la croissance, bien qu'inévitable, pouvait être ralentie par manque de soins ou une terre aride et inhospitalière, elle interrompit sa lecture.

Mélisande parcourut à nouveau tout le passage, frappée par plusieurs choses. L'aisance du style, limpide et simple à suivre. Le détail révélateur de deux enfants évoqués, dont l'un était une fille, sans nulle part mention de la garder loin des études suggérées. Le propos également lui parut détonnant, à l'opposé de certains traités qu'elle avait pu voir chez sa maîtresse – ce dont elle s'était attristée, incapable de faire montre d'une telle rigueur pour Marie et Jean, qui marchaient depuis peu à l'époque.

— « La terre de tous les possibles qu'est l'enfance ne peut être entravée que par l'inattention et la méchanceté de certains êtres corrompus nommés adultes, prompts à corriger, punir et sévir sans retenue ou compréhension. Si l'enfant mal-aimé ou meurtri de coups grandira malgré tout, ô combien difficile sera sa croissance, pour s'épanouir dans ce désert aride et sans amour. Laisser l'enfant marcher, grandir, découvrir et apprendre serait la mission de tous, dans un ordre juste », lut-elle à mi-voix.

Un frisson la parcourut et elle le reconnut ; il était rare, mais lui venait lorsqu'une lecture faisait écho en elle à certains principes ou croyances profondes qu'elle possédait. Dans ce cas-là l'écrit, telle la charrue au champ, creusait son sillon en elle, surtout quand une forme précise et toute nouvelle de pensée la frappait pour disséminer des graines dans son esprit. Cette sensation plus que toutes l'animait à chaque fois qu'elle avait le bonheur de la croiser au coin d'une phrase ; comme de sentir sa conscience s'élever et s'ouvrir, lui permettant de s'améliorer. Car Mélisande savait que certains textes avaient ce puissant pouvoir.

— Cela te paraît trop alambiqué ? s'enquit une voix dans son dos. Mon image ne m'a pas l'air assez porteuse. J'en cherchais une autre avant ton arrivée. J'ai essayé le ruisseau qui serpente mais s'élargit malgré tout. Les vents se rejoignant... Je suis encore en réflexion sur ce texte, le but à atteindre me semble un peu plus loin et je peine à l'apercevoir.

Jehan s'était approché en parlant, et il détailla la table où se trouvaient les paquets de feuillets ordonnés. Mélisande reposa doucement le texte.

— Je suis désolée si j'ai été indélicate, j'ai tellement l'habitude d'ordonner des feuillets... Je souhaitais seulement effacer les traces de mon passage que j'avais laissées sur ton bureau, expliqua-t-elle.

Sa voix légèrement étranglée lui parut étrange ; pourquoi réagir de façon si contrite ? Il n'avait même pas l'air en colère contre elle. Mille fois elle avait agi ainsi pour Christine, déployant pour cela autant de soins qu'il était imaginable de le faire. Mais cela, Jehan ne pouvait le savoir. Et puis, n'avait-elle pas déjà subi le courroux d'Ide pour avoir voulu ranger ses différentes plantes sans son accord ? Cette habitude était bien tenace dans son caractère.

Il lui adressa un sourire.

— Tu n'oses pas me répondre ? Christine te montre-t-elle ses écrits en cours ? s'enquit-il avec curiosité.

Prudente, Mélisande acquiesça. La froideur à l'évocation de sa maîtresse ne lui avait pas échappé tout à l'heure. Il se contenta d'opiner du chef.

— Je m'en doutais à ta façon de lire, commenta-t-il seulement, on comprend que tu cherches à te représenter la composition des vers… Suis-moi, le bain est prêt. Ne tardons pas, le dernier baquet d'eau chaude vient d'y être versé.

Jehan saisit sa main et l'entraîna à sa suite. Ils parvinrent à la petite pièce qui devait se situer au-dessus des cuisines. Le conduit de la cheminée se trouvait sûrement derrière le mur, tant la chaleur s'en dégageait.

D'un geste, il l'invita à se déshabiller alors que lui-même ôtait sa chemise d'un mouvement large par-dessus sa tête. Dans un drôle de moment qui ressemblait à un songe, elle se dévêtit aux côtés de Jehan, observant entre ses cils le corps de l'homme qui lui faisait face. Si elle l'avait détaillé au cours de la première nuit qu'ils avaient partagée, cette fois elle n'était pas aveuglée par la passion et eut l'impression de le redécouvrir.

Ce fut lui qui l'aida à passer la chemise sous sa cotte au-dessus de sa tête. Il caressa doucement ses épaules, la faisant frissonner, et l'enlaça. Dans son plus simple appareil, elle se laissa porter jusqu'à la baignoire dont il enjamba le rebord avant de les immerger tous les deux. Assise dos contre Jehan, elle ne put retenir un sourire.

Il l'aperçut et l'interrogea du regard.

— Je pense m'être endormie au coin du feu et faire des rêves bien étranges, avoua-t-elle en voyant qu'il continuait de la fixer.

— Et agréables, j'espère.

Elle eut un petit rire et approuva.

Jehan posa ses larges mains sur ses épaules et entreprit de la masser.

— Je me demande néanmoins comment je dois prendre cette remarque, reprit-il finalement.

— Bien, je suppose. Je n'ai pas parlé de cauchemar, rappela-t-elle. Cela me paraît juste trop doux pour être vrai… enfin, peut-être que doux n'est pas le mot le plus approprié.

La position de Jehan dans son dos semblait lui délier la langue tout en suscitant un trouble en elle. Sans mot dire, Jehan approfondit le massage et elle sentit d'anciennes douleurs fondre sous l'habile jeu de ses doigts experts. Quoi qu'elle pense, elle ne pouvait le dire sans réfléchir ; cela pouvait être dangereux, même si la situation avait un air d'intimité trompeur...

— Mélisande ? Tu es bien silencieuse.

— Je réfléchissais à votre texte, mentit-elle.

Le ballet de ses mains reprit après un bref arrêt.

— Je l'ai beaucoup aimé, insista-t-elle, ce qui au moins était exact, cette fois.

Elle s'appliqua à décrire ce qu'elle en avait pensé comme elle avait pu le faire avec Christine ou en s'inspirant des réunions de dames à la cour. Quand Jehan lui répondit, elle devina le sourire dans sa voix :

— On sent à quel point ton quotidien doit t'immerger dans la lecture et la construction d'écrits... Merci. Je suis touché que tu apprécies mon dernier travail en cours, même s'il me semble encore très imparfait. Tes compliments me donnent la volonté de continuer à l'améliorer.

La légère réserve qu'elle avait l'impression de percevoir dans ses mots l'intrigua ; Mélisande tenta de retourner la tête, mais elle ne découvrit rien dans son regard qui lui donnerait raison.

Prudente, elle s'enquit :

— Vous auriez souhaité que je m'abstienne d'émettre une opinion ?

— Du tout, contra-t-il d'une voix tranquille. J'étais sincère en te remerciant.

Son ton avait l'air si posé et ouvert qu'elle réfléchit avant d'essayer une nouvelle question :

— Comment vous est venue l'idée d'aborder ce thème, surtout de cette façon ? J'ai trouvé votre approche très différente de ce que j'avais déjà pu lire à ce propos.

Si elle avait pesé ses mots, seul un silence lui répondit. Qui dura, la faisant douter : le comte lui avait peut-être affirmé être content de son retour par simple politesse. Pourquoi aurait-il voulu s'entretenir avec elle de ce qui guidait son travail et de la façon dont il construisait son argumentation après tout ? Elle n'était pas Christine, juste le Rossignol.

La voix dans son dos la surprit, tant elle ne l'attendait plus :

— Je crois que mon éducation a beaucoup joué. Mon père était un homme de lettres. Il a pris comme sujet d'étude ses propres rejetons pour comprendre comment un jeune enfant pouvait grandir avec... disons le moins possible de soins. Il estimait que les attentions amollissaient le caractère, rendant inapte la pensée logique.

Mélisande se figea devant l'aveu. Sans qu'elle puisse juger si c'était par un fait exprès, la position des mains de Jehan l'empêchait de se retourner pour le dévisager. Immobile, elle chercha une réponse... sans en trouver.

— Quel genre d'attentions ? s'enquit-elle d'une petite voix, réalisant qu'elle voulait vraiment le savoir, ce n'était pas par simple politesse qu'elle lui demandait.

Un rire froid résonna dans son dos.

— Ma foi... toutes. Les marques d'affection. La gentillesse, le jeu, les caresses ou ce genre de gestes de tendresse qu'il rapprochait de la mièvrerie inutile, selon lui dus aux femmes. Ma mère est morte en couches à la naissance de mon plus jeune frère. J'avais huit ans. Adelphe a été nourri et changé mais, dès qu'il a pu marcher, notre père a ordonné à ce qu'il soit laissé avec pour seule compagnie des livres et objets de sciences, qu'il se plonge dans les études et les apprentissages de base.

Songeur, Jehan garda le silence, avant de reprendre d'une voix étrangement neutre :

— Quiconque surpris à lui parler ou s'en occuper était roué de coups... Je l'ai été bien souvent. Il est mort très tôt, je doute qu'il ait atteint ses trois ans, mais rien ne le retenait à la vie, en somme. Clotaire, mon cadet de deux ans était resté avec ma mère plus longtemps, même si elle avait interdiction de le choyer...

Il se tut, comme perdu dans ses pensées. Mélisande avait bien remarqué qu'il n'avait pas évoqué sa propre enfance. Quand on a soi-même assez souffert, on n'a guère besoin de plus d'explications que nécessaire pour deviner la douleur qui se cache dans certains souvenirs. Pourtant, très lentement, elle recula vers lui et demanda :

— Et vous-même ?

Il eut un rire sans joie.

— Il n'y a rien à en dire. J'étais solitaire... forcé de chasser avec lui et de m'éduquer tout le reste du temps. Mes seuls souvenirs un peu heureux, je les dois à un oncle qui me considérait comme un fils et a fait tout son possible pour m'éloigner quand il le pouvait. C'est lui qui a dépêché Gauchet à mon service dès que je suis devenu un homme et, malgré nos dix ans de différence, ce valet surgi de nulle part s'est transformé eu un allié sans faille doublé d'un ami.

Le massage sur ses épaules recommença. Elle profita du mouvement pour finir de venir épouser son large dos. Si ce geste ne suffisait à effacer l'ombre du passé, elle estima que ne pas souffrir seul lui serait préférable. Suivant son instinct, elle laissa ses mains reposer sur les jambes de Jehan autour d'elle, juste pour avoir la sensation de se tenir plus près de lui.

— Désolé, j'aurais dû esquiver ta question plutôt que de me montrer franc. Mais depuis que j'ai entrepris la rédaction de cet essai...

— Je vous avais demandé pour recevoir une réponse honnête, affirma-t-elle calmement.

Après une hésitation, elle caressa la peau sous ses doigts, à peine, il aurait pu ne pas y prêter garde. Songeur, Jehan remarqua :

— Je devine que la forme de fable ne permettra sans doute

pas d'ôter toute curiosité chez mon lecteur. Je m'étais mépris sur ce que je ressentirais en en parlant.

Sa voix parfaitement maîtrisée frappa Mélisande ; même la façon dont il la touchait ne semblait pas affectée par ce qu'il lui avait confié. Pourtant, elle vivait au quotidien avec des enfants. Chacun d'eux l'avait aidée à mieux mesurer leur besoin immense d'attention… et d'amour, oui. Qu'un homme veuille à ce point le nier la dépassait et lui paraissait bien douloureux.

Elle jugea également la force de caractère que Jehan avait dû développer en grandissant ainsi, quand elle-même ne pouvait dissimuler ne serait-ce que l'émotion qu'elle éprouvait en évoquant la mort de sa mère. À l'image du noble fougueux qui lui avait donné un plaisir sans pareil, ou du comte qui déambulait à la cour, l'air impassible, ou même de celui qui s'inquiétait de sa sécurité, se superposait maintenant celle d'un plus jeune garçon esseulé, roué de coups pour avoir voulu parler à son petit frère.

Jehan épousa les formes de son dos et posa son menton sur son épaule. Saisie par son geste, elle demeura figée quelques secondes : cette étreinte n'avait-elle pas une ressemblance avec celle d'un couple, bien loin de la promiscuité de deux amants ?

Pourquoi son cœur lui semblait-il battre plus vite que pendant un baiser de Jehan ? Existait-il une manière de se rapprocher de quelqu'un, plus que par une étreinte, quand les pensées en venaient à se rejoindre ?

— Sais-tu pourquoi j'ai apprécié Christine la toute première fois où je me suis entretenu avec elle à la cour ?

Mélisande se contenta de secouer la tête, ce faisant elle perçut l'effluve de Jehan après sa chaleur qui se diffusait lentement en elle.

— Une noble lui parlait de son fils resté vers Bourges où elle avait ses terres. Elle ne l'avait pas croisé depuis des mois, et expliquait qu'un oncle le prendrait bientôt chez lui dans le Languedoc pour son éducation. L'expression poliment lointaine de Christine a disparu quand elle a évoqué ses propres enfants, et qu'elle a avoué ne pas pouvoir imaginer s'en séparer tant qu'elle le pourrait... Je n'ignore pas qu'il est normal de déléguer l'entraînement militaire ou les apprentissages à des hommes d'Église... Mais j'ai été heureux de voir qu'une femme aussi instruite et accomplie que Christine pouvait y trouver de la tristesse.

Mélisande sourit, son cœur se réchauffant en songeant à la façon dont Jean et Marie changeaient si vite au fil des ans, et quelle peine elle aurait d'avoir à s'en tenir éloignée. Elle aurait pu expliquer à Jehan que sa maîtresse était marquée de la perte de son fils... mais à quoi bon ? Le comte l'avait souligné, il n'était pas rare d'avoir à dire adieu à un de ses enfants. De nombreuses familles en pleuraient dans l'intimité. Ce n'était surtout pas son histoire, même si elle avait porté le deuil avec Christine.

— Je pense qu'elle les veillera aussi longtemps que la providence le lui permettra.

Le silence qui les relia fut tout différent cette fois, tissé d'aveux autant que de soupirs ou de cette envie que provoquait Jehan à chaque fois qu'une de ses mains bougeait contre elle. Mélisande se demanda si ce sentiment étrange de respect qui grandissait en elle avait bien sa place entre eux. N'étaient-ils pas que des amants ?

Peut-être même de faux amants, qui ne s'étaient vus que deux fois, après tout il ne s'était rapproché d'elle que pour simuler l'intérêt et éloigner un fâcheux éconduit. Elle ne devait rien représenter pour lui... Non, se reprit-elle. Il devait au moins lui accorder une certaine confiance, car, sans cela, elle l'aurait parié, il n'était pas homme à s'épancher sur lui ou son passé.

Comme s'il lisait dans ses pensées, Jehan remua et attrapa sa main. La température de l'eau lui semblait avoir à peine baissé, à moins qu'elle ne puisse s'en rendre compte tant qu'il se trouvait contre elle. La suivante mêla leurs doigts.

— Mélisande, souhaites-tu vraiment… revenir ? Ce qui s'est passé demeurera entre nous, mais tu as couru de grands risques.

Immobile, elle comprit que l'instant était grave. Et il avait raison ; elle venait ici au mépris des convenances ou des mauvaises rencontres nocturnes. Sans même évoquer les conséquences de leur rapprochement. Si elle avait surpris plusieurs fois des femmes qui travaillaient avec Amédée aux cuisines discuter des plantes à prendre pour ne pas devenir filles-mères, ou que Bertille lui avait aussi dispensé quelques conseils, une grossesse non désirée pouvait être un réel problème… elle en était la preuve.

Pourtant, à l'idée de lui dire que ce qu'il y avait eu était une erreur ou de ne plus le revoir, son cœur se serra comme si le plus grand péril se trouvait bien là, dans le fait de renoncer à cette folie. De toute son âme, elle s'exhorta à faire appel à son bon sens pour se convaincre de ne pas persister sur cette voie. Mais chacun des souvenirs de ses baisers, la présence même de Jehan contre elle à cet instant…

— Nous devrions sans doute nous en tenir là et…

Quand il dit ces mots, elle le coupa sans réfléchir pour l'empêcher de continuer :

— L'idée de ne plus vous voir me semble si douloureuse que je répugne à l'envisager, souffla-t-elle.

Elle avait honte et, en abdiquant, marchait sûrement vers sa perte ; mais elle se croyait incapable d'agir autrement. Jehan saisit ses hanches et la tourna vers lui alors qu'elle rabattait ses jambes sous elle. Cette position un peu en surplomb lui permit de le détailler de face. Un mélange complexe d'émotions avait l'air de parcourir son visage ; soulagement, passion… envie. Bonheur, peut-être.

Il attrapa sa nuque et lui donna un baiser presque rude, mais qui l'embrasa aussitôt. Elle se pressa contre lui et s'agrippa à ses épaules larges pour garder l'équilibre. Cette étreinte avait la force d'un serment, ils décidaient ensemble de s'abîmer dans le pire des chemins de traverse, mais peut-être qu'aucun d'eux ne souhaitait se dérober pour autant...

— Nous allons nous montrer plus prudents au cours de nos étreintes alors, et tu ne viendras plus ici seule déjà. C'est hors de question...

Perdue dans les sensations qui se développaient dans son ventre sous les caresses que Jehan lui prodiguait, elle acquiesça, à peine consciente de tout ce qui n'était pas ce moment.

14

Cela faisait déjà trois longs mois que Mélisande voyait Jehan en cachette, plusieurs fois par semaine. Si, au départ, ils avaient arrêté un unique rendez-vous hebdomadaire, l'envie de plus se retrouver était arrivée très vite, attisée par le manque. Manque de ses caresses, de ces moments aux étuves où ils échangeaient à bâtons rompus, avant de se mêler de nouveau avec passion.

Jehan avait tenu parole, ce qu'elle pensait savoir sur la manière dont les femmes en venaient à avoir des enfants s'était vérifié lorsqu'il avait commencé à prendre garde, à l'approche de la jouissance, à ne pas rester en elle.

Son valet l'attendait également au coin de la rue où vivait Christine pour l'escorter et la ramenait toujours avant le lever du soleil ; s'assurant ainsi qu'elle ne risquait jamais de mauvaises rencontres.

La vie à la cour ne paraissait plus aussi trépidante à Mélisande, elle regardait de loin les intrigues et piques que se lançaient les nobles dames. Les conversations sur l'éducation qu'elle avait eues avec Jehan lui avaient permis de s'appliquer à vivre au mieux chaque moment jusqu'à ce que le soleil décline, attendant ses nuits plus belles encore que ses jours.

Les lendemains qui suivaient les visites à Jehan passaient dans un brouillard bienheureux, tissé de fatigue et ponctué de tous les tiraillements des muscles de son corps qui lui rappelaient chacune de leurs étreintes.

Cette fatigue nouvelle ne devait plus rien à ses anciennes activités nocturnes, car Mélisande traversait, pour la première fois, une période où l'espace de liberté que lui offrait l'écriture lui avait échappé. Que ce soit la ballade, le rondeau, le fabliau érotique ou même la chanson de geste, guère usitée, aucun ne trouvait grâce à ses yeux. Toutes les formes qu'elle avait pu explorer par le passé ne semblaient plus rendre justice à ce qu'elle ressentait les nuits où elle se rendait chez Jehan. Au point qu'elle avait reposé sa plume un mois complet.

Puis l'envie était réapparue ; renouer avec les moments vécus en attendant les prochains, créer de toutes pièces de nouveaux personnages, très loin d'elle ou de son amant. Une noble dame malheureuse avec un mari tyrannique, une femme soumise à un odieux chantage par un duc avide de ravir sa virginité pour se venger de son frère, un chevalier revenu hanté d'une bataille pourtant gagnée par un combat épique…

Les mots étaient revenus, et avec eux les images de ces êtres de papier qu'elle brossait une phrase après l'autre, ainsi que le plaisir d'admettre que sa passion pour l'écriture méritait qu'elle accepte les défauts de ses œuvres. Un jour, à force de persister, peut-être trouverait-elle une manière de dérouler le fil d'une histoire vraiment à la hauteur de ce qu'elle avait pu ressentir et surtout de ce qu'elle souhaitait transmettre à ses lectrices. Tel un artisan ; il lui fallait cent fois reprendre son ouvrage jusqu'à obtenir le résultat voulu. L'orfèvre aussi avait dû s'entraîner à en avoir les doigts douloureux.

Les discussions qu'elle avait avec Jehan avaient également guidé sa plume sur la voie de l'écriture. Ce dernier ne prisait que les traités didactiques, les essais politiques et les réflexions qu'il avait pu lui partager sur l'éducation. Il ne s'intéressait même pas, comme Christine de Pizan, aux essais relatant l'histoire passée ou la pensée religieuse. Aucun de ses textes n'avait la veine courtoise ou ne s'attardait sur des faits d'armes chevaleresques, pourtant très en vogue.

Ils avaient évoqué, d'abord prudemment, puis plus largement ce qu'ils lisaient chacun, comparant les auteurs qu'ils avaient aimés. À cette occasion, ils avaient évoqué le positionnement de Jehan contre *Le Roman de la Rose*, lors de la violente querelle déclenchée quelques années auparavant par la critique de Christine de la réécriture de Jean de Meung, personnage que Jehan méprisait profondément :

— Son ajout se contente de décrire les femmes comme de coquettes manipulatrices dont l'intérêt se résumerait à pouvoir être déflorées... S'il n'a jamais essayé de parler avec aucune d'entre elles, il devrait s'en prendre à lui-même quant à sa piètre compréhension de celles qu'il tance et accuse sans vergogne, avait râlé Jehan.

Mélisande s'était épanchée sur la façon dont Jean de Montreuil et son frère Humbert, secondés d'autres nobles, avaient poursuivi Christine, espérant lui faire admettre son erreur et la qualité du texte qu'elle avait dénoncé publiquement. Cette affaire ayant secoué la cour, Jehan avait aussi pris parti à l'époque, quand on l'avait interrogé, et il avait appuyé les défenseurs de Christine, tel Jean Gerson.

Ils avaient évoqué le *fin'amor*, que, inévitablement, tout un chacun s'intéressant à l'œuvre de ses prédécesseurs avait pu lire. Si Jehan écrivait en vers, Mélisande se servait presque exclusivement de la prose. Il usait également bien souvent du latin, que Mélisande maîtrisait difficilement. À l'image de Christine, elle préférait d'ailleurs garder le français pour ses écrits.

Leurs discussions, de ponctuelles, étaient devenues plus régulières et complexes. Elles avaient donné envie à Mélisande de revoir la manière dont elle structurait ses textes. Et c'était presque par accident qu'une fois, elle lui avait avoué sans y penser :

— Ce texte a la force du vent, il emporte avec lui les idées et pousse en avant. Vos lecteurs réviseront assurément leur jugement sur ce qu'ils croyaient juste avant de vous lire, mais...

Elle évoquait un traité satirique mettant en scène un théologien bien inspiré qui suggérait d'aveugler les jeunes âmes de bandeaux pour leur éviter de tomber dans les bras du Malin, ce qui provoquait dans l'histoire toute une génération, au cœur d'une cité, qui se retrouvait à ne plus savoir lire, écrire et en venait à réfléchir de moins en moins par elle-même, trop déroutée par son ignorance. Inéluctablement, cela les amenait à chuter dans le vice et la bassesse de caractère, rien ne les tirant vers le haut.

— Mais ? avait-il encouragé, devinant qu'elle se réfrénait.

— Vos personnages me semblent malheureusement faits d'un souffle. Ils sont fins, volatils et difficiles à s'imaginer. Si ce théologien était campé tout différemment, tel cet affreux secrétaire du roi, Jean de Montreuil, alors assurément j'aurais plus à cœur encore de le haïr et abhorrer ses propos. Il deviendrait tangible à mes yeux, que ce soit dans le rejet ou dans l'adhésion...

Jehan avait souri.

— Et si vous écriviez ce même passage de votre propre plume ? Pour me montrer réellement ce que vous entendez par là ?

La proposition, qui avait paru à Mélisande presque moqueuse, avait provoqué un silence entre eux. Ce n'était qu'à leur rencontre suivante, quand Jehan avait semblé surpris de ne pas la voir revenir avec un texte ou y avoir réfléchi, qu'elle avait réalisé son sérieux. Il s'en était d'ailleurs excusé.

— J'ai eu vent des activités du cercle de lecture de Christine à la cour et, comme des échanges ont lieu autour de l'écriture, je vous pensais coutumière du fait. Mais rien ne vous y obligeait bien sûr. Je crois juste que j'étais... sincèrement curieux de lire la façon dont vous auriez tourné ce même texte, comme le sujet d'un tableau, mais vu par un autre peintre. Votre remarque sur mes personnages a suscité une vive remise en question salutaire, assura-t-il.

Amusée, elle avait fini par s'enquérir :

— Vous prêteriez-vous aussi à imaginer une ballade ou un poème dans la lignée du Rossignol ? Celui contre lequel vous m'avez tant mise en garde ?

Le trouble avait cédé la place à une lueur taquine dans les yeux de Jehan.

— Un défi pour me faire réaliser que je ne serai pas à la hauteur de la réputation qui vous précède, ô maîtresse d'un art que je ne possède certes pas ?

Elle avait haussé les épaules, l'air dégagé, en retenant son sourire cette fois.

— Bien sûr que non, je suis...

— Vous auriez eu raison, l'avait-il coupé. Faisons cela, revenez avec un texte et je m'essaierai à un piètre rondeau pour prouver que je sais accepter mes propres manquements.

C'était ce soir qu'elle devait lui ramener sa tentative. L'idée d'être lue par Jehan sur un tout autre registre l'avait décontenancée... mais aussi incitée à se dépasser. Il lui avait prêté une ébauche de son passage et elle avait pu l'étudier.

Son théologien avait, sous sa plume, pris la patine d'un vieux barbon qui empruntait beaucoup à Hugues de Beauvillé, surtout par l'esprit, quoique plus retors et ennemi des femmes, comme un Jean de Meung au firmament de son dédain moqueur. Elle l'avait rendu si réel et détestable à ses yeux que, si ses doigts gourds avaient maîtrisé cet art délicat, elle aurait pu en esquisser un portrait.

À son arrivée à l'hôtel particulier de Jehan, Gauchet s'éclipsa comme à son habitude dès qu'ils furent dans le hall. Elle rejoignit l'étage et remarqua que la porte de la chambre était entrouverte. Sur le bureau, un simple mot lui apprit qu'il l'attendait aux étuves.

En découvrant que Mélisande appréciait de se délasser dans l'eau après des journées harassantes, Jehan avait veillé qu'elle puisse se baigner le plus souvent possible. Ils avaient aussi vite remarqué que la proximité de ce moment était idéale pour initier leurs jeux amoureux. Qu'une servante de sa connaissance ait évoqué les bains qu'elle prenait après avoir rencontré son galant participait peut-être un peu dans son propre attrait. Cependant, cela n'avait encore jamais inauguré aucun rendez-vous. Elle hésita, mais emporta son texte, n'en voyant pas de la main de Jehan sur le bureau.

Lorsqu'elle ouvrit le battant de bois, un léger grincement lui fit retenir son souffle. Son regard croisa celui de Jehan. Ses cheveux bruns plaqués en arrière par l'eau étaient humides et, en travers de la baignoire, une large planche accueillait deux gobelets de grès, une carafe ainsi que des feuillets.

Son cœur accéléra, bondissant joyeusement dans sa poitrine ; une émotion bien connue qu'elle pensait passagère, mais qui avait l'air de s'amplifier avec le temps. Il avait les épaules larges, la peau luisante et elle le contempla, reconnaissante d'assister à un tel spectacle.

Le sourire qu'il lui adressa n'arrangea rien ; semblait-il aussi content qu'elle le croyait de la revoir ?

— Enfin te voici ! J'ai pris la pluie sur le chemin en revenant de la cour. J'ai voulu me réchauffer et le bain était presque prêt, toi sur le point d'arriver. Désolé, rejoins-moi vite. J'ai envoyé Gauchet en fiacre malgré ta demande car, cela a beau être moins discret, il tombe des cordes et tu allais finir trempée. A-t-il obéi ?

— Il ne pleuvait plus, assura-t-elle d'une drôle de voix enrouée.

Le regard de Jehan la détailla, chaleureux. L'intérêt qu'il éveillait en elle ne cessait de croître, de tisser une toile fine dans laquelle elle avait l'impression de ne plus avoir aucune envie de se débattre.

À cet instant, pouvait-elle vraiment, en son for intérieur,

oser dire qu'elle n'était qu'impatience en espérant une étreinte à venir ? Elle savait que sa présence aussi lui avait manqué, et son sourire en coin.

— Viens, sinon je vais devoir sortir pour t'aider à ôter ces frusques, prévint-il en contemplant son surcot de laine.

Mélisande avala sa salive et approuva.

— Vous voilà bien impatient...

Il ne releva pas la sempiternelle déférence dont elle ne parvenait à se défaire malgré ses innombrables demandes. Et pour cause, elle aurait eu la sensation d'être étrangement irrespectueuse.

Apprendre à connaître Jehan n'avait pas effacé sa perception aiguë de son rang et de la différence de classe entre eux, bien au contraire. Il lui semblait mieux la mesurer chaque fois qu'ils se voyaient. Néanmoins, ce triste constat s'ajoutait aux raisons de le fuir sans vraiment faire pencher la balance.

Elle s'attela à enlever ses chaussures et chausses, se dégageant de son surcot et s'apprêtant à ôter sa cotte, mais Jehan s'impatienta et saisit sa main. Il la fit basculer dans le bain, toujours vêtue. Elle étouffa un cri et s'agrippa à ses épaules alors que le rire de Jehan remontait le long de sa peau comme une cascade joyeuse.

L'eau imprégna aussitôt ses habits et, après la surprise, elle finit par joindre son rire au sien.

— Quel désastre, comment vais-je faire pour mon retour ? souffla-t-elle en se retenant pourtant difficilement de glousser de nouveau.

C'était aussi ce qu'elle appréciait dans leurs rencontres ; les chamailleries ou moments plus légers qui émaillaient rarement son quotidien. Pour cet éclat de bonheur à s'esclaffer dans son cou, Mélisande était même prête à braver le froid dans la rue et attraper la fièvre plusieurs jours. C'était trop précieux pour être boudé.

Une sensation de bien-être maintenant familière s'étendit

sous sa peau comme un soleil vibrant et elle se serra contre lui, reconnaissante de pouvoir vivre de telles émotions à ses côtés, quand leurs lèvres se trouvèrent spontanément. Ils s'embrassèrent d'abord lentement, comme une forme de retrouvailles douce et gaie, auxquelles bientôt la passion s'invita.

Mélisande soupira sur la bouche de son amant en sentant sa langue jouer sur elle. Leur souffle se fit plus haché et elle adapta sa position pour s'asseoir à califourchon sur lui. Il la contempla puis lui retira le bonnet de lin qui couvrait ses cheveux. Elle avait déjà pris soin de défaire ses tresses, ayant remarqué qu'il aimait enfouir ses doigts dans ses boucles.

L'une de ses paumes remonta vers sa nuque et leur baiser reprit. Elle se pressa contre lui ; il l'attira plus près malgré les vêtements gorgés d'eau qui les entravaient. En un tour de main il finit par tirer sur les cordons et l'aider à ôter sa cotte et la chemise de lin qu'elle portait dessous. Il l'admira avant de saisir entre ses lèvres la pointe d'un sein dressé.

Sa main la caressa, s'attardant sur son ventre rond, qu'il souligna.

— Si belle...

Il continua son chemin et glissa ses doigts au creux de ce qu'elle avait de plus intime.

— Si humide...

Cette fois il lui arracha un rire de connivence.

— Vu la situation mon seigneur...

Il l'imita, ses dents frôlant la peau de sa nuque et coupant toute hilarité chez Mélisande soudain bien consciente des gestes de Jehan sur elle. Les plaintes qu'il parvint à lui tirer s'échappèrent si vite de sa bouche qu'elle aurait pu en avoir honte, mais le rouge de l'embarras ne ceignait plus son front depuis plusieurs semaines. Elle avait tout offert à cet homme et aimait à croire qu'elle aussi avait découvert plus de lui que quiconque... du moins elle l'espérait.

Cette pointe empoisonnée lui fit froncer les sourcils. Elle tenta d'ignorer la pensée importune et la voix de Jehan la ramena au moment présent :

— Tu as une crampe dans cette position ? Viens, ma douce.

Il l'incita à faire volte-face et elle prit appui sur la paroi en bois devant elle pour se stabiliser. Jamais encore elle ne l'avait senti dans son dos lors d'une étreinte. Si cela la décontenança, l'attrait de la nouveauté éveilla ses sens. Jehan s'ingénia à répandre une ligne de baiser dans son dos, s'aidant de ses dents pour la taquiner.

Lorsque ses doigts pincèrent la pointe de ses seins sensible, elle ondula en arrière, inconsciente de sa réaction. Il continua cette douce torture, mordillant la chair tendre de ses reins, encerclant le point de son anatomie qu'il savait la conduire à la plus grande jouissance de gestes de plus en plus précis, jusqu'à la plonger dans un état second, entre geignement et profond soupir de plaisir.

— Jehan, l'appela-t-elle, ignorant ce qu'elle espérait de lui.

Il lui écarta les cuisses et vint dans son con, se guidant en tenant ses hanches. Comme cette fois où il l'avait saluée sur le bureau de sa langue, ne pas lui faire face était aussi grisant qu'insatisfaisant. Elle appréciait tant de voir les traces de la passion dans ses yeux, ses lèvres entrouvertes, la ligne forte de sa mâchoire quand il respirait plus vite... elle aimait l'admirer tout court, plus qu'elle n'aurait su le dire.

— Oui, souffla-t-il dans son cou. Je suis là... nous devions seulement lire nos écrits, je t'attendais et dès que tu es apparue... Pourquoi me fais-tu un tel effet ? Mon corps s'avance vers toi comme la plante vers le soleil.

Incapable de parler, elle garda le silence alors qu'il continuait de solliciter de ses doigts son sexe ouvert, il plongea plus fort en elle sa hampe érigée et elle ploya vers l'avant pour l'accueillir.

Ses caresses si habiles sur elle l'avaient déjà poussée vers le point de bascule.

— Venez, le supplia-t-elle, maintenant plus sûre de ce dont elle avait besoin, ployant les hanches pour l'inviter à l'envahir.

Il obéit, la pénétrant dans un mouvement puissant qui lui tira un cri. Elle respirait difficilement, et son halètement attisa encore le désir. La sensation de l'eau sur eux, ses mains fermement accrochées à la baignoire au point que ses jointures en blanchissaient, tout cela elle le contempla yeux mi-clos, presque absente d'elle-même tant la passion la dominait.

Elle sentit son souffle sur sa peau, et gémit. Ce simple son sembla provoquer chez Jehan un frémissement qu'elle ressentit jusque dans son dos, il se colla plus contre elle et mordilla le lobe de son oreille. La surprise lui fit contracter les muscles et le mouvement de boutoir dans son con se fit plus sec. La main de Jehan sur sa hanche se crispa. Elle jouit sans se retenir, acceptant maintenant ce relâchement avec soulagement, torrent retournant dans le lit de la rivière.

Les va-et-vient erratiques de Jehan se suspendirent, il jura à mi-voix pourtant elle en fut à peine consciente. Alanguie, elle se laissa retomber vers l'avant et il la rattrapa pour éviter que son épaule ne heurte le bois devant elle. Ils se retrouvèrent intimement mêlés, comme si elle était assise sur ses jambes repliées sous eux. Sa verge fière encore figée en elle, Mélisande éprouva une gratitude immense pour ce moment d'une étrange intensité.

La proximité, l'étreinte tendre des bras de Jehan qui la tenait... Quelque chose dans son cœur rompit et elle sentit des larmes affleurer à ses paupières. Ce sentiment chaud et doux, elle le connaissait. Nier n'avait plus guère de sens. Pouvait-on douter du jour qui toujours revenait après la nuit ? Soupçonnait-on le soleil de ne point exister, car on en ressentait la caresse sans pouvoir en expérimenter le toucher ?

Son corps était comblé à cet instant. Repu de plaisir... et

d'amour. Cette idée fit frémir Mélisande comme si, après l'avoir laissée dans l'ombre, elle l'éclairait enfin pleinement.

— Mélisande ? Tu es bien silencieuse ? Mes gestes ont-ils été trop brusques ?

Elle secoua la tête.

— Je suis désolé d'avoir rompu ma promesse, reprit-il. Je n'ai pas reculé à temps...

Il la souleva lentement et elle comprit ce qu'il entendait par là, réalisant que Jehan n'avait pas interrompu leur étreinte au dernier moment comme à l'habitude. Son regard était sombre. Ce qui lui rappela qu'avec sa dame, celle qui aurait partagé son titre et son lit, il n'aurait pas eu à agir ainsi.

Vaillamment, elle lui sourit. De tout son être, elle espérait que la forme de sa bouche délivrât une douce insouciance. Elle voulait le tromper à cet instant ; le porter à croire qu'elle n'avait jamais ressenti le vide de devoir l'aider à se dérober au moment où elle aurait aimé le serrer dans ses bras et se montrer sans cesse attentive même du fond de l'abandon... car une suivante et un comte n'avaient certes pas la possibilité de se comporter autrement.

Elle songea à la phrase de Brune, la plus proche amie d'Amédée, entendue quelques jours plus tôt aux cuisines. Son galant était revenu d'un travail au loin, et il se révélait particulièrement fougueux.

— Ne vous souciez pas trop, l'eau du bain me préservera de...

Elle se tut, cherchant à conserver son air serein avec un large sourire, si faussement simulé qu'elle en avait mal aux joues. Pouvait-il s'en rendre compte ? L'expression indéchiffrable de Jehan ne se modifia pas.

Il l'incita à se presser contre lui et l'embrassa fermement. Son baiser appuyé n'avait rien d'une manière de clore le débat ; elle eut l'étrange impression qu'il tentait de la ramener à elle par ce geste, et devina confusément qu'elle s'était encore montrée transparente. Incapable de se retenir, elle se serra contre lui et répondit avec ferveur à Jehan. L'un contre l'autre, les doutes et questionnements qui l'avaient assaillie se diluèrent ; elle s'efforça de se rappeler que, dans le silence de sa chambre, elle aurait bien le temps de s'inquiéter. Ce moment, il leur appartenait et elle ne pouvait souffrir de le gâcher.

15

Quand ils se séparèrent, il caressa sa tempe humide et repoussa le rideau de cheveux accrochés à son épaule, sur laquelle il posa un baiser léger.

— Me croiras-tu si je t'assure qu'en t'entraînant aux étuves, j'imaginais plus une facétie que cette issue brûlante ?

Un sourire étendit les lèvres de Mélisande. Bonne joueuse, elle acquiesça ; n'était-elle pas souvent prise au dépourvu par les réactions de son corps dès qu'il la frôlait ?

— Vous avez fait de votre mieux pour m'induire en erreur en tout cas, ironisa-t-elle, en pointant du doigt les feuillets sur la planche qu'il avait écartée.

— Bien vu, j'aimerais faire amende honorable et te prouver ma bonne foi.

Il récupéra la tablette, la disposant en travers du bac entre eux, alors qu'ils se faisaient maintenant face. Il lui tendit les pages qu'il avait amenées. Son regard de biais la surprit et elle chercha à distinguer dans son visage un indice de ses pensées. Comme s'il en était conscient, Jehan se baissa pour attraper le propre texte de Mélisande, qui reposait sur le mantel qu'elle avait abandonné sur un tabouret de bois proche de la baignoire.

— Chacun lit l'œuvre de l'autre ? proposa-t-il finalement.

— J'ai l'étrange sensation que vous préféreriez que je m'abstienne.

Jehan la contempla, l'air plus dégagé cette fois. Il eut une légère grimace.

— Je dois admettre me croire assez peu doué pour... exprimer les regards et les gestes qui réunissent deux êtres, acheva-t-il après avoir hésité sur sa formulation.

Le sourire de Mélisande s'accentua.

— Je sais ce que tu penses, la prévint-il. J'ai lu peu de textes de gaudriole et ce n'est pas si aisé qu'il y paraît.

Une part d'elle ne put que se réjouir en réalisant le sérieux avec lequel il avait prononcé ces mots. Sans réfléchir, elle éclata de rire. Puis, intriguée, elle se pencha pour saisir le texte de Jehan et commença à le parcourir. Elle retrouva quelques poncifs qui, en un sens, faisaient partie du genre – l'héroïne avait la peau blanche comme des fleurs d'aubépine, des lèvres aussi rouges qu'un bouton de rose.

La tonalité du texte était plutôt bien mesurée, l'aspect lyrique ressortait par ses mots et il avait usé de figures classiques, telles que l'apostrophe ou l'hyperbole... Mais au fil des lignes, il avait presque versé dans la satire, utilisant une chute inattendue pour provoquer la surprise, ce qui enlevait de l'émotion au récit. Son ton presque moqueur avec le héros qui tente de séduire une belle en se trompant de promise créait encore plus de distance avec ses personnages.

Quelque part, le style habituel de Jehan semblait se rappeler par quelques saillies sur le modèle féodal ; la dame de son histoire avait l'attitude d'un seigneur exigeant et son amant devenait vassal obséquieux. Cela amusa presque Mélisande.

Une page entière était consacrée à quelques sonnets abandonnés puis raturés, mais un en particulier retint son attention :

« On lit en vain tout ce qu'Ovide écrit

Contre l'amour.

De la raison il ne faut rien attendre :

Trop de malheurs n'ont su que trop apprendre

Qu'elle n'est rien dès que le cœur agit. »[1]

Elle les parcourut à plusieurs reprises, avec plus d'émotions cette fois. Sans doute n'avait-il rien à y voir... Pourquoi Mélisande pensait-elle alors à leur situation ?

— Je plaide une méconnaissance autant que de l'incompétence, reprit Jehan, la faisant presque sursauter.

Elle remarqua qu'il pointait du doigt la feuille de sonnet qu'elle n'avait pas lâchée. Touchée, elle secoua la tête.

— Je crois quant à moi qu'il y a matière à s'améliorer... si vous en aviez réellement envie. Ne vous êtes-vous pas senti peut-être un peu gêné par l'exercice ? En vous lisant, j'ai le ressenti d'une grande application qui petit à petit glisse vers...

— Une sortie de route inévitable ? proposa-t-il.

Gentiment, elle lui sourit sans s'y laisser prendre.

— Plutôt ce que vous venez de faire. L'humour est parfois le manteau qui nous protège des émotions, n'est-ce pas ?

Jehan la dévisagea avec une drôle d'expression ; il semblait plus saisi qu'en désaccord.

— Et qu'avez-vous pensé de ma propre prose ? s'enquit-elle en voyant qu'il avait également fini de parcourir ses pages.

Le sourire de son amant s'élargit.

— J'ai compris ce que vous entendiez par vos remarques, tout s'éclaire avec ces lignes. Ce théologien est vraiment devenu exécrable maintenant, je défie quiconque de souscrire à ses idées.

Elle éclata de rire.

— J'ai forcé le trait ?

Il caressa sa joue par-dessus la tablette de bois.

— Moins que je ne l'ai fait, à vrai dire. On le verrait presque respirer, j'ai trouvé ça frappant... et inspirant. Vous avez du talent. Le Rossignol aussi, je ne l'ai jamais nié, même si je suis peu sensible à ce que je prenais pour un déballage de sentiments

---

[1]. *Rondeau* d'Antoinette Deshoulières

et de soupirs qui se devaient de rester intimes... Pardon, je crois que j'ai à nouveau usé d'ironie.

— Cela aurait presque pu avoir le piquant de la rose, oui, confirma-t-elle en prenant garde malgré tout à ne pas se vexer.

Si elle avait montré ses textes à Christine, celle-ci aurait sans doute eu la même réaction ; se concentrer sur le cœur et les émotions n'a pas ce que l'homme ou la femme de lettres recherche. Christine disait toujours être entrée dans l'écriture par nécessité, pour assurer la subsistance d'elle et des siens, son esprit étant l'une des plus sûres valeurs dont elle disposait. De ses connaissances et ce qu'elle appelait « son petit savoir » elle avait érigé une œuvre travaillée à la force de nuits sans sommeil et de longues phases de relecture.

C'était de cet exemple que s'était inspirée Mélisande en s'appliquant à se le faire sien. Elle ne voulait certes pas évoquer la théologie, l'art de la guerre ou la meilleure façon de tenir un ménage. Elle rêvait d'escapades par le vers, et de revivre les plus belles émotions qui font frapper sourd le cœur avec justesse. Telle était la tâche qu'elle s'était assignée, avec humilité. Les grands de la cour pouvaient créer des textes dont il fallait discourir, elle préférait des rondeaux qui permettaient de ressentir.

Jehan pouvait ne rien y entendre, personne ne le lui avait enseigné, surtout avec un passé où seules la réflexion et l'analyse devaient dominer.

— Je mesure pleinement vos capacités, Mélisande, intercéda Jehan d'une voix radoucie. Plus encore depuis que je me suis essayé à ces sonnets en pure perte. Hélas, je crains de ne jamais apprécier l'exercice. Mon esprit se retrouve dans la rigueur, dans le développement d'une pensée que je me dois d'organiser comme autant de pièces d'une machine... mais votre théologien marquerait bien plus de lecteurs que le mien, assurément. J'ai ébauché les bases d'un texte dont les allégories seraient des formes opposées d'apprentissage pour les plus jeunes. Je peine à les imaginer, et vous y arriveriez sans doute aisément.

Décontenancée, Mélisande le dévisagea. Qu'il reconnaisse aussi simplement qu'elle possédait bien des qualités de plume la touchait infiniment. C'était son droit de ne pas priser les mêmes formes d'œuvres qu'elle, mais le mépris, lui, l'aurait plus empoisonnée, surtout venant de sa part.

Une voix à son oreille lui souffla que seuls ceux qui comptent à nos yeux ont le pouvoir de blesser profondément, mais elle repoussa cette idée.

— Vous souhaiteriez... en discuter ? Je peux peut-être... Non, se reprit-elle. Je ne voudrais pas vous suggérer quoi que ce soit quant à votre travail en cours. Quelle cuisinière aimerait voir une autre jeter épices et herbes dans son ragoût sans la moindre bienveillance ?

Il eut un rire léger.

— L'eau de ce bain va finir glacée, venez.

Il éloigna la tablette puis l'aida à sortir, les enveloppant chacun d'un linge de lin. Elle récupéra sa robe et sa cotte toujours détrempée et les tordit au-dessus de la baignoire. Quand Jehan revint, il lui prit les vêtements pour s'en occuper à sa place, il remarqua :

— Devant le feu, ils devraient sécher... mais j'ai pour vous quelque chose si vous souhaitez... accepter mon geste.

Intriguée, elle le suivit à la chambre et découvrit, bien étalée sur le lit, une chemise, des chausses et plusieurs cottes et surcots neufs. Ses doigts effleurèrent les tissus. Leurs nuances, pourpre, lie-de-vin et lilas, avaient la profondeur des belles étoffes, celles des dames de la cour, bien différentes des teintures plus communes avec lesquelles étaient bassinées ses propres nippes. Christine veillait à ce que leur qualité ne prête pas à sourire, mais elles n'étaient pas précieuses, loin de là.

La gorge nouée, elle secoua la tête. Jehan la détaillait avec une expression neutre, difficile à interpréter.

— Je ne peux...

À qui étaient ces vêtements ? Les avait-il achetés pour elle ? L'idée incongrue lui paraissait totalement invraisemblable. Comment avait-il pu... était-ce réellement...

Mélisande aurait aimé poser la question, mais sa langue lui sembla collée à son palais, impossible à mouvoir. Pourquoi était-ce si compliqué de formuler le moindre de ses questionnements et ressentis ? Elle y parvenait sans cesse dès qu'ils s'agissaient de ses personnages !

— Mélisande ? L'envie de t'offrir ces tenues m'est venue l'autre jour, au château. Je t'ai vue suivre du regard la comtesse de Berret, dont les robes sont bien plus claires et colorées que les tiennes. Je voulais te faire plaisir, argua-t-il.

Les coins de sa bouche frémirent, mais elle se retint à temps ; il ne pouvait savoir qu'elle en éprouvait un rude camouflet. Comment aurait-il pu comprendre ? Si la comtesse avait de si beaux atours, c'était grâce à son rang. Car elle pouvait se permettre les meilleurs tissus, et qu'elle ne risquait certes pas de les souiller en récurant un sol, comme il arrivait bien souvent à Mélisande de le faire chez Christine.

Et quand bien même elle acceptait son obole, quand et comment les mettraient-elles ? Comment justifier une telle tenue auprès de sa maîtresse ou marcher si bien vêtue à la cour ? Elle aurait paru ridicule à bien des gens, c'était évident. Mais elle ne pouvait dire tout cela à Jehan et souligner le côté indélicat de ce qu'il avait fait par gentillesse et bonté.

Il la fit tourner vers lui et prit entre ses mains son visage, l'incitant à lever les yeux d'un pouce sous son menton. Ses sourcils froncés délivraient assez bien sa perplexité. Elle se força à sourire.

— Votre générosité me touche beaucoup...

— Mais j'ai eu tort ? devina-t-il.

Il la tenait toujours et sa gorge se serra. L'impression d'avoir brutalement été ramenée à sa condition alors même qu'il ne semblait pas en avoir eu l'intention lui piétina le cœur.

Si elle avait encore pu en douter, cette fois l'étendue de son inclinaison pour Jehan lui apparut pleinement.

— C'était très gentil, insista-t-elle.

Bien que maladroit, se garda-t-elle d'ajouter. Il la contempla un long moment, puis l'embrassa.

— Je me le demande, finit-il par souffler en la prenant contre lui avec force, comme s'il refusait de la lâcher.

Jehan sentit son buste raide quand il tenta de l'étreindre. Quelque chose dans son regard, d'éteint et douloureux, lui avait serré les tripes. Il ne s'attendait pas à une telle réaction. Avec le recul, il comprenait mieux l'indélicatesse de lui souligner l'aspect relativement fruste de ses vêtements.

Il n'oubliait pas leur différence de statut… sauf de temps en temps, comme lorsqu'il avait vu la femme de son tailleur mettre en avant des tenues réalisées sur commande mais non réclamées, dont la confection lui avait fait penser à elle.

Il avait imaginé la nuance du surcot sur la peau claire de Mélisande… et n'avait pas songé à mal. Il s'était dit que de nouvelles chausses et chemises de meilleure facture lui feraient plaisir. Peut-être une part de lui n'ignorait pas totalement qu'un tel cadeau serait difficile à justifier pour une simple suivante à sa maîtresse. Alors pourquoi avait-il persisté ?

L'idée qu'il ait envie de prendre soin d'elle comptait-elle ? Ce type de geste était-il une bonne façon de lui prouver ? Il se sentit gauche et emprunté en étreignant le corps de Mélisande, toujours crispé, elle qui était si prompte à se couler contre lui en douceur.

Il s'en voulut. Comme de sa farce de la faire tomber dans l'eau, car elle ne pourrait visiblement pas repartir avec les vêtements qu'il lui avait offerts. Il n'était pas rare que certains riches se piquent de ce genre de comportements, considérant les femmes des établissements de plaisirs comme faciles à acheter. À cette idée, il eut la gorge sèche.

Fermant les yeux, il lui glissa à l'oreille parfaitement honnête :

— J'ai été très mufle. Pardonnez-moi.

— Vous m'avez fait un présent, contra-t-elle d'une voix conciliante. J'aurais dû plus me réjouir... elles sont réellement magnifiques et à mon goût, c'est juste que...

— Un présent qui vous met dans l'embarras n'en est pas un. Ce n'était pas dans le but de vous habiller tout autrement, j'ai pensé à votre amour pour ces couleurs, au confort de vêtements plus doux... Et j'ai été grossier.

Elle s'écarta pour le dévisager. Ignorer les larmes contenues dans son regard aurait été bien impossible et Jehan sentit une lame quelque part s'enfoncer dans son torse. Rien en lui ne souhaitait la voir souffrir. À aucun moment. Déjà qu'il compromettait sa situation et son honneur, voilà qu'il l'insultait en la traitant en vulgaire... va-nu-pieds. Elle lui caressa la joue.

— L'égard dont vous faites preuve m'a toujours beaucoup touchée. Là encore, j'ai compris que c'en était la raison, mon ami.

Jamais encore elle ne lui avait prêté un mot si tendre et familier, cela le troubla au point de pas réfléchir avant de rétorquer :

— Forcer une personne chère à ses yeux à ne pas se sentir de valeur est une faute bien impardonnable.

La larme roula sur la joue de Mélisande. Elle garda un silence digne et il réalisa quel genre de femme elle était... et rien de ce qu'il connaissait d'elle n'était pour lui déplaire. Il se pencha et ce fut elle qui se dressa sur la pointe des pieds pour l'embrasser.

Quand ils tombèrent, emmêlés dans le lit, Jehan avait conscience de ne faire que repousser un peu plus l'inéluctable. Viendrait le temps où cette relation et les dangers qu'elle faisait courir à Mélisande ne pourrait plus continuer... pourquoi se révulsait-il à cette simple idée ?

Son souffle se perdit dans la nuque fine, la main sur son torse lui donna envie de poser un baiser sur chacun de ses doigts dont la peau était si souvent marquée par les travaux et le labeur qu'elle devait accomplir chaque jour. Leur étreinte s'intensifia, dispersant aux quatre vents ses pensées alors qu'il se sentait lâche de poursuivre tête baissée comme si de rien n'était vers une voie sans issue.

Surtout maintenant qu'il redoutait de ne plus jamais pouvoir s'interrompre...

16

La réunion de dames allait commencer. Elles étaient nombreuses, presque tous les sièges que Christine avait demandés à Mélisande étaient maintenant occupés. Bertille de Sombreval, Hermance Burja, Eulalie de Grécourt, Jeanne de Plombière, Constance Duverrier ou même la reine avaient pris place pour la séance. Plusieurs avaient ramené avec elles de petits livres, pour lire un lai, un sonnet ou un rondeau. Mais quelques dames avaient aussi leurs propres vers à proposer.

Mélisande remonta le couloir pour rejoindre l'aula du château où se tenait cette fois la réunion, au vu du nombre de nobles qui s'étaient déplacées. Elle marchait d'un bon pas tout en prenant garde à l'équilibre des deux cruches sur le plateau de vivres. Les cuisines avaient disposé des quartiers de fruits et du miel, des gâteaux d'amandes et, pour accompagner le tout, du posset et une tisane de mélisse et de menthe, pour les dames qui ne prenaient pas d'alcool.

— Te voilà enfin seule, l'interpella une voix.

Elle n'eut pas besoin de se retourner pour deviner que c'était Bertille qui s'approchait. Vu l'étroit couloir des domestiques, Mélisande ne pouvait guère l'éviter.

Elle se baissa légèrement pour effectuer une révérence, mais Bertille l'ignora pour la parcourir du regard avec acuité. Il y avait dans ses traits le qui-vive du rapace guettant sa proie. Par le passé, la noble avait déjà mis Mélisande mal à l'aise, jamais à ce point cependant.

— J'en doutais, mais je suis maintenant sûre que le Rossignol a peu dormi ces derniers temps pour s'égayer autant qu'il le pouvait, n'est-ce pas ? Je suis déçue que tu ne sois pas venue t'en ouvrir à moi. Je nous pensais plus proches...

Interdite, Mélisande hésita avant de se résoudre à nier par prudence :

— Ma dame, je ne sais...

— Quiconque t'observerait remarquerait la différence, le chèvrefeuille a enlacé la branche de noisetier.

L'image frappa Mélisande : c'était une des plus connues dans le *fin'amor* pour décrire l'union charnelle, imaginée par la poétesse Marie de France, celle-là même à qui elle avait emprunté son nom de plume. Incapable de parler, elle secoua la tête à nouveau. Le sourire de Bertille s'accentua.

— À présent que je suis sûre que ton censeur n'est pas homme à rester sourd au chant d'un bel oiseau, nous allons pouvoir converser de nouveau. Je te pardonne de m'avoir tenue à l'écart, ma douce.

— Converser ? répéta Mélisande, méfiante.

Si elle évitait le mensonge, confirmer de tels propos lui semblait tout bonnement impensable. La noble hocha du chef d'un air entendu.

— As-tu réfléchi depuis notre dernier échange ? reprit Bertille. Les écrits de l'autrice chère à nos cœurs manquent aux soirées de nos dames. Comptes-tu les abandonner à leur désarroi ?

Mélisande vérifia alentour, mais elles étaient bien seules. Elle secoua la tête.

— Vous savez que ce n'est plus possible.

La noble tiqua visiblement, avant de remarquer :

— Le but de te rapprocher de ce fâcheux n'était-il pas de lui faire valoir... tes arguments ?

Dans la voix de Bertille de Sombreval transparaissait à nouveau une forme de dédain qui frappa Mélisande. Jehan et elle avaient-ils eu maille à partir ?

— Il devrait maintenant te laisser les coudées franches, reprit-elle après une hésitation. Surtout en ce moment où il…

Bertille se tut brusquement et son interlocutrice la dévisagea sans comprendre.

— En ce moment ? Que voulez-vous…
— Je me suis mal exprimée, assura Bertille.

Décontenancée, Mélisande faillit insister, mais cela était sans doute inutile ; jamais elle n'avait vu cette femme changer d'avis. À la place elle préféra plaider sa cause :

— Mon intérêt et souci premier est de ne pas porter préjudice à ma maîtresse… Ce qui aurait pu arriver, il s'en est fallu d'un rien.

Elle avait usé du ton le plus poli dont elle disposait. Bertille la jaugea sans complaisance puis, d'un geste sec, hocha de la tête.

— Alors j'espère que tes entrailles t'entendront. Si tu abrites le fruit de tes nuits, bien vite tu regretteras d'avoir dédaigné quelques livres de plus pour assurer ton avenir, je le crains.

Sa voix avait fraîchi comme la bise de novembre. Puis elle tapota l'épaule de Mélisande, avec ce que cette dernière estima être une condescendance assez marquée.

Dans le regard de Bertille, une lueur complexe passa et Mélisande s'enquit prudemment :

— Noble dame, il me semblerait presque que, plus qu'une mise en garde, vous vous réjouissez à cette idée, et je m'en avoue un peu chagrinée.

Presque aussitôt, elle réalisa avoir été trop franche et se maudit. Des années à ne pas dire le fond de sa pensée à quiconque en dehors de Christine, et voilà qu'elle se relâchait brusquement ? Que lui arrivait-il ?

Cette fois Bertille eut l'air sincèrement peinée et secoua la tête.

— À toi, je ne veux aucun mal. Tu ressembles presque à mon

Ermesinde. Cette amie m'a fidèlement accompagnée toutes mes jeunes années. Je la crois d'égale intelligence, tout aussi curieuse et vive que je puis l'être... Mais elle avait le défaut de la naissance, tout comme toi. Tu ne mérites pas plus de fléau ma petite. Penses-y, Mélisande. L'argent que tu refuses te servira toujours. Les... sentiments, si tel est le cas, ne font qu'encombrer une femme. Elle prend en pitié, s'oublie pour privilégier le bonheur de l'autre, c'est une malédiction que nous portons presque toutes. Te prémunir de tels écueils vaudrait bien mieux pour ton propre bien.

Mélisande eut une drôle de révélation à ces mots. Quoi qu'il advienne, elle ne s'imaginait pas placer en premier son intérêt ou son bonheur. Elle ne voulait pas qu'on puisse découvrir pour le Rossignol, non pas pour ce que pourraient dire les gens d'elle au bout du compte, mais bien pour Christine et les siens. Peut-être s'était-elle également demandé si Jehan pourrait être moqué d'avoir frayé avec elle, nonobstant elle pensait cette idée peu crédible. Un homme, surtout un noble, n'a à justifier aucune des fredaines auxquelles il se livre. Si sa vie à la cour lui avait bien appris un enseignement, c'était ce dernier.

— Nous devrions nous hâter, conclut-elle pour couper court. On m'attend pour la collation.

Bertille approuva à peine, la devançant sans un regard. Mélisande réfléchit pendant qu'elle s'activait ; si leurs relations ne risquaient pas de cesser là – après tout, Bertille de Sombreval l'avait peut-être écoutée et conseillée parce qu'elle était le Rossignol, ce qui servait aussi ses intérêts – qu'avait-elle à présent à offrir ?

Les dames discutaient entre elles à mi-voix, patientant jusqu'au moment où la reine donnerait le signal du début de séance.

Enfin, celle-ci eut un petit signe de tête et toutes s'agitèrent dans un bruit d'étoffe bruissante pour s'installer. Mélisande observa discrètement le surcot d'Hermance et ne put s'empêcher de repenser au cadeau de Jehan qu'elle avait ramené chez elle sans être sûre de le sortir un jour de sous les anciennes chausses qu'elle ne mettait plus. La nuance de violet clair était proche de sa propre tenue, assez pour lui rappeler ce cadeau dont elle ne savait que faire.

Cela faisait deux jours depuis la dernière fois que Mélisande avait revu Jehan, et elle devrait encore attendre après complies, le lendemain, pour qu'ils se retrouvent. Pourtant son impatience habituelle se teintait d'un autre sentiment difficile à définir. Peut-être la crainte ? Combien de temps arriverait-elle à garder pour elle les élans qui la portaient vers lui ? L'envie de confier au creux de la nuit le vrai nom de l'émotion qui lui étreignait le cœur ? Une telle idiotie n'inciterait-elle pas Jehan à la fuir incessamment de crainte qu'elle ne devienne insistante ?

Elle avait beau dire, si elle s'était plu à écrire des œuvres d'amants, c'était car son cœur était tendre. Étouffer ce qu'elle ressentait était possible, certes... mais jusqu'à quand avant qu'elle ne se trahisse pour de bon ? Elle avait toujours eu une nature à se réjouir ou s'attrister avec l'autre, à se soucier de ceux qui l'entouraient ou tout éprouver avec une vivacité parfois bien écrasante.

Si elle admirait tant la force de caractère de sa maîtresse, c'était sans doute car elle devinait être faite d'un bois tout différent, plus tendre et dont les coups et les chaos laissaient des traces sans parvenir à la durcir. Cela lui convenait, et elle l'avait accepté. Pourtant dans ce cas précis, il lui fallait se montrer prudente et ne pas s'épancher.

La réunion débuta, permettant à Mélisande d'esquiver ses idées sombres. Les dames commencèrent par de la lecture. Un lai, plusieurs poèmes lyriques et une chanson de geste dont Constance salua la forme. Le récit versifié décrivait le trépas tragique d'une noble en mer, sa caraque déroutée par les créatures sous-marines. Toutes écoutèrent, captives, le destin de cette dame dont le cœur ne cessait de pleurer l'époux qu'elle s'en allait rejoindre et qui, jamais, n'en saurait rien.

D'une voix non exempte de trémolos dramatiques, Constance conclut :

— « L'air était pur, la nuit régnait sans voiles.[1] »

L'image de la nuit venant avec le repos immortel de la noble dame les frappa toutes, plongeant l'auditoire dans un silence recueilli. Hermance s'essuya le coin de la paupière dans un mouchoir.

— Cette ode à la vie me touche tant, admit-elle en reprenant un peu du contenu de sa coupe pour se remettre.

Constance approuva.

— Les vers avaient une verve particulière, j'ai senti mon cœur se briser pour cette femme presque à chaque strophe.

Enfin, la reine fit signe à Christine pour qu'elles en viennent à leurs propres écrits. Christine leur sourit, et commença :

— Tout d'abord, je souhaitais vous lire un de mes textes. J'y évoque mon défunt époux parti trop tôt, et me disais que vous pourriez vous inspirer de cette expérience pour réfléchir, d'ici à notre prochaine réunion, à celui de vos proches dont vous voudriez nous parler. Cela n'est pas obligé d'être votre mari. Une mère, un fils, une fille... une personne chère à votre cœur. On n'est jamais aussi sincère et bon dans un écrit qu'en choisissant un sujet qui nous touche.

Jeanne de Plombière s'enquit presque aussitôt :

— Cette personne ne doit pas nécessairement être vivante, comme feu votre mari ? Je serais naturellement venue à écrire sur mon Arnaud mais, comme vous le savez, il nous a quittés il y a quelques années...

Son ton était resté digne, mais le tremblement léger à la fin remplit ses auditrices d'empathie ; toutes connaissaient les

---

[1]. Ce vers est extrait du poème de Marceline Desbordes-Valmore, *Les Roses*.

conditions morbides qui avaient ravi à leur doyenne son fils unique, peu de temps avant son mariage.

— J'attends de découvrir tout ce que vous voulez nous conter sur Arnaud, confirma Christine. L'écrit a cela de merveilleux qu'il ravive la mémoire des défunts parmi nous, même celles et ceux qui nous ont laissés il y a bien des années.

Après plusieurs autres questions, Christine commença sa lecture.

« Je suis née sous une bonne étoile
Puisque Amour m'a conduite
Et donnée
Au meilleur qu'on pût choisir.
Je ne pourrais décrire
Ni totalement dire
Ses grandes qualités... »[1]

Étonnamment, en écoutant ce court poème, Mélisande sentit les mêmes sentiments l'agiter que les premières fois, quand elle ne connaissait pas encore le texte de Christine... mais avec un tout autre recul. Chaque mot se parait maintenant des traits de Jehan. Comme s'il incarnait maintenant l'allégorie de l'amour à ses yeux.

Quand Christine acheva :
« L'amour qui me suffit
Pleinement, car je me mire
Et admire
En sa beauté sans orgueil
Et il fait en tout
Ce que je veux.
Prince, je suis sur le seuil
De joie quand j'aperçois

---

[1]. Vers de Christine de Pizan dans « Le Livre de la Cité des Dames », texte traduit et présenté par Thérèse Moreau et Éric Hicks, Stock, coll. « Moyen Âge », 2005.

Ce que je veux.[1] »

Mélisande repensa à leurs conversations passées. Quand Christine s'était épanchée auprès d'elle de son amour disparu, une sorte d'étrange mélange entre douceur et amertume de la perte s'équilibrait toujours. Cela avait, chaque fois, frappé sa suivante. Il n'y avait pas de bonheur sans ces instants de tristesse, pas d'amour sans un renoncement à un moment donné.

Christine pendant ce temps s'appliqua à détailler les règles qui régissaient l'écriture d'une ballade, de sa voix bien timbrée dont les accents d'Italie étaient presque éteints. On devinait ce que ces deux langues dans son quotidien lui avaient apporté pour son art. Elle savait par exemple oser s'éloigner du sens, pour se contenter de jouer avec la sonorité des mots ; ainsi un « elle » qu'elle s'amusait à isoler au détour d'un vers pouvait tout autant évoquer les ailes des anges. Cette façon d'expérimenter, Mélisande ne faisait que la contempler sans l'atteindre, baignée par une unique langue maternelle.

Christine détailla à nouveau la structure en trois temps des ballades et compara le refrain à une forme résumée et amplifiée du thème.

— C'est cet écho pour traduire la langue amoureuse, souligna-t-elle.

Isabelle de Bavière fixait Christine de ses yeux vifs et hochait la tête. Mélisande balaya du regard le reste des nobles, à bien les observer on devinait sans peine celles chez qui le propos n'avait guère porté, au contraire de celles qui cherchaient déjà comment tirer parti de ces conseils dans leurs propres textes. Les voir toutes tendues vers un seul but, une même envie de mieux écrire, réchauffa son cœur de cette connivence partagée pour toujours s'améliorer.

---

[1]. Vers de Christine de Pizan dans « Le Livre de la Cité des Dames », texte traduit et présenté par Thérèse Moreau et Éric Hicks, Stock, coll. « Moyen Âge », 2005.

Mélisande sourit ; elle était fière de compter parmi leur rang, peu importait qu'elle se tienne deux pas en arrière.

— Vous devez réfléchir à la sensation produite par vos écrits. La poésie vient de la sonorité tout autant que du sens. Si vous êtes attentives aux différents aspects de votre histoire, alors son effet sera pérenne, il s'imprimera durablement, tel le sceau dans la cire.

— Comment y parvenir ? s'enquit Hermance Burja. Faut-il privilégier les mots plus mélodieux ?

Elle avait froncé ses sourcils fins sur son haut front, pensive.

— En partie, confirma Christine. Mais je crois également que le message caché de prime abord par l'auteur peut permettre à un texte d'être perçu sous un tout nouveau jour lors d'une deuxième lecture, par exemple.

— Un peu comme ces poèmes qui ont l'air d'évoquer la nature et traitent en fait de l'acte amoureux ? s'enhardit Constance Duverrier.

Christine opina du chef avant d'ajouter :

— Ce serait une des formes les plus lisibles, certes. Il existe aussi des œuvres qui semblent évoquer une femme ou un personnage, mais servent en fait d'allégorie à tout autre chose, mort, naissance...

— Et sans doute ce dont vous nous parliez tout à l'heure, intercéda Jeanne de Plomblière, la partie personnelle de ce qu'on abandonne dans un texte. J'ai connu votre Étienne, et vos vers me l'ont rappelé. Ses mots que vous avez choisis pour lui en disant « sa beauté sans orgueil », cela lui convenait tant. J'ai presque pu le revoir sourire quand il s'adressait à vous, mon amie.

Christine, qui se trouvait à sa droite, saisit la main de Jeanne. Son émotion était palpable et elles se dévisagèrent avec une complicité propre à ce qu'elles avaient pu partager, femmes mariées, puis veuves chacune leur tour.

— Avez-vous un écrit à nous proposer ? demanda finalement

Christine avec un ton dont la gaieté était un peu forcée, même si toutes pouvaient prendre garde à ne pas s'y attarder.

— Oui, justement. C'est une petite réflexion que j'ai eue quant à une jeune dame de ma connaissance, jeune épouse, se questionnant sur sa position et ses devoirs. Elle m'avait demandé conseil. J'ai songé que c'était un sujet possible et m'y suis essayée, reprit Jeanne.

Christine et les autres approuvèrent aussitôt. Encouragée, Jeanne repoussa le pan de son voile qui, mal accroché, descendait devant son regard, et se saisit des feuillets qu'elle avait apportés.

— « Osez dire qui vous êtes, il n'y a pas loin des rives du silence aux frontières de la parole. Le chemin n'est pas long mais la voie est profonde, il ne faut pas seulement y marcher, il faut être prêt à y sauter… [1] »

Le texte de Jeanne avait une forme assez classique, mais son propos, bien qu'un peu rigide aux yeux de Mélisande, trouva échos auprès des nobles, chacune y allant de sa remarque quand elle eut terminé.

Ce fut ensuite Hermance et Eulalie qui partagèrent, qui, un lai, qui, un fabliau composé pour l'occasion. Les échanges furent riches, none avait sonné et vêpres finiraient par être bientôt là ; toutes devaient donc se dire au revoir afin d'être de retour chez elles à temps.

Isabelle de Bavière intervint pour faire cesser les diverses conversations éparses devenues petit à petit animées et quelque peu bruyantes, chacune tenant à être entendue.

— Mesdames, l'heure est venue de nous séparer. Vous devez retrouver vos foyers et vous souvenir de la demande de Christine pour notre prochain rendez-vous, dit la reine.

Christine lui adressa un signe de tête et repréc isa donc :

— Un texte sur l'un de vos proches. Vous êtes seule juge de la forme, du choix de votre sujet. Vous aurez plusieurs semaines

1. Texte de Hildegarde De Bingen, poétesse, mystique, herboriste et savante.

pour y travailler, car je vais bientôt m'absenter de la cour pour me rendre en province où réside en ce moment ma chère Anastaise pour quelque temps.

Mélisande se figea en entendant ces mots. Sa maîtresse n'avait encore jamais évoqué avec elle cette possibilité et leurs regards se croisèrent. Christine abaissa lentement les paupières dans une confirmation muette.

Le cœur de la suivante accéléra ; elle ne pouvait imaginer demeurer à Paris... et devrait quitter Jehan et interrompre leurs rencontres. L'idée lui assécha la bouche presque aussitôt. Ses pensées s'agitèrent telles des abeilles bourdonnantes et désordonnées. Était-ce un signe du plus haut ? Elle ne cessait de mesurer l'attachement profond qu'elle développait pour le comte et, de s'en soucier, voilà que les devoirs de Christine allaient permettre cette rupture qu'elle se sentait incapable d'initier... pourtant cette idée, plus que de la réjouir, la plongea dans le désarroi.

Bertille de Sombreval, qui était restée relativement discrète, eut un petit cri de ravissement.

— Est-ce bien là l'enlumineuse du *Chemin de longue étude* que vous aviez réalisé pour notre illustre Jean de Berry ?

Christine approuva.

— Mais dame Anastaise ne réside-t-elle pas normalement près de Paris ? s'étonna Eulalie, intercédant à son tour. Il me semble qu'elle y avait un atelier ?

Cette fois, ce fut Isabelle qui reprit la parole.

— Certes, cette bonne Anastaise nous restait fidèle et ne s'éloignait pas de ses souverains. Nonobstant, elle m'a fait part de l'état de santé précaire de son père qui réside à Poitiers, et de sa volonté de l'assister pour les enluminures qu'il avait à réaliser. Le pauvre homme a pris de l'âge, il a eu la suette et souffrirait maintenant de plusieurs écrouelles.

Un murmure parcourut l'assemblée ; toutes savaient que ce genre de maux pouvait être fatal si négligé.

— Nous devons donc suspendre quelque temps nos réunions ? se désola Constance Duverrier.

Christine approuva.

— J'ai proposé à notre bonne reine de continuer seule avec vous, son savoir dépassant le mien par bien des points...

— Mais nous avons convenu toutes deux que ces séances sans sa présence seraient du plus triste effet, rétorqua Isabelle de Bavière avec un ton léger.

Mélisande ne put s'empêcher de songer par-devers elle que leur souveraine, bien qu'éduquée et curieuse, ne pouvait guère rivaliser avec Christine, et devait en être consciente. Cependant, la monarque avisée avait si bien tourné son compliment en hommage à leur dame de lettres en titre que nulle ne remettrait en question Isabelle de Bavière ; et c'était bien le but.

— Tout le monde quitte la cour, décidément, râla avec une pointe de véhémence Eulalie de Grécourt.

Hermance Burja l'observa avec étonnement.

— Vous-même mon amie ?

— Non point, je pensais plutôt à notre cher comte Jehan de Montorgueil. Mon mari vient de m'apprendre qu'il avait dû nous faire parvenir par l'un de ses gens ses regrets de ne pouvoir assurer l'invitation que nous lui avions lancée. Il devait se présenter dans quelques jours pour un repas. Il est reparti en Touraine vers sa famille.

La nouvelle remua ces dames qui s'enquirent aussitôt, toutes en même temps, de la raison de cette réunion. Eulalie de Grécourt, ravie de son effet et de connaître un secret ignoré de toutes, se pencha pour souffler à ses compagnes :

— Je ne le dirai qu'au sein de ce cénacle, mais il semblerait qu'un de ses oncles soit au plus mal. Il gérait l'intendance de leurs terres ; le caractère terrien de ce seigneur lui sied plus à se consacrer à cet office, quand notre Jehan tient plus de l'homme de lettres.

Constance eut un rire bas qui, aux oreilles de Mélisande, sonna bien trop intime.

— Pour ma part je gagerais qu'il peut se confronter à tout rôle qu'il choisirait et y exceller. Seigneur d'un domaine, humaniste... époux et père.

La bouche de Mélisande lui parut aussi desséchée et friable qu'un pétale de fleur en fin d'été. Voir le nom du comte évoqué par toutes lui était parfaitement désagréable... pourtant pas autant que de réaliser qu'il avait quitté Paris sans l'en avertir.

Une part d'elle songea qu'il ne pouvait guère le faire discrètement, certes... cependant le constat était là. Il était parti sans un signe et elle-même allait se rendre en province, bien loin des terres de Jehan. Son cœur se serra. La pointe douloureuse se ficha en elle ; avait-il pu se détourner d'elle ainsi, sans le moindre regard en arrière ?

La conversation avec Bertille lui revint brusquement et elle l'observa aussitôt, alors même que celle-ci semblait étonnamment concentrée sur le galon qui soulignait les manches fendues de son surcot. Devait-elle comprendre qu'elle était au courant ? Comment ?

La réunion s'acheva sans qu'elle ne puisse rattraper Bertille de Sombreval qui se montra fuyante et s'en fut parmi les premières. Christine rejoignit Mélisande qui hésitait à suivre la noble pour réussir à lui parler.

— Mélisande, j'échange avec notre reine puis nous partirons. Tu as été surprise pour l'annonce du voyage, je suppose. J'ai appris par la reine qu'Anastaise n'était plus à Paris alors que je comptais justement la contacter. J'ai envoyé une missive à l'enlumineuse pour savoir si elle préférait reporter notre entrevue et j'ai reçu sa réponse ce matin. Je voulais t'en toucher un mot mais nous avons été séparées jusqu'au début de la séance... où te trouvais-tu d'ailleurs ? Tu t'es longuement absentée pour aller chercher ce plateau.

Mélisande eut l'impression étrange que, derrière la question, une interrogation muette, peut-être même une défiance, traversait les yeux de Christine. Si elle avait déjà croisé Jehan en ces occasions, elle ne pouvait s'empêcher d'être soulagée que ce ne fût pas le cas ce jour.

— Bertille de Sombreval a souhaité s'entretenir avec moi... de l'un de ses textes, expliqua-t-elle, maladroite estimant qu'il valait mieux l'évoquer que se montrer trop vague.

Christine acquiesça, pourtant l'ombre dans son regard demeura.

— Je comprends... Un dernier mot à la reine et nous rentrons, confirma-t-elle.

— Bien sûr, ma dame, je ramène le plateau aux cuisines et vous attends à la porte.

Cette fois, l'expression de Christine s'adoucit quand elle fit remarquer :

— Les femmes des cuisines peuvent s'en occuper, tu le sais ?

— Je veux juste leur éviter une charge de travail de plus, admit Mélisande. Ce n'est rien, cela ne me prendra guère de temps et leur en épargnera. Je préviendrai Amédée de notre absence prochaine.

Christine posa une main chaleureuse sur son épaule, avant de conclure :

— Merci de ton aide. Je reviens...

Mélisande s'acquitta de sa tâche l'esprit ailleurs, se demandant quand... et si elle reverrait Jehan.

17

Après plus d'un mois passé au loin, Mélisande ne put s'empêcher de se réjouir quand un fiacre les ramena, Christine et elle, vers Paris. D'autant plus que les enfants étaient finalement demeurés dans la maison familiale ; Christine ignorait qu'elle devrait rester un si long moment en province et comment se dérouleraient ses visites à Anastaise.

Les deux femmes s'étaient entendues et l'enlumineuse agrémenterait le prochain ouvrage de Christine comme elle l'espérait. Discuter du contenu du manuscrit et des embellissements que pouvait y apporter Anastaise prit du temps, mais Christine était revenue ravie de cette collaboration à venir. Sa mine réjouie parlait pour elle, quand elle affirma à Mélisande pour converser :

— Je suis sûre que le duc d'Orléans sera rassuré de voir que le manuscrit qu'il souhaite exposer dans son château sera finalisé de la plus belle des manières avec le précieux concours d'Alaïs.

Elle avait utilisé le vrai nom de l'enlumineuse, seulement connu de quelques personnes et ses proches.

Curieuse, Mélisande s'enquit :

— N'existe-t-il point d'enlumineurs dont le travail égale celui de dame Anastaise ? Cela aurait été plus commode pour vous d'en trouver un à Paris, fit-elle valoir.

Pensive, Christine finit par secouer la tête.

— Si, bien sûr qu'il est possible d'en trouver de très compétents. J'ai dû avoir plusieurs fois recours à des confrères d'Alaïs, mais l'idée d'œuvrer avec une autre femme m'a toujours plu. Connais-tu son histoire ?

Mélisande eut un signe de dénégation.

— J'ai écouté vos échanges avec intérêt, mais rien de ce qu'elle a évoqué à vos côtés ne m'a semblé très personnel, admit-elle.

— Elle est assez réservée, tu l'as bien observé. Quand je l'ai rencontrée la première fois à Paris, il y a plusieurs années... tu t'occupais des enfants, précisa Christine, j'ai pu lui parler de mon père qui n'a pas ménagé sa peine pour me faire découvrir les sciences et m'inciter à lire et m'instruire. Son père, enlumineur, en avait fait de même, mais en grande partie pour avoir une petite main à disposition et avancer plus vite dans son travail. Pourtant j'ai pu voir des ouvrages embellis par cet homme et, s'il connaît sans nul doute l'art, il n'avait pas l'excellence qu'Alaïs a réussi à développer, surpassant le maître.

Mélisande ne put s'empêcher de songer à sa propre relation d'apprenante avec Christine et s'enquit prudemment :

— Pensez-vous sincèrement qu'un simple élève puisse à ce point comprendre un art pour dépasser celui qui l'instruit ?

Christine la dévisagea et son regard clair sembla deviner le vrai questionnement qui l'agitait.

— Et pourquoi pas ? Le bien faire, le geste et la technique comptent, bien sûr. Mais la sensibilité de chacun est aussi capitale. Cela différenciera assurément lors de la réalisation de l'œuvre. Alaïs a un sens de la composition et de la couleur... Mélisande, sais-tu ce dont je rêve depuis quelque temps ?

Cette dernière eut un signe de dénégation mais, en voyant sa maîtresse se pencher en avant, l'air vif et concentré, elle l'observa plus attentive.

— J'y ai bien pensé et je crois que la meilleure façon pour

obtenir exactement le résultat qu'on souhaite serait de tenir l'ouvrage dans son ensemble.

— L'ouvrage ? répéta Mélisande, pas sûre de la comprendre.

— Les manuscrits issus de mes mains doivent suivre tout un long processus avant de parvenir à mes lecteurs et mes mécènes. Il faut les copier, les décorer, les faire relier… Autant de savoirs et d'étapes qui, parfois, sont entravés par des délais et diverses déconvenues. Je songe à réunir en un même lieu, comme un atelier dont j'assurerai moi-même la bonne marche, les différents intervenants, afin de raccourcir le temps d'un projet, mais aussi d'en surveiller l'exécution. Je pourrais aller jusqu'à envisager la production des écrits d'autres auteurs et autrices, si j'accueille plusieurs copistes dans mon propre scriptorium.

Mélisande la fixa un instant, décontenancée. Un scriptorium privé ? C'était échapper au contrôle unique du libraire juré de l'université de Paris, à la fois éditeur et marchand qui, jusqu'ici, assumait seul la fabrication tout autant que le commerce du livre – tout cela sans lui emprunter le titre, et donc le placer en porte-à-faux dans sa relation privilégiée aux universitaires et à la cour.

L'idée lui parut… déroutante. Innovante également, cela allait sans dire. Christine, qui ne l'avait pas interrompue, hocha la tête quand Mélisande se mit à sourire, l'œil pétillant.

— Si je peux délivrer mes œuvres en choisissant la forme, elles pourraient être parfois consciencieusement ouvragées et du plus bel effet, pour les plus nobles, mais avec moins de décors pour des recueils plus accessibles, j'aiderais mon travail à se diffuser comme il n'a jamais pu l'être jusqu'ici, expliqua encore Christine.

À bien l'observer, Mélisande comprit que la femme de lettres méditait ce projet depuis un long moment.

L'idée qu'une dame pouvait développer un plan d'une telle ambition, qui nécessiterait de complexes étapes afin d'acquérir une autonomie aussi complète, la frappa. Aucun homme de lettres, à sa connaissance, n'avait entrepris telle manœuvre, et cette pensée ne l'avait sans doute jamais effleurée... car elle n'imaginait même pas cela possible ! Elle se surprit à sourire avec respect et admiration ; Mélisande aurait presque voulu remercier Christine. Peut-être fallait-il voir l'une de ses sœurs se hisser où personne avant n'avait envisagé d'aller, pour réaliser qu'il n'existait pas vraiment de limite à son propre chemin, en dehors de celles qu'on s'imposait sans le savoir.

— Je souhaite que mon prochain récit versifié en faveur des femmes soit ainsi produit, dans l'atelier que j'aurai conçu.

— Celui que vous deviez encore réfléchir ? s'enquit Mélisande, cette fois curieuse d'en apprendre plus sur le projet que sa maîtresse avait jusqu'ici jalousement gardé pour elle.

Presque joyeuse et primesautière, cette dernière acquiesça.

— J'ai enfin trouvé la forme ! Je tiens même le titre, je pense. Je compte le nommer *Le Dit de la rose*, ce sera une sorte de pied de nez à cet infâme Jean de Meung, glissa-t-elle avec ironie. Il évoquerait la création d'un ordre de chevalerie pour défendre l'honneur des dames au cours d'un grand banquet qui pourrait justement se dérouler chez notre cher duc d'Orléans...

Mélisande eut du mal à retenir un rire amusé.

— Une telle attention ne pourrait qu'inciter le noble seigneur à vous soutenir dans la création de cet écrit, approuva-t-elle.

Christine enchaîna, malicieuse :

— D'autant plus qu'il ne rêvait pas, je crois, d'apparaître dans un texte un jour. Si celui-ci était très vastement diffusé grâce à un scriptorium qui, tout entier, s'y consacrait avec zèle... Imagine ! Les plus habiles artisans réunis sous ma concorde dans ce seul but... ne peut-on espérer une renommée sans pareille ? Au point qu'elle s'étendra sans nul doute à une postérité qui lui survivra longtemps après la mort de ce même éminent seigneur.

Tout comme la plume qui serait à l'origine d'un succès si

brillant, songea Mélisande, appréciant particulièrement que Christine n'en parlât pas... car cela relevait de l'évidence !

— Je ne doute pas que le duc souhaitera aider à la création de votre atelier, confirma Mélisande.

Le sourire mesuré, mais l'expression déterminée, Christine laissa transparaître son approbation. Le plan était malin, surtout pour quiconque connaissait l'orgueil du duc et sa position bien à part auprès d'Isabelle de Bavière elle-même. Ce ne fut qu'à cet instant que Mélisande comprit le choix du duc parmi tous les mécènes de Christine ; ce dernier pourrait ainsi s'assurer le soutien de la reine si, dorénavant, un fâcheux, comme le libraire juré de l'université, venait à se plaindre qu'on empiète sur ses prérogatives...

Elles se regardèrent un moment en silence, agitées de temps à autre par les cahots de la route.

— Qu'en dis-tu, mon amie ?

La noble utilisait peu ce mot, Mélisande en avait conscience. Gotilda était une des seules à l'avoir entendu par le passé, et aucune noble à l'heure actuelle – pas même la reine – ne pouvait s'en targuer. Le gage d'affection n'était donc pas anodin.

— Je trouve cela très audacieux... et brillant, admit-elle.

Christine se fit plus pensive.

— J'ai dans l'idée que l'histoire a beaucoup trop été retranscrite par des hommes. De ce fait, ils pouvaient en influer le cours et la description à leur bon vouloir. Si les femmes avaient plus pris part à la rédaction de ces livres, le passé nous serait sans doute parvenu sous une forme bien différente, à mon sens.[1] De mes pairs, qui connaissons-nous vraiment en dehors de Marie de France ? N'as-tu pas remarqué à quel point il existe peu d'autrices dont nous conservons le travail ? Je le déplore, pour ma part. Veiller à qui écrit et par qui, pour les futures

---

[1]. Inspiré d'une des répliques de *L'epistre au dieu d'amours* de Christine de Pizan.

générations, devrait être la préoccupation de tous et toutes. Mon scriptorium pourra peut-être aider à changer cela.

Elles s'abîmèrent dans le silence. Christine devait continuer de réfléchir à son projet, tandis que Mélisande réalisait qu'elle ne pouvait guère citer une autre poétesse dont elle avait aimé les textes, ni même de trobairitz…

Qui sait, songea-t-elle toujours plus rêveuse, peut-être parviendrait-elle aussi à déterminer un objectif qui lui tenait à cœur et un élan vers lequel se tendre.

18

À leur retour, les effusions avec les enfants furent chaleureuses et ils veillèrent jusqu'à complies, ce qui arrivait rarement. Christine s'était décidée à ne pas retourner immédiatement à la cour, souhaitant se consacrer aux siens.

Le temps voué au foyer avait une saveur douce. Ni Christine ni sa suivante n'avaient quitté leur tenue d'intérieur, ravies d'être revenues à Paris sans que quiconque ne le sache et réclame leur présence.

Plusieurs fois, Mélisande hésita à se glisser hors de la maison à la nuit venue pour rejoindre l'hôtel particulier de Jehan, avant d'abandonner ce projet insensé. Était-il encore en province ? Que se passerait-il si elle tentait de pénétrer chez lui sans qu'il y soit ? Et s'il y était, quelle serait sa réaction ? Elle ne savait toujours pas pourquoi il était parti sans l'en avertir. Mieux valait attendre son retour à la cour, là-bas elle pourrait s'assurer de ce qu'il en était.

Hors de ses obligations habituelles de suivante, dans ce quotidien béni, plus calme et serein, Mélisande réalisa que quelque chose d'anormal se jouait en elle.

Il était déjà arrivé que ses menstrues soient imprévisibles mais, depuis son vingtième printemps, elle en percevait facilement les signes. Une fatigue, une tension dans sa poitrine plus lourde et sensible... Or, cette fois, son cycle lui semblait vraiment tarder. Elle guetta la lassitude, les changements de son corps... en pure perte.

Puis le souvenir de Jehan dans son dos aux étuves lui revint. Lors de cette étreinte, il n'avait pas reculé et, par ailleurs, elle n'ignorait pas que la nature avait sa propre loi et pouvait disséminer ses graines à son bon vouloir.

Une fois cette idée en tête, elle en devint obsédante. Sa maîtresse parla d'un retour à la cour imminent, mais Mélisande ne s'en réjouit plus du tout. Y avait-il la moindre chance qu'elle porte la vie et se retrouve... qu'allait faire Christine ?

Si elle n'avait pas chassé sa propre mère par le passé, c'était car elle était consciente que Gotilda n'avait rien fait pour mériter la mauvaise rencontre qui avait conduit à sa grossesse... mais que dirait-elle de Mélisande ? Elle ne pouvait guère se défendre d'avoir fait ce choix.

Le lendemain, elle préparait le gruau des enfants. La cuisinière à ses côtés s'occupait sans mot dire du ragoût et de la soupe du soir. Ide était de nature peu causante, et le matin ce trait de caractère ne faisait que s'accentuer ; elle se contentait de marmotter dans sa barbe, ne s'adressant qu'à elle-même.

— Ce pâté ne vaut rien, j'irai lui dire à Sulpice que c'est un fieffé voleur... La maîtresse mérite mieux. J'irai au marais, je prendrai chez Conon... Truandaille que tous ces marchands...

Mélisande n'y prêta pas vraiment attention, trop soucieuse de son état. Elle avait à peine dormi, les cernes dévoraient ses joues blanches et elle avait l'impression de se sentir mal ; l'idée de manger la révulsait.

Alors qu'Ide continuait de vitupérer dans son coin, sa jeune compagne réalisa en observant son ventre devenu bien rond après ses trois enfants qu'elle était sans doute à même de l'aider.

Hésitante, elle avala sa salive et finit par s'immobiliser. Il était encore temps de servir trois gamelles de gruau et de laisser Ide parler pâté et prix du lard seule...

— Qu'est-ce qu'il y a la gamine ? Tu prends racine sans forêt ?

Sa petite pique la fit presque sourire.

— Ide, comment as-tu su... que tu attendais des enfants ? Les premiers signes de... ton corps.

Mélisande se maudit presque aussitôt. Elle se fit la réflexion que la femme n'était peut-être pas la plus discrète de la maisonnée... mais qui d'autre ? Les chambrières étaient à peine nubiles, et elle ne pouvait certes pas questionner Christine elle-même.

— Pourquoi tu veux savoir ça ?

Le visage d'Ide se teinta de méfiance. Ses traits accusaient des années et des années de labeur, ce qui suscita en Mélisande une compassion inédite. Quelle vie cela avait dû être de tenir son rôle chez Christine tout en faisant vivre sa famille. Le mari d'Ide avait été blessé aux marchés et boitait depuis des années. Il ne travaillait plus et son unique salaire de cuisinière devait leur permettre de subsister tous les quatre. Les sillons profonds au coin de sa bouche, le pli de cette dernière invariablement désabusé... Oui, Ide n'avait pas dû avoir que des jours heureux.

Plus que la sollicitude, une seconde Mélisande craignit d'apercevoir clairement son propre futur et cela souleva en elle une vague étrange d'apitoiement.

Elle se laissa tomber sur le tabouret près du feu, et secoua la tête.

— Pourrais-tu seulement... me répondre ?

Après un raclement de gorge désagréable, Ide renifla avec mépris.

— La petite elle a trop traîné ses jupes dans les couloirs du palais, pas vrai ? Là-bas c'est plein de baronnets, de marauds. C'est du chiabrena tout ça !

Le mot particulièrement vulgaire pour décrire des excréments tira Mélisande de son marasme et lui arracha un gloussement inattendu, en partie dû à sa tension. Leurs regards se croisèrent et Ide, qu'elle imaginait plus critique, se contentait de l'observer avec... une sorte de pitié, peut-être.

— Traîner dans les beaux quartiers quand t'es une va-nu-pieds, c'est leur laisser le droit de te marcher dessus avec leurs bottes, asséna-t-elle d'un ton brusque. Pour les chiards... le premier, j'ai rien vu venir. Je travaillais trop. Le ventre il s'est tendu et arrondi. Puis il est parti. J'ai été malade un matin, il y avait du sang partout dans le lit et c'était fini. L'est pas resté longtemps. Le deuxième s'est accroché, j'ai plus compris. La forme du ventre elle change, tu vois ? Non, tu vois pas. C'est mon aîné.

Mélisande secoua la tête en confirmation et détailla, fascinée, l'expression de la vieille femme. Il était rare de l'observer s'adoucir soudainement entre deux pincements de lèvres réprobateurs.

— Le troisième il est né. Puis je l'ai perdu. Ces choses-là c'est plus fragile que les premiers bourgeons avant les saints de glace, admit-elle, d'une voix voilée. Je l'ai deviné pour lui avec les oignons. J'adorais les cuire et ça m'a révulsée du jour au lendemain. T'as mal en bas dans le con, parfois comme si ça poussait. Le ventre tendu... ou tu rends tout ce que tu voudrais manger... Si t'as la chance de pouvoir le faire, c'est pas le cas de tout le monde.

Son ton avait retrouvé la sécheresse habituelle et Mélisande eut presque envie de se lever pour la prendre dans ses bras. Parce qu'aucune femme ne devrait en avoir tant enduré. Deux enfants perdus ? Elle avait vu l'effet de la disparition de son fils sur Christine et ne souhaitait cela à quiconque.

— Le quatrième et le cinquième, ils se sont accrochés. Ils m'attendent tous les soirs à la maison. Le dernier, le sixième lui, il a grandi jusqu'à marcher. Puis il y a eu un accident... Je l'ai plus non plus. Pourquoi tu chouines la gosse ?

Mélisande s'essuya la joue, réalisant seulement à cet instant ses larmes.

— Parce que je suis désolée pour toi, Ide. Je n'imagine pas ton courage, je crois...

Ide la dévisagea, une main sur les hanches, dans une position qu'elle avait souvent pour soulager ses reins. L'air qu'elle arborait changea à nouveau, c'était subtil, mais une forme d'échange silencieux passa entre elles, et la vieille cuisinière soupira.

— Moi je te souhaite d'en avoir plus, car si t'as le ventre plein il t'en faudra. Les filles-mères c'est les plus malmenées... même quand elles y sont pour rien.

Son regard se leva comme si elle examinait le plafond, mais Mélisande devina qu'elle observait en fait l'étage où se trouvait Christine.

— Elle a de la piété cette femme. C'est une vraie chrétienne, elle juge point et elle aide son prochain. Peut-être qu'elle agira avec toi comme pour la Gotilda.

Sur ce, Ide se remit à couper ses navets et ignora tout bonnement Mélisande comme si elles n'avaient pas parlé plus qu'en des mois. La suivante finit de préparer les assiettes pour les deux enfants restés avec la gouvernante et, quand elle attrapa le plateau, une voix dans son dos retentit :

— Il paraît que les aimants, ça fait descendre les petits. Ceux dont on veut pas. Si tu les attaches à tes cuisses sous la robe... Je peux aller voir pour toi la pie-grièche du marché, cette vieille sorcière a une purge à la coloquinte, à la fougère, au fenouil et au persil. Ça nettoie les tripes et déloge les anges...

L'idée amplifia la nausée qui ne quittait pas Mélisande depuis le matin. Elle ne put accepter... mais ne trouva pas non plus la force de refuser. Elle préféra fuir de cette cuisine comme si cela pouvait régler le problème, le cœur lourd.

19

« De toi me plains, que tant de feux portant,
En tant d'endroits d'iceux mon cour tâtant,
N'en ai sur toi volé quelque étincelle.[1] »

La voix d'Eulalie s'acheva avec des trémolos exagérés qui finirent pourtant de ficher la lame que ces mots y avaient plantée dans le cœur de Mélisande. Pour la reprise du club des dames, la reine avait fait savoir que leur séance aurait lieu à l'hôtel Barbette où elle avait pris ses quartiers.

Le roi traversait l'une de ses crises. Une trace bleutée ornait tout le creux du cou de la souveraine, que même le voile qu'elle portait ne couvrait pas tout à fait quand elle se mouvait. Isabelle de Bavière avait dû s'éloigner de Charles VI une fois de plus, et il se disait que son surnom serait « le fou » et non « le sage », comme son prédécesseur. Pourtant le regard d'Isabelle restait étrangement hanté, comme si, malgré la distance, tout son esprit ne se trouvait pas vraiment là et qu'elle s'inquiétait encore de celui qu'elle avait dû fuir.

Ce fut autour de Constance Duverrier de partager son sonnet sur son fils et Hermance Burja étonna le groupe d'un petit lai humoristique qu'elle avait consacré à son lévrier à poil long

---

[1]. Ces vers sont issus du poème *Ô beaux yeux bruns, ô regards détournés...* de la poétesse Louise Labé et son recueil *Sonnets*.

qu'elle avait déjà amené à l'une des réunions printanières organisées dans les jardins de la reine.

Toutes avaient ri et Jeanne de Plombière avait un peu gaussé son amie, la traitant de fantasque, avant de parler des derniers bruits de la cour. Le sujet de la peste qui faisait rage au sud revint ; la ville de Paris était sortie d'une vague à peine un an plutôt, et les dégâts avaient été terribles.

Mélisande jeta un œil soucieux à sa maîtresse ; l'évocation de cette maladie remuait toujours de sombres souvenirs, son mari ayant péri par ce mal.

— À ce qu'il paraît, du côté de Poitiers la situation deviendrait terrible, reprit Hermance Burja. De nombreux nobles se sont fait écho à la cour de pertes parmi les leurs. La famille de Malle, le duc de Pic, dame Yolande Ageorges, Francia Cauchin et même le comte d'Aubernard, conclut-elle.

Isabelle de Bavière hocha la tête.

— Il faut prier pour que la situation n'empire pas, des étuves publiques ont été fermées sur mes ordres. Nous avons réalisé que certains des petites gens s'y contaminaient... Je déplore que les plus félons ne soient pas touchés, peut-être que les Armagnacs seraient ainsi moins occupés à fomenter contre la couronne et à planifier de bien viles manœuvres...

Toutes se turent avec prudence, le conflit larvé entre les Bourguignons et les Armagnacs ne cessait de s'envenimer et finirait bien par donner lieu à de terribles affrontements. Toutes ici devaient espérer qu'aucune guerre civile ne vienne à éclater. Rien de moins sûr, cela étant.

— J'ai entendu dire, votre majesté, que notre amie Marguerite Aubernard sera bientôt de retour, assura Constance. Notre baronne devrait revenir sous peu à Paris.

— Elle est bien la seule, râla Hermance, j'attends encore le retour de ma chère Catherine de Ronson de son périple dans les lointaines terres italiennes. De Montorgueil n'est pas plus réapparu, ou le duc de Bonnet qui semble bien perdu au fond de sa Champagne.

Les dames continuèrent à parler à tour de rôle des absents, des naissances d'enfants de certaines nobles, supposées ou avérées, mais l'unique chose qu'avait retenue Mélisande, bien loin de s'inquiéter du destin de Catherine de Ronson, était que « de Montorgueil » ne se trouvait toujours pas à Paris. Il était parti le mois dernier et cette façon de se tenir au loin ne lui disait rien qui vaille... Son cœur sombra dans sa poitrine, amplifiant le mal-être qu'elle éprouvait. Sa gorge était serrée et ses yeux la brûlaient.

Mélisande avait déjà réalisé en revenant à l'hôtel Barbette que ses chances d'y croiser Jehan étaient plus minces, maintenant que la reine avait dû s'exiler du château de Beauté. Allait-il venir en ces murs ? Les lieux étaient beaucoup moins vastes et fastueux. Faisait-il partie des proches d'Isabelle ?

Chaque pas dans ces lieux lui semblait résonner sinistrement. Elle passait son temps à prier pour le retour de ses menstrues... ou la réapparition de Jehan, alors même que cela n'avait aucun sens. S'il la savait enceinte, ne fuirait-il pas encore plus assurément ? Leur différence sociale n'avait pas disparu par une soudaine bonne fortune.

Ces dames, comme par un hasard douteux, ne cessaient de proposer des ballades, poèmes et rondeaux dont la plupart évoquaient l'absence de l'être aimé et du deuil. Campée sur ses pieds, elle eut l'impression de flotter et craignit de se sentir mal. Un bruit de coups à la porte les interrompit, et on annonça un des conseillers de la reine.

Ce dernier, petit homme courtaud à l'expression inquiète, effectua une révérence.

— Majesté, nous devons nous entretenir... au sujet du roi, déclara-t-il un ton plus bas.

L'attitude d'Isabelle devint aussitôt plus rigide et toutes

comprirent le message. Les nobles se levèrent dans un bon ensemble et s'inclinèrent. Isabelle avait le sourire crispé quand elle annonça :

— Merci à toutes de votre présence, j'ai grande hâte de reparler avec vous de la lecture que nous a proposée Christine. Nous nous reverrons sous peu, je ferai porter les invitations pour vous préciser la date.

Christine, qui s'était aussi redressée, fut retenue d'un geste.

— J'aimerais vous toucher un mot dès que j'aurai réglé mes affaires, prévint la reine. Attendez-moi ici.

— Bien sûr, ma reine, approuva Christine.

La belle étoffe taupe de sa robe semblait presque assortie à celle fauve du surcot de la reine, plus richement orné, et on aurait pu croire qu'elles étaient accordées exprès.

Mélisande, demeurée de côté, sentit un voile de sueur recouvrir ses tempes ; sa tête tournait et elle se mordit les lèvres pour se forcer à rester présente à elle-même.

Dès que la pièce fut vide, Christine s'approcha d'elle :

— Mélisande ? Tu parais...

La suivante sentit ses genoux se dérober et une main secourable la rattrapa. Christine, un peu trop éloignée, fut entraînée dans la chute et elles se dévisagèrent avec un regard incertain, assises toutes deux au sol. Mélisande éprouva un soulagement immédiat au contact des pierres stables et solides sous elle ; elle se demanda si elle avait mangé ce jour-là.

— Que t'arrive-t-il ? s'inquiéta aussitôt Christine, lui présentant un mouchoir. Veux-tu une des pâtisseries ? Le miel te fera du bien. Tu as oublié de prendre un repas ce matin ?

Mélisande eut envie de rire ; elle était si anxieuse qu'elle ignorait si ses haut-le-cœur étaient dus à une grossesse éventuelle ou à son état de nerfs, quoi qu'il en soit elle sautait de plus en plus de collations.

— Mélisande ? Parle-moi !

La voix de Christine s'était faite plus ferme. Dans sa tête s'amoncelaient les pensées, l'idée qu'elle allait déshonorer sa maîtresse, une femme aussi gentille, que peut-être elle était punie de s'être comportée de la pire des manières alors qu'elle avait longtemps cru agir selon son cœur... Oh ! elle ne savait plus !

Elle éclata en sanglots.

Tout entière secouée, elle sentit Christine se rapprocher pour lui frotter le dos et s'enquérir de ce qui la bouleversait ainsi. Les mots traversaient à peine le brouillard épais de panique qui enserrait sa poitrine. L'impression d'être incapable de penser ou respirer lui nouait la gorge au point de l'étouffer, elle haleta, peinant à se ressaisir.

— Mélisande !

La voix impérieuse finit par l'atteindre et percer son marasme. Deux mains fermes lui pressèrent les épaules puis elle réalisa qu'on lui soulevait le menton. Son regard rencontra celui de Christine.

— Reprends-toi, je suis là. Nous n'avons pas de flacons de sels ici, je suis sûre que tu peux te calmer, respire !

En disant cela, elle continua à lui frictionner le bras avec force. Ce contact aida la suivante à obéir, inspirant plusieurs fois ; d'abord de manière assez erratique puis plus amplement. Son agitation un peu jugulée, des pensées cohérentes lui revinrent, avec la plus glaçante de toutes : elle devait avouer à Christine ce qui s'était passé et qu'elle se croyait enceinte.

— Je... je suis si désolée. J'aurais voulu ne jamais vous décevoir, souffla-t-elle, incapable de mieux.

— Comment cela ? Que t'arrive-t-il Mélisande ?

La perplexité se lisait sur ses traits.

— J'ai... je me suis comportée d'une façon que vous ne pourrez que réprouver et je vais devoir vous quitter, admit-elle la voix étranglée.

Son visage baigné de larmes dut alerter assez Christine

pour qu'elle intime à sa suivante d'un ton sans appel de tout lui expliquer. Assez étonnamment, une fois lancée Mélisande fut soulagée que les aveux qu'elle imaginait impossibles lui échappent dans un flot si facile et rapide, presque ininterrompu.

Plus Mélisande se confiait, plus elle se sentit délivrée d'un énorme poids. Elle avait songé à parler d'une unique incartade avec un homme croisé au château, ou n'importe quelle fable de ce genre, pourtant un besoin pressant d'enfin faire preuve d'honnêteté auprès de la seule dont l'avis lui importait la poussa à se montrer transparente. Elle commença par les écrits du Rossignol, guettant du coin de l'œil l'expression de Christine qui haussa à peine les sourcils.

Puis l'attaque de Hugues de Beauvillé, au détour d'un couloir, l'intervention de Jehan et la façon dont elle était allée le trouver pour lui proposer de se taire en échange... en échange d'une nuit. Elle ne cacha pas qu'il l'avait d'abord rejetée et mise en garde, craignant pour la sécurité de Christine.

Elle avoua que cette fameuse nuit s'était poursuivie par d'autres... pendant lesquelles elle avait découvert une félicité et des sentiments qu'elle n'aurait osé espérer. Ce passage lui emplit le cœur de nostalgie et ce fut avec un goût de cendres qu'elle évoqua finalement le départ sans un mot de Jehan et ses doutes sur une grossesse.

— Je n'ai respecté aucune bienséance, j'ai fait preuve de la plus grande des déraisons. Je le regrette la plupart du temps... et en même temps quelque chose en moi chérit ces souvenirs interdits. J'ignore pourquoi j'ai pensé si longtemps que mes ressentis me donnaient raison de suivre cette voie et qu'elle était... juste. Je ne peux pas vous demander de me pardonner, acheva-t-elle.

Relever les yeux vers sa maîtresse exigea du courage de Mélisande. Même après de tels aveux, elle peinait à rejeter entièrement les nuits passées avec Jehan. Le bon sens voulait qu'elle accepte enfin n'avoir été qu'une servante bien utile – et oubliable – pour le comte, qui s'était simplement lassé, visiblement. Qu'ils parlent du travail de Jehan, que ce dernier s'ouvre sur son enfance ou sa vision de l'éducation qu'il rêvait de réformer n'y changeait sans doute rien.

Christine ne paraissait pas réellement en colère, seulement songeuse. Elle avait le regard vague.

— Je suis étonnée, que de Montorgueil se soit ainsi... comporté, remarqua-t-elle finalement. On me l'avait décrit comme exemplaire avec ses domestiques ou les dames de la cour. Des rumeurs ont couru, son père ayant... une plus mauvaise réputation. Jehan De Montorgueil semblait se faire un point d'honneur de faire mentir la filiation et cette triste réputation que tout le monde tenait à lui rappeler.

Ces propos ressemblaient tant à des confessions de Jehan que Mélisande n'eut pas le cœur d'acquiescer. Même là, elle se sentait liée par le respect de ne pas trahir la confiance dont il avait fait preuve envers elle.

— Mais pourquoi dans ce cas vous avoir laissée sans un mot ? reprit Christine en secouant la tête.

Mélisande y réfléchit et une phrase lui sembla tout résumer :

— Je ne suis qu'une suivante.

Les mots frappés d'évidence n'étaient guère utiles ; qui mieux que Christine pour avoir conscience de cela ?

— Vous l'étiez quand toute cette histoire a commencé. Il le savait très bien. Êtes-vous sûre qu'il ait décidé de mettre un terme à vos rencontres ?

— Pourquoi aurait-il dû partir et s'éloigner de la cour tant de semaines ?

— Ces derniers temps, le roi et la reine sont demeurés assez longuement à Paris et dans les environs. Si par le passé ils avaient séjourné à Compiègne, ou au Mans, triste endroit qui a vu la première crise de notre souverain... Peut-être est-ce trop compliqué pour le comte de s'absenter ainsi de ses terres ?

Mélisande se força à acquiescer.

— J'entends cela et le respecte... mais suppose également qu'il aurait pu me faire parvenir par son valet un mot s'il avait voulu... que des retrouvailles se produisent plus tard.

Christine eut une expression pleine de compassion et pressa la main de Mélisande. Cette dernière n'y tenant plus s'enquit à voix basse :

— Vous ne me condamnez pas d'avoir... fait de tels choix ? Je pensais que vous seriez fermement opposée à tout cela. Dans chacun de vos écrits, vous invitez les femmes à ne prêter aucun flanc aux médisances, et, pour cela, à se comporter de manière irréprochable.

Une tristesse voila le regard de sa maîtresse.

— Je trouve un peu amer de te voir me citer pour écouter si peu mes recommandations, ironisa-t-elle. Peut-être que je ne comprends pas, mais ce n'est pas le plus important. Rappelle-toi de Marie-Madeleine, tous s'étaient accordés à réprouver cette femme que le seigneur lui-même a accueillie sans estimer qu'il devait la condamner... Quand je suis encline à juger, je me souviens que chacun vaut mieux que ces actions, même les plus critiquables. Il est la somme de tous ses actes, des bontés et bienfaits qu'il dispense. Et je te connais, tu es assurément pétrie d'une gentillesse bien réelle.

Pensive, Mélisande la dévisagea.

— Je ne peux dire que j'approuve ta conduite. Elle te menait dans un chemin sans issue. Et elle t'a aussi mise en danger, précisa Christine en voyant les yeux de Mélisande se remplir brusquement de larmes. Pourtant je ne crois pas qu'écouter un mauvais élan de ton cœur devrait entraîner une condamnation sans appel.

Le regard clair de Christine, fixé sur elle, ne cilla pas et

Mélisande devina qu'elle parlait sincèrement. Il n'y avait pas de dégoût dans son attitude, de rejet ou le moindre mouvement de recul… Certes, elle ne l'approuvait pas. Nonobstant, la suivante ne l'avait jamais espéré. Cela aurait été contre les principes qu'elle connaissait de sa maîtresse, et elle aurait, en ce cas, mimé un aval totalement feint. Qu'elle lui porte assez de crédit pour admettre son désaccord tout en lui conservant son amitié avait donc bien plus de valeur. Sa main serrait toujours la sienne, et cela lui suffisait amplement. Peu importait, si la plus rude des paroles lui venait.

— Je suis tellement reconnaissante, avoua-t-elle, se retenant d'éclater à nouveau en sanglots.

— Tu m'as tenue à l'écart à la fois du Rossignol, puis de ton choix de te rapprocher d'un noble, et je le déplore, continua Christine, ignorant la voix fébrile de Mélisande, ce qui lui permit de garder contenance. Le comte pouvait difficilement rendre votre histoire publique et se comporter comme il convient avec toi et te prendre pour épouse… Je ne sais comment t'aider.

Son ton était ferme sans laisser transparaître de colère. Plus que de la rudoyer, la noble lui exposait les faits avec une forme de respect qui frappa Mélisande ; elle n'endossait, pour la première fois, pas le rôle de figure maternelle, pour lui parler de femme à femme.

— Tu as été bien téméraire, j'en tremble, soupira Christine.

— Je vous ai aussi mise en danger, pardon, souffla Mélisande, ayant besoin de le dire à voix haute, quelle que soit l'issue de cette conversation.

Christine approuva doucement.

— J'apprécie que tu m'aies présenté des excuses. J'aurais détesté te voir agir sans sembler peser un seul instant les conséquences de tes actes sur les enfants et moi-même quand les gens de la cour ont été si durs et médisants à mon encontre… Mélisande, personne ne t'a conseillée ? Te serais-tu ouverte à… je l'ignore, une autre servante, une suivante à la cour ?

L'image de Bertille de Sombreval s'imposa dans l'esprit de Mélisande, mais elle préféra taire sa relation avec la noble.

— Bien, conclut Christine comme sa suivante gardait le silence. Peut-être as-tu emprunté cette route de ton propre chef, même si je peine à le croire… Ce qui compte est de savoir ce que nous pouvons faire à présent. Es-tu sûre de porter le fruit de… ces moments ? À la mort de ma petite, tu n'avais pas eu tes menstrues une longue période, t'en souviens-tu ? La cuisinière était venue me trouver, inquiète, et j'étais allée en discuter avec toi. Tu m'avais assuré à l'époque être une jeune fille.

Mélisande approuva, se souvenant de ce moment.

— As-tu moins mangé ? Le chagrin a tendance à t'ôter tout appétit et le corps a ses propres raisons…

— Je ne peux le nier, avec le souci que j'éprouvais et… parce que je me suis languie de lui, ma dame. Comme une idiote, j'en conviens…

Elle tut que c'était toujours le cas. Elle ne parvenait pas à songer à Jehan sans démêler de cette colère et cette incompréhension un sentiment de manque, de regrets…

Christine soupira.

— Nous allons patienter encore un peu. Dirige tes prières pour que la vie, qui est souvent inattendue, même si parfois cruelle, te vienne en aide, trouve son chemin. Sinon tu verras un physicien de ma connaissance.

Mélisande se sentait si abattue qu'elle eut bien du mal à s'imaginer agir ainsi. Christine donna une impulsion à sa main, secouant à peine ses doigts.

— La vie n'est pas qu'une suite de félicités, car dans ce cas rien ne t'imposerait de découvrir les forces que tu caches en toi. Remercie aussi bien les épreuves que les bienfaits. Mon veuvage m'a apporté la solitude et également le salut quand j'ai pris la plume, conclut Christine, son regard défiant Mélisande d'oser s'effondrer à nouveau.

Cette dernière inspira puis acquiesça.

20

Cela faisait déjà dix jours de plus depuis sa discussion à cœur ouvert avec Christine. Ses menstrues n'étaient pas arrivées entre-temps et, même si Mélisande avait encore perdu du poids, elle doutait de plus en plus que cela en soit la cause.

Alors qu'elle se trouvait auprès des enfants qui jouaient avec une toupie de bois, elle entendit un bruit de pas précipité. Ide apparut dans l'encadrement de la porte. Elle tenait un pli. Mélisande fronça les sourcils et se releva du sol.

— Cela vient de la reine selon le porteur qui l'a déposé, lança aussitôt la cuisinière.

Surprise, Mélisande tendit la main et Ide lui abandonna la lettre avec un geste presque de défiance, comme si le papier risquait de la brûler. Elle détailla le sceau rond pour s'assurer de l'expéditrice de la missive. En effet, la figure représentée dans la cire était bien celle d'Isabelle de Bavière et non du roi. Si les dames avaient normalement un sceau en forme de navette, sorte d'ovale étiré, leur souveraine avait décidé quant à elle d'adopter la même forme que celle habituellement dévolue aux monarques. Ses détracteurs l'accusaient avec ce genre de preuve d'espérer supplanter Charles VI dans ses fonctions, ce dernier étant d'un équilibre fragile.

— Ça vient de la reine, confirma-t-elle, pensive.
— Tu devrais le porter à notre dame.

Mélisande approuva et désigna les enfants.

— Veille à ce qu'ils restent calmes, Flora est partie pour une course, elle revient. Sinon Blanche peut t'aider, elle aère le linge à l'étage...

— Va vite, la tança l'autre d'un geste.

La suivante gravit l'escalier pour rejoindre la chambre où Christine travaillait. Elle frappa à la porte et fut presque aussitôt invitée à entrer. Elle plaça devant elle la lettre de la reine, bien en vue. Christine qui s'apprêtait à parler fronça les sourcils.

— Tiens, nous ne devions pas retourner à l'hôtel Barbette avant plusieurs jours. C'est bien d'Isabelle ? s'enquit-elle après une légère hésitation.

— Le sceau le confirme.

Christine ouvrit la missive avec le petit coupe-papier qui traînait sur son sous-main de cuir et parcourut les lignes manuscrites. Mélisande ne put rater ses yeux agrandis par la surprise et la façon dont elle lui jeta un regard par en dessous.

— Ma dame ?

— La reine veut... nous voir.

— Nous ? répéta la suivante.

Christine opina du chef, sans rien ajouter cependant.

— Préparons-nous, conclut-elle.

L'hôtel Barbette semblait relativement calme ce jour-là. Aucune autre dame n'avait été convoquée par la reine pour la rejoindre et Mélisande trouva cela d'autant plus étrange. L'heure assez matinale expliquait peut-être le silence des lieux qui bourdonnaient habituellement de l'activité des nombreux domestiques.

On les conduisit très vite à la reine. Celle-ci se tenait non loin d'une petite table où reposaient divers courriers sur un plateau. Quand elle aperçut Christine et Mélisande qui effectuaient leur révérence, Isabelle leur fit signe d'approcher.

— Qu'on apporte une chaise pour la suivante.

Cette phrase frappa cette dernière qui échangea un regard inquiet avec Christine. Pourtant aucune d'elle ne parla, laissant l'initiative à sa majesté. Dès que la servante de la reine s'éloigna après avoir installé un nouveau siège, Isabelle le désigna à Mélisande qui restait résolument debout.

— Prenez-le, je vous l'autorise...

Puis elle attrapa un pli dont le cachet avait été ouvert pour le tendre à Christine, tandis que Mélisande s'asseyait sur l'extrême bord, toujours mal à l'aise.

— Lisez ceci, enjoignit la reine pour toute explication.

Christine étouffa un petit cri qui fit presque sursauter Mélisande.

— Puis-je lui donner ?
— Bien sûr, confirma Isabelle.

Quand Christine lui tendit la lettre, Mélisande s'en saisit d'une main incertaine : jamais elle n'avait été à ce point le centre de l'attention – surtout de leur monarque qui lui accordait plutôt de vagues sourires polis. Avaler sa salive lui sembla une gageure tant elle avait la gorge serrée. Que se passait-il ?

Le sceau encore fixé sur un des deux pans du papier attira son regard : il appartenait au roi. Elle eut l'impression de tomber alors même qu'elle se trouvait assise et comprit mieux l'insistance d'Isabelle. Christine l'invita d'un geste à lire. Elle s'y résolut et la plainte étouffée qui lui échappa était bien plus aiguë que celle de Christine. Cette dernière posa une main sur son bras, comme en signe de réconfort.

Mélisande se força à recommencer la missive du début. Mais cette deuxième lecture n'y changea rien, le contenu resta le même... Comment pouvait-elle être mentionnée dans ces lignes ?

Interdite, elle releva les yeux. Isabelle eut un hochement de tête et prit la parole :

— Comme vous le voyez, le roi m'a fait signifier qu'il avait accordé votre main à Hugues de Beauvillé. Mon époux sous-entend que vous seriez... une future mère et que le marquis dont l'unique fils et héritier est mort l'an passé est prêt, dans sa grande mansuétude, à faire sien le bâtard. Le marquis est un proche de la couronne. Sa famille a été l'un des soutiens indéfectibles de Charles V et ses demandes sont toujours... considérées le plus positivement possible, expliqua Isabelle en choisissant visiblement ses mots.

Mélisande, qui ne savait que répondre à sa souveraine, jeta un regard désespéré à Christine. Cette dernière ferma une fois des paupières de manière appuyée. Elle se tourna ensuite vers la reine.

— Majesté, nous sommes surprises toutes deux tant la requête paraît, eh bien...

— Inattendue ? Elle l'est... moins si on se renseigne. J'ai demandé à mon homme de confiance de vérifier ce qu'il pouvait être de cette histoire et il apparaît qu'avant le départ du comte Jehan de Montorgueil de la cour, il y a quelques semaines, il se serait violemment opposé à sieur de Beauvillé.

La nouvelle coupa le souffle à Mélisande qui dut retenir son premier élan de s'adresser à une reine... pour lui intimer de se montrer plus précise. Rougissante, elle glissa un nouveau regard à Christine, la suppliant en silence d'intervenir.

Comme si Isabelle comprenait tout à fait ce qui se jouait, elle interpella Mélisande :

— Je t'autorise à me parler Mélisande.

— Ma reine... je suis confuse, je...

— Je t'écoute, insista plus fermement la monarque.

— Je suis seulement... Sait-on à quel sujet les deux seigneurs se sont querellés ?

La demande lui parut maladroite et elle réalisa qu'elle aurait dû user d'un ton plus poli encore. Contre sa cuisse, sa main se serra sous un effet conjugué de panique et d'agitation devant sa propre maladresse.

— Le marquis semblait tenir des propos peu amènes sur dame Christine... et sa suivante en particulier. Le comte de Montorgueil était venu saluer le roi avant de se retirer sur ses terres à ce moment-là. Il aurait pris à partie le marquis et les quelques sires présents, qui vilipendaient sans s'en cacher des dames. Jehan a été rappelé à l'ordre par les gardes du roi quand le ton est monté, sans quoi cela aurait fini en duel... Dans cette histoire, de Beauvillé aurait été considéré comme le premier offensé, de Montorgueil n'ayant aucun lien de parenté avec vous. C'est donc le marquis qui aurait eu le choix de l'arme et il se serait tourné vers l'arquebuse bien plus sûrement que vers l'épée... Et le marquis a pour lui des années de chasse dont il est entiché, quand de Montorgueil répugne à cette pratique.

Mélisande sentait son cœur battre à tout rompre et ne pas gémir de dépit lui demanda un énorme effort. Elle croisa le regard soucieux de Christine qui conservait un silence prudent.

— Jehan de Montorgueil, qui était sommé de revenir sur ses terres en toute hâte, devait de toute façon se retirer, précisa Isabelle de Bavière. L'homme en qui j'ai toute confiance et qui demeure dans l'entourage de mon mari m'a affirmé qu'entre seigneurs une rumeur avait couru sur le dévolu qu'aurait jeté de Montorgueil sur une jeune suivante... fait assez inhabituel le concernant. Les rumeurs allaient bon train quant à son identité, mais tous ignoraient jusque-là de qui il pouvait s'agir. Selon les on-dit, de Beauvillé a promis de damer le pion au seigneur de Montorgueil, profondément vexé des camouflets du comte. À fortune égale, ce vieux barbon de Beauvillé peut se targuer d'une meilleure ascendance, et n'en est que plus ombrageux dès qu'il s'estime attaqué, peu importe la position de Montorgueil à la cour pourtant bien établie...

Le ton caustique d'Isabelle se fit presque grinçant.

— Mais pourquoi s'est-il comporté ainsi ? s'effara Mélisande, maintenant incapable de se taire.

Christine lui lança un regard d'avertissement avant d'intervenir :

— Il est tout à son honneur d'avoir souhaité nous défendre, je le remercierai personnellement dès que... cela sera possible. Avez-vous une idée de la date de son retour ?

Isabelle, qui dut comprendre à demi-mot, opina à peine du chef avant de répondre :

— Je pense que cela ne tardera pas. Mon informateur m'a fait savoir que de Beauvillé aurait appris que Mélisande était maintenant compromise par un intermédiaire. Il n'a pas réussi à déterminer qui lui aurait confié cela. Il s'en est servi pour concevoir ce plan, je suppose.

Le regard de la reine détailla Mélisande plus attentivement et balaya le buste de la suivante pour piquer vers le bas. L'impression que ses joues la brûlaient comme l'enfer lui fit baisser le nez de honte.

— Une suivante d'un rang tel que le tien ne peut se permettre d'être vue à la cour avec la taille épaissie sans avoir auparavant contracté une alliance. Tu en as forcément conscience ? s'enquit la souveraine.

Dans son ton il n'y avait nulle sécheresse apparente et Mélisande la dévisagea, surprise.

— Je ne saisis pas, avoua-t-elle, la gorge serrée. Si le marquis a... me croit... pourquoi aurait-il réclamé ma main au roi lui-même ? Juste parce qu'il n'a plus de fils ? Cela ne se peut...

Le regard d'Isabelle de Bavière se fit plus incisif.

— L'usage aurait voulu qu'il aille directement auprès de Christine... son titre à lui seul aurait rendu difficile tout refus. Néanmoins, peut-être craignait-il que ta maîtresse ne l'entende pas de cette oreille. Sa propre réputation quant à éconduire les nombreuses demandes reçues a dû le pétrir de défiance, souligna Isabelle en semblant se retenir de sourire. Un ordre du roi ne s'ignore pas, surtout quand ce dernier l'adresse à sa reine afin d'intercéder pour organiser l'affaire avec l'autrice qui a la tutelle de la jeune suivante en question, femme de lettres ayant elle-même déjà bénéficié des largesses de la couronne par le biais de plusieurs commandes...

Cette fois son expression s'était teintée d'une sincère commisération. Mélisande reporta son attention sur Christine dont le visage demeurait figé dans un masque froid. Quand elle accepta enfin de croiser ses yeux, l'effroi muet qui hantait son regard glaça Mélisande. Cette conversation... allait en dépit du bon sens. Aucun marquis n'avait pu faire une telle demande auprès du roi, pas pour elle... même sans descendance et par vengeance.

— Mais je ne suis personne, souffla-t-elle ébahie. Il me croit déshonorée et veut me conduire à l'autel ? Cela n'a aucun sens.

Sa voix qui avait grimpé dans les aigus lui parut détestable à entendre tant elle charriait un épais flot de peur. Isabelle la dévisagea bien en face, visiblement désolée.

— Je sais ma petite... et je pense pourtant que ni moi ni ta maîtresse ne pouvons plus rien pour te sauver à ce stade. Mon époux a un fond de... romantisme. Il a dû se laisser convaincre par le discours du marquis qui lui assure avoir développé un tendre élan dès la première fois qu'il t'a aperçue et s'engage à racheter ton honneur.

— Mais je n'ai aucun titre, aucune fortune, contra à nouveau Mélisande.

Elle ne valait rien comparée à cet homme, ce mariage serait une mésalliance. La monarque haussa ses épaules.

— De Beauvillé possède déjà tout cela. Mais mon serviteur m'a rapporté que le marquis et son valet rencontrent actuellement divers officiels dans le plus grand secret et qu'il serait sur le point d'exposer à la cour un titre détenu par l'un de vos ancêtres qui réapparaîtrait donc à point nommé.

Décontenancée, Mélisande secoua la tête.

— Je n'ai certes aucune affiliation de cet ordre, c'est totalement faux.

Christine, qui avait gardé le silence jusqu'ici, intercéda enfin d'une voix froide et tranchante :

— Je suppose que, si le marquis a réussi à convaincre quelques clercs véreux, un papier survenu miraculeusement fera beaucoup parler et bien des gens feront des gorges chaudes doutant de la véracité de cette histoire... mais après tout, Hugues de Beauvillé a déjà ignoré des rumeurs qu'il avait provoquées. Et puis qui sait si ton statut à mes côtés n'accréditera pas sa fable, je t'aurais prise pour t'instruire auprès d'une famille désargentée inventée de toutes pièces.

La souveraine acquiesça pendant que Christine continuait.

— La noblesse peut aussi oublier bien vite ce qui la dérange, une nouvelle rumeur, un autre scandale...

— Cela ne m'étonnerait pas outre mesure, confirma Isabelle.

Les yeux baissés, Mélisande contenait des larmes de rage et de frustration. Le tissu de son surcot d'un gris tourterelle qu'elle avait pu trouver seyant ce matin lui sembla maintenant la parfaite couleur de sa détresse. Un instant, elle essaya d'imaginer... que tout cela n'était pas une vaste farce. Qu'elle risquait de finir mariée au marquis, duquel elle aurait préféré se détourner pour monter au créneau d'un château et s'y jeter. Elle secoua la tête, dévastée, et réalisa à peine que les bruits lointains qui lui parvenaient étaient ceux de ses propres pleurs.

Une main secourable lui massant le dos cherchait à la ramener à son corps. Elle entendait la voix de Christine sans en comprendre les mots. Finalement, elle releva un visage baigné de larmes et remarqua à peine les yeux humides de sa maîtresse.

— Je... j'ai conscience de l'ampleur de ton désarroi, dit lentement Christine. Mais si ta situation est aussi grave que nous le croyons... tenter de te soustraire à cette offre serait malavisé.

Malgré tout, cela pourrait être un salut inespéré pour sauver ta réputation.

— Le marquis, ma dame ? Avez-vous... Le premier, il a essayé de me molester et ravir ce qu'il prétend maintenant racheter ? articula-t-elle avec difficulté.

Elle coula un regard gêné à la souveraine, sachant parfaitement qu'elle médisait en sa présence sur une personne que le roi tenait en estime ; elle le lui avait affirmé. Pourtant son air dégoûté la rassura aussitôt.

— Vieux pourceau, souffla-t-elle si bas que Mélisande aurait pu ne pas saisir ses mots.

Christine quant à elle semblait si affectée que sa suivante chercha en elle un fond de courage. Pouvait-elle se reprendre et ne pas étaler son bouleversement ?

Une part d'elle, peut-être la plus pieuse, y vit une punition divine. Une preuve tangible qu'elle avait mal agi et qu'en ce cas il fallait accepter de recevoir un châtiment à la hauteur de son crime... pourquoi ces mots ne la convainquaient-ils pas tout à fait ? Hugues de Beauvillé lui-même n'aurait-il pas mérité bien pire destin si c'était vrai ?

Comme une marque de plus qu'elle devait rêver éveillée, Mélisande remarqua le mouvement que fit la reine pour saisir sa main et resta figée quand ses doigts froids serrèrent un bref instant les siens.

— Je peux comprendre la profondeur de votre malheur. Si par le passé j'ai été unie à un inconnu, la providence a voulu que je trouve en mon époux un partenaire avec lequel j'ai longtemps pu avancer sans heurts et sans regrets. Je me désole que vous ne puissiez avoir un tel espoir. Mais la reine vous promet en ce jour qu'une fois le mariage célébré et le plus court délai acceptable écoulé, je m'assurerai que le marquis soit grandement sollicité pour toutes les parties de chasse, banquets et événements qui pourront l'occuper loin du foyer. Ainsi, vous pourrez nous revenir et même prendre un siège à nos côtés au sein de notre cercle de dames en tant qu'égale. J'ai ouï dire que vous saviez manier la plume et proposiez vous-même de bien... charmants écrits.

Mélisande fixa sa majesté, étonnée sans l'être complètement... Elle commençait à comprendre que rien n'échappait sans doute à la souveraine qui devait posséder des oreilles un peu partout à la cour, comme elle venait de le lui démontrer.

— La mauvaise fortune peut se racheter après avoir fait le sacrifice nécessaire.

Dans les yeux d'Isabelle de Bavière, Mélisande put entrevoir un très bref instant celle qu'elle avait dû être, mariée à son quinzième printemps à un inconnu, pour être la reine d'un pays, puis l'épouse d'un homme à la santé devenue fragile...

Résignée, elle ferma les paupières.

21

Sur le bureau plusieurs de ses sonnets traînaient. Mélisande y accorda à peine un morne coup d'œil. En fait, depuis leur séparation, à Jehan et elle, nombre de lettres s'étaient ainsi empilées sans qu'elle sache si elle souhaitait les faire parvenir à Jehan ou les enterrer dans un jardin, espérant qu'ils permettraient à ses propres sentiments de disparaître.

Elle parcourut un des derniers :

« Depuis qu'Amour cruel empoisonna
Premièrement de son feu ma poitrine,
Toujours brûlai de sa fureur divine,
Qui un seul jour mon cœur n'abandonna. [1] »

Le reste des vers lui semblait si peu convaincant qu'elle en avait raturé plusieurs avec un geste rageur. La page suivante était recouverte d'une écriture serrée, presque furieuse. Elle avait tracé ces traits au sein d'une nuit sombre, quand il lui manquait tant qu'elle en avait le goût de leurs baisers aux lèvres.

« Nos deux corps sont en toi,
Je le sais plus que d'ombre.
Nos amis sont à toi,
Je ne sais que de nombre.
Et puisque tu es tout

1. *Sonnet n° 4* de Louise Labé.

Et que je ne suis rien,
Je n'ai rien ne t'ayant
Ou j'ai tout, au contraire,
Le soleil de mes yeux,
Si je n'ai ta lumière,
Une aveugle nuée
Ennuie ma paupière. »[1]

Puis en le relisant les jours suivants, elle s'était sentie encore plus misérable et seule. Elle avait tenté de décrire sa peine, en se rappelant ce qu'affirmait Christine, qui disait qu'une pensée formulée pouvait ainsi se déposer sur les vers et s'y accrocher, libérant le cœur.

« J'ai un ciel de désir, un monde de tristesse,
Un univers de maux, mille feux de détresse,
Un Etna de sanglots et une mer de pleurs.
J'ai mille jours d'ennuis, mille nuits de disgrâce,
Un printemps d'espérance et un hiver de glace ;
De soupirs un automne, un été de chaleurs.
Clair soleil de mes yeux, si je n'ai ta lumière,
Une aveugle nuée ennuitte ma paupière,
Une pluie de pleurs découle de mes yeux.
Les clairs éclairs d'Amour, les éclats de sa foudre,
Entrefendent mes nuits et m'écrasent en poudre :
Quand j'entonne mes cris, lors j'étonne les cieux.[2] »

Cela avait été un échec. Dire son manque, sa peine ou les émois que Jehan et leurs nuits avaient provoqués, rien ne l'avait guérie.

Dans le silence de sa chambre, elle se força à prendre à nouveau sa plume. Non pas pour coucher de nouveaux vers

---

1. *Nos deux corps sont en toi* - Marguerite de Valois dite Reine Margot

2. *Stances amoureuses* de Marguerite de Valois, dite reine Margot.

sur le papier, mais bien car elle savait devoir écrire une lettre à Jehan et n'y parvenait nullement.

Elle contempla la feuille vierge. Cela faisait maintenant un moment qu'elle cherchait comment exprimer ce qu'elle avait sur le cœur... sans être sûre que ce soit une bonne idée. Jehan n'avait-il pas déjà montré clairement ce qu'il pensait de leur relation et l'achèvement qu'il souhaitait la voir embrasser ? Quand bien même trouverait-elle une façon adaptée de transmettre ses ressentis, qu'espérer en retour ?

Il ne pouvait l'aider ou l'épouser. L'enfant qu'elle portait peut-être... aurait-il envie d'apprendre son existence et s'en soucierait-il ? Instinctivement elle l'aurait affirmé, mais n'était-ce pas plus cruel encore de le lui dire s'ils ne pouvaient rien changer à cette situation ? Il ne lui avait dans le fond rien promis, bien conscient de ce qui les séparait.

Elle se prit la tête dans les mains, cherchant ce qu'elle devait faire. Une chose sûrement, en y réfléchissant, une extrémité à laquelle elle n'avait réussi à se réduire : formuler l'adieu.

Elle saisit la plume avec la sensation de se trouver au bord d'un pont, il ne restait qu'à sauter dans le vide. Nul choix en dehors de celui-là ne s'offrait à elle, il fallait l'accepter. Pourtant elle avait une pierre au creux de la poitrine et se sentait irrémédiablement couler.

Résolue ou résignée, il était difficile de trancher, elle hésita sur un dernier détail ; comment s'adresser à lui sans le nommer ? Si ce pli venait à être intercepté, aucun d'eux ne pouvait se permettre d'être exposé au vu et au su de tous. Sa situation était assez délicate s'il était vrai que le marquis avait essayé de les compromettre, elle et Jehan.

La remarque de Bertille à propos du lai de Marie de France lui revint. De par son érudition, Jehan connaissait la prose de la poétesse, le comte devinerait qui elle était... À moins qu'il n'ait plusieurs maîtresses, bien sûr. Elle se morigéna toute seule :

peut-être, mais ce gentilhomme ne pourrait que reconnaître sans mal son écriture.

« *Cher Noisetier,*

Je me fais violence pour prendre la plume et vous écrire ces quelques mots. J'ai songé à user de la forme d'une fable ou d'une histoire, pour me servir de la force du récit afin de dissimuler mes intentions véritables. Puis j'ai estimé que cela tenait de la couardise.

Si je ne peux obliger mon cœur à ne plus se lamenter de la conclusion de notre aventure, son issue ne pouvait qu'advenir. Les souvenirs à chérir me resteront, nombreux, et j'espère que vous serez également dans cet état d'esprit.

J'ai hésité à vous demander d'intervenir dans le futur qui se dessine devant moi et me suis résolue à poursuivre la route sans me retourner. Tout me porte à croire que vous avez refermé la porte, et qu'il me faut l'accepter.

Quel que soit le dessein de la providence vous concernant, je prie pour qu'il soit à la hauteur de cet arbre magnifique. Aussi haut, et prodige à l'avenir. Prenez soin de tous les bienfaits, continuez à épanouir votre feuillage et ne regardez pas trop l'ombre du passé qui se situe maintenant derrière vous.

Chaque moment a apporté ce qu'il devait, le chèvrefeuille saura s'étendre dans un jardin lointain et ne plus s'emmêler aux branches qui ne lui étaient pas destinées.

Chèvrefeuille »

Une larme tomba de sa joue sur le papier et elle s'empressa de l'essuyer sur la manche de son surcot. Il lui semblait bien trop dramatique de laisser deviner à Jehan qu'elle avait pleuré en écrivant ces mots. En relisant la lettre, elle songea qu'elle aurait pu plus finement travailler son style, pour que cette missive égale celles que s'envoyaient des héros dans ses histoires... mais peut-être cela avait-il aussi du sens ainsi. Elle n'avait pas tenté de chercher la meilleure formule, la plus jolie mélodie à l'oreille. Ce qui l'avait guidé était le besoin d'un adieu qui ne se pouvait plus fuir.

On frappa à la porte et elle effaça ses dernières larmes avant de dissimuler prestement la lettre sous la couverture de son lit ; l'encre devait être enfin sèche.

— Je viens, Ide...

La porte s'ouvrit, livrant passage à Christine, qui lui sourit.

— Ce n'est que moi. J'ai réalisé, en parlant avec la reine, que peut-être tu n'étais pas aux faits des coutumes du mariage. Tu n'as jamais assisté à aucune union, n'est-ce pas ?

La gorge de Mélisande, déjà serrée, finit de se bloquer. Vaillamment, elle se força à acquiescer. Après tout Christine avait raison et elle refusait de paraître ridicule à cette cérémonie, même si elle avait l'aspect d'un linceul. Ce que son futur époux aurait à penser lui importait peu, mais provoquer des médisances qui pourraient être reliées à Christine était par contre hors de question.

Sagement, elle prit place sur son lit, voyant que la noble s'installait à la chaise devant la table qui lui servait de bureau. Son regard parcourut les lieux que Mélisande connaissait si bien. Malgré son visage figé, elle tenta un sourire.

— Merci de faire ça pour moi, j'apprécie beaucoup.

Christine soupira.

— Cela me paraît bien insuffisant pour ma part, contrat-elle d'une voix étrangement amère. J'aimerais d'abord te parler de ceci.

Elle sortit de la poche de sa veste d'intérieur une liasse de petites feuilles. Mélisande fronça les sourcils.

— Ce sont les derniers écrits du Rossignol. Visiblement la reine était l'une de tes lectrices.

Interdite, Mélisande cacha sa bouche derrière ses doigts pour retenir un gémissement de… dépit ? Honte ? Elle avait beau avoir aimé et même avoir été fière de ses textes, les imaginer dans les mains d'une reine ou de Christine lui semblait beaucoup plus angoissant.

Dans le regard de celle-ci, une lueur passa.

— Tu avais peur que je te condamne et ne t'emporte derechef te faire absoudre par le premier confesseur venu ? s'enquit-elle finalement.

Mélisande ignorait s'il était bien poli de le confirmer à voix haute. Incertaine, elle haussa des épaules.

— Vos écrits traverseront l'usage des ans. Vous êtes la seule femme à écrire à la cour… vous êtes unique. J'ai grandi avec un modèle inatteignable, conclut-elle, avec un petit sourire qu'elle espéra léger.

Étrangement, elle devina une vraie émotion chez sa maîtresse dont le regard se fit plus humide ; fait assez rare pour celle dont la retenue lui avait toujours paru exemplaire. Christine cligna plusieurs fois des paupières et lui adressa un sourire.

— Je ne suis pas un cas aussi isolé que tu le crois, contrat-elle calmement. Je suis par contre la seule femme dont la position et l'opiniâtreté conjuguées ont permis d'asseoir une telle position à la cour. Mon rang et un peu de bonne fortune entrent en jeu, Mélisande. Notre cercle de dames te l'a déjà prouvé. Nous écrivons. Nous pensons et concevons des œuvres. L'unique place pour les exposer est celle qui reste lorsque nos homologues masculins ont fini de partager leurs propres écrits, parfois excellents j'en conviens. C'est notre destin de nous glisser dans les interstices, de trouver le chemin pour résister et exister.

Quelque chose dans son ton fit comprendre à Mélisande que ce discours, plus que l'écriture, concernait aussi le futur que lui souhaitait sa bienfaitrice. Une volonté s'affermit en elle. Elle devait grandir et accepter, même au prix de nouvelles larmes versées. Son histoire avec Jehan était inespérée en un sens, surtout si elle épousait le marquis. Elle pouvait choisir de s'estimer chanceuse d'avoir volé du bonheur tant que cela était possible. Puis en grappiller à nouveau, avec ténacité, à l'image de ce que lui suggérait Christine, par l'écriture, et tout ce qu'elle trouverait... loin de son mari à l'avenir.

— Vous avez lu beaucoup de mes textes, évalua-t-elle finalement pour juguler l'émotion qui lui enserrait toujours la gorge et changer de sujet.

À vrai dire, même toutes ses histoires réunies, Mélisande doutait d'avoir tant produit, étant bien loin de la plume prolixe de Christine. Son travail de suivante prenait beaucoup de son temps et il lui arrivait bien souvent d'être harassée de fatigue le soir. Elle ne pouvait consacrer que peu d'heures à l'écriture. Puis elle remarqua la couleur de certains feuillets dont le crème lui semblait de meilleure facture que ce qu'elle utilisait. Quelques-uns paraissaient aussi jaunis.

— Qu'est-ce...

— Tu as bien deviné, confirma Christine en observant l'expression de Mélisande. Dans ces pages il y a mes propres textes. Tu as déjà lu, je suppose, *Les Cent Ballades d'amant et de dame* que j'ai publié il y a quelques années ? La moitié loue la loyauté en amour, l'autre une forme de... séduction, qui malheureusement, s'oppose parfois à cette première vertu que j'évoquais. Cependant ce que tu connais n'est qu'une part du corpus. J'ai décidé au moment de rassembler ces ballades de laisser dans l'ombre certains écrits. Je les savais peu faciles à exposer sans recevoir jugements et critiques immédiats. Pourtant le partage qu'on découvre au sein d'un mariage méritait d'être célébré, décrit... Mais cela ne sera jamais montré.

Décontenancée, Mélisande hésita avant de secouer la tête.

— Vraiment ?

Christine approuva simplement.

— Tu pourras t'en assurer, je te les confie puis les ferai disparaître à nouveau. Tu veux un aveu que je ne te glisserai qu'une unique fois, mon amie ? Je ne suis pas sûre d'avoir ta finesse de description. J'ai déjà parcouru des fabliaux assez salés sans la moindre histoire, décor ou fond, juste une volonté de produire de l'égrillard. Cela paraissait toujours avoir pour seul but de fouetter le sang d'un lecteur masculin, qui n'en aurait au fond guère besoin de mon point de vue. Tes textes m'ont semblé d'une tout autre trempe... et user d'un surnom était une bonne idée. Peut-être aurais-je pu t'imiter.

Mélisande s'autorisa un vrai rire de connivence en voyant les yeux de Christine pétiller.

— J'ai remarqué votre capacité à trouver de parfaites anagrammes, se moqua-t-elle gentiment.

Comme ramenée des années en arrière, Christine pouffa telle une gamine, avec un air malicieux.

— Tu penses aux écrits que j'ai signés Crestine ? Je n'en étais guère fière en réalité, il n'y avait pas assez d'astuce dans cette idée-là, j'ignore qui aurait pu se laisser duper !

Elles se sourirent.

— Merci de m'avoir lue, reprit finalement Mélisande. Je n'aurais osé vous montrer quoi que ce soit... cela me semblait trop peu abouti, trop de guingois. Et je ne voulais surtout pas perdre votre estime.

Christine accepta l'explication d'un signe de tête.

— Tu sais, j'ai encore la même sensation. Chaque fois, j'espère m'améliorer et produire quelque chose de meilleur... à l'avenir. C'est ainsi que je peux finir le travail en cours.

— Je doute que vous soyez bien sérieuse, la taquina Mélisande.

L'expression de Christine se fit plus grave.

— Tu sais ce qui m'est venu en parcourant tes vers ? Si tu

excelles à la description de l'amour charnel, aux ébauches de discours courtois et des premiers regards… je voudrais te lire sur un récit complet. Une œuvre de fiction tissée de rebondissements, d'oppositions, de retrouvailles fabuleuses où l'attirance naît, d'épreuves partagées et de tout le chemin qui mène à sa conclusion. Penses-y. L'histoire ne s'arrête pas quand le couple s'embrasse. Parfois, je me dis que c'est le plus simple. C'est perdurer, évoluer qui tient de la gageure. Si cela te plaît, tu pourrais même nous les présenter dans une longue vie de tumulte et de passion.

Dans sa voix, il n'y avait nulle trace de raillerie et Mélisande devina qu'elle était sincère. Elle dut admettre n'avoir jamais eu l'idée de pousser plus loin les couples qu'elle décrivait. Comme si elle n'offrait à la lecture qu'un éclat de leur existence, bien précis et vite enfui, pour le déposer sur les pages.

Peut-être le défi de camper à ce point deux héros qui devraient changer l'un et l'autre, posséder une quête et une histoire, lui semblait-il bien ardu. Peut-être n'avait-elle jamais réellement cru que leur bonheur durerait, et ainsi valait-il mieux ne pas les suivre trop longtemps. Pourtant n'était-ce pas de ces diverses rencontres entre elle et Jehan qu'était né quelque chose ? Une vraie compréhension, une estime commune… du moins l'avait-elle pensé.

Elle acquiesça.

— J'y songerai sérieusement, merci de vos mots.

Au sourire léger de Christine, Mélisande sut qu'elle n'insisterait pas et la laissait seule juge. Elle y vit une marque du respect mutuel qu'elle devait éprouver ; malgré leur différence d'âge et la grande expérience de l'autrice, cette dernière n'essayait pas de lui imposer ses réflexions.

D'une voix précise, elle entreprit de lui décrire la cérémonie de mariage. Si Mélisande continuait à avoir conscience qu'elle devait accepter la situation, la peur lui enserra la gorge, balayant le moment de complicité qu'elles venaient de partager.

Une main sur son ventre, elle se demanda une fois de plus ce qu'il allait advenir d'elle... et de l'enfant qu'elle portait peut-être.

22

Dans la voiture, Mélisande avait le souffle court et l'impression d'entendre son cœur tambouriner.

— Respire, lui conseilla Christine. Tu es si blanche que je crains que tu ne te trouves mal.

— J'ai aussi peur de ne pas pouvoir faire un pas sans m'effondrer... La reine est-elle sûre que nous devons réellement procéder ainsi ?

Mélisande se retenait à grand-peine de se tordre les doigts pour tromper la panique qui lui dévorait le ventre.

— Oui, et je lui donne raison.

— Mais fallait-il vraiment qu'elle me fasse porter cette robe ? Tout le monde me regardera, le mordançage de ce tissu et le bain de garance ont été particulièrement forts, me semble-t-il...

Sa voix avait-elle eu cette nuance de plainte qu'elle avait sentie ? Misère, Mélisande devait se reprendre, et vite. Ce n'était pas possible de se mettre à geindre devant Christine.

Elle lissa le surcot, et contempla avec la même appréhension le rouge intense... C'était si inconvenant pour une servante. La plupart d'entre elles revêtaient des couleurs plus sombres et ainsi se fondaient dans la foule. Ses tenues étaient de chanvre ou sergé, en saison fraîche elle y adjoignait de la laine fine, mais ce lin doux et habilement tissé n'avait pas l'aspect rêche auquel elle était habituée.

Christine se pencha en avant et tapota son genou qui tremblotait sous un mouvement incontrôlable qu'elle remarquait enfin. Elle se força à s'immobiliser.

— Il paraît nécessaire de te distinguer de moi si nous voulons accréditer cette histoire de nobles ascendants que fait circuler le marquis depuis plusieurs jours à la cour. De ma suivante, tu dois te glisser dans le rôle d'une apprentie qu'on m'a confiée à éduquer. La reine a raison, il te faut devancer les messes basses et te singulariser dès à présent.

Sa maîtresse en semblait si convaincue que Mélisande finit par opiner du chef. Que faire d'autre ? Nonobstant, l'idée de se trouver le centre de l'attention de tous continuait à la miner.

À son arrivée à la cour, Mélisande remarqua aussitôt la différence dans l'attitude des gens à son égard. Le doute n'était plus possible ; la nouvelle du mariage et de ce titre avait dû se répandre comme leur avait annoncé Isabelle de Bavière et il fallait maintenant en prendre son parti. Sa grossesse supposée n'avait par contre pas été divulguée, la reine l'avait assurée à Christine et Mélisande n'avait encore aucun signe visible de son état.

Se tenir aux côtés de Christine au lieu de se fondre dans son sillage lui fit un drôle d'effet, mais chaque fois qu'elle ralentit, comme elle le faisait de coutume, un regard la rappelait à l'ordre pour revenir au niveau de la noble.

À peine arrivée à l'hôtel Barbette, un coup d'œil alentour ne fit que confirmer ses impressions : Mélisande était la cible de toutes les attentions et messes basses. Si la rumeur d'une riche ascendance ou d'un quelconque titre circulait, ils étaient nombreux à ne pas y croire – et qui les auraient condamnés pour cela ? songea-t-elle avec amertume. Ce n'était que faire preuve de bon sens. Un groupe de commères qui la dévisageaient en s'entretenant à voix basse se montraient insistantes dans leur façon de l'observer, penchées les unes vers les autres. Quelques ricanements lui parvinrent même. Au beau milieu d'une salle comble, Mélisande se sentait seule.

Trop oppressée par la situation, elle ne put continuer à supporter cela et s'éloigna pour gagner un couloir latéral. Du long du corridor qui donnait sur la rue bordant l'hôtel particulier, elle apercevait la salle et repéra Bertille de Sombreval qui fendait la foule pour la rejoindre. Leurs regards se croisèrent.

— J'ai appris pour votre futur mariage. Le marquis en a parlé à la cour du roi, souffla Bertille avec une drôle d'expression, comme si elle cherchait une confirmation.

Lui faire face permit étrangement à Mélisande de se reprendre. Elle se contenta donc d'un vague hochement de tête, amplifiant visiblement le trouble de son interlocutrice. Celle-ci murmura, sidérée :

— Mais comment...
— Le marquis a fait sa demande au roi.

Bertille secoua la tête.

— D'où viennent ces rumeurs sur votre aïeule ? Une certaine dame de Challe qui serait vicomtesse ? Elle vivrait près de Bologne, mariée à un Italien.

Christine l'avait avertie de cette ascendance imaginaire le matin même. Le marquis s'était donné bien du mal en faisant émettre par un vicaire italien un papier qui paraissait assez officiel pour convaincre ses amis qui l'avaient vu.

— Le mari de cette aïeule est aussi *cavaliere*, un chevalier si vous préférez.

— C'est ainsi que vous êtes entrée au service de Christine ? supputa Bertille, toujours méfiante. Je sais que Thomas de Pizan, son père, s'appelait en réalité Tommaso di Benvenuto da Pizzano, comme Christine qui était Cristina... Mon père le fréquentait quand il vivait à Bologne, avant qu'il devienne l'astrologue de Charles V.

Elle se contenta d'approuver avec prudence. Si le mensonge

avait déjà trouvé sa voie, accréditer ce tissu de fadaises était étrangement gênant. Pour la première fois, elle comprit que, si le secret honteux de sa naissance et son ascendance avec Gotilda étaient connus de tous, personne n'aurait cru à cette fumisterie.

Bertille la dévisageait d'un air songeur.

— Pourquoi étais-tu présentée comme une simple suivante en ce cas ? Tu avais ta place sur une des chaises de nos réunions de dame.

— Car c'est un honneur de la servir. Ma famille ne possédait plus de fortune, Christine de Pizan et les siens m'ont sauvée. Ma reconnaissance envers ma dame m'accompagnera jusqu'au tombeau.

Sa voix morne ne sembla pas alerter outre mesure la noble. Un mouvement au-dehors attira l'œil de Mélisande qui se tenait toujours près des vitres. Elle détailla un attelage qu'elle connaissait bien. Son cœur bondit : était-ce bien celui de Jehan ? Pouvait-elle se tromper ? Étrangement, elle l'imaginait demeurer loin de la cour, au moins jusqu'à son mariage avec le marquis. Les propos de la reine sur l'altercation entre eux deux lui revinrent et elle sentit ses mâchoires se serrer.

Elle avait apporté avec elle la lettre qu'elle lui destinait, espérant pouvoir demander à Amédée aux cuisines de trouver un palefrenier qui la fasse porter à l'hôtel de Jehan contre quelques pièces. Après tout, les servantes et domestiques des nobles finissaient par tous se connaître aussi bien que leurs maîtres. Et le voilà qui réapparaissait comme cela, sans prévenir.

Elle plissa soudain les yeux, cherchant à distinguer plus clairement quelqu'un... C'était bien Gauchet, proche de l'attelage. À ses côtés, la silhouette était indéniablement féminine et rappela quelque chose à Mélisande.

— On dirait Mahaut, ne put-elle s'empêcher de remarquer.

Bertille, qui avait suivi son regard, se pencha en avant. Un parfum capiteux piqua le nez de Mélisande.

— C'est bien elle. Je lui avais demandé de vérifier si le sieur de Montorgueil comptait se présenter aujourd'hui. Elle et Gauchet se connaissent... assez bien.

Elles se dévisagèrent, et l'air qu'affichait la noble laissa Mélisande perplexe. Ce sous-entendu grossier était censé lui faire comprendre que Gauchet et Mahaut... mais pourquoi Bertille de Sombreval voudrait-elle le lui notifier ? L'expression de cette dernière se troubla étrangement. Un regret fugace traversa ses traits.

— Je n'aurais jamais imaginé que le marquis puisse vous prendre en épousailles... Je me doute que tu le déplores vu nos conversations passées... j'ignore qui pourrait se réjouir d'une telle union, à vrai dire. Je suis profondément désolée. J'aurais aimé faire quelque chose pour toi.

Cette fois la sincérité perçait dans ses propos, Mélisande hésita à peine. Comment aurait-elle pu rater l'occasion qui se présentait de faire parvenir son pli à Jehan si cette histoire entre Gauchet et Mahaut était vraie ?

— Si vous souhaitez m'aider, j'aurais effectivement une demande. Mahaut pourrait-elle donner à Gauchet quelque chose de ma part, afin qu'il le transmette à... vous savez, conclut-elle avec gêne.

Bertille la dévisagea. Si elles avaient évoqué ensemble une relation éventuelle entre le comte et elle, Mélisande n'avait rien confirmé explicitement. Or, il semblait difficile de nier à présent. D'un geste incertain, elle extirpa le pli de sous son surcot où elle l'avait glissé, comme il n'y a pas si longtemps quand elle y cachait ses textes licencieux.

Bertille eut une drôle d'expression avant de détourner le regard et d'acquiescer. Elle récupéra discrètement la missive.

— Je lui confie dès qu'elle me rejoint, assura-t-elle, pressée.

Décontenancée, Mélisande s'étonna de son air soudain froid avant de remarquer Christine, qui marchait vers elles. Bertille saisit son bras et la tira en avant pour aller à sa rencontre. Cette dernière leur sourit aimablement, mais Mélisande ne put rater l'interrogation perceptible dans ses yeux.

Elle se promit de lui expliquer par la suite. Mais plusieurs des dames qui avaient jusque-là gardé leurs distances s'avancèrent pour échanger. Sous des dehors policés, il semblait évident que toutes avaient la même question en tête.

— Alors votre aïeule était noble ? Chère Christine, une connaissance de votre famille, sans doute ?

Mélisande réalisa pour la première fois que cette histoire impliquerait Christine au point de la pousser à mentir à son tour… et si toute l'affaire venait à être révélée ? Comme si elle sentait son trouble, celle-ci saisit son bras pour y enrouler le sien.

Ce simple geste provoqua une vague de silence sur le petit groupe.

— Il y a effectivement des ascendances italiennes chez notre douce Mélisande. Sa mère elle-même me l'a confiée il y a bien longtemps, paix à son âme, pour en faire une femme accomplie. J'ai procédé de mon mieux à son éducation et à la conduire à la cour, la gardant à mes côtés en toute occasion. Je dois avouer qu'elle a pris au fil des ans une place particulière dans mon cœur, et est presque une fille à mes yeux.

Les mots frappèrent Mélisande qui eut du mal à rester impassible. Christine lui sourit. Eulalie de Grécourt lui porta un regard plein d'aménité ; si elle n'avait jamais été désagréable, c'était bien la première fois qu'elle s'adressait à elle.

— C'est donc pour ça que vous avez veillé avec tant de soin à lui enseigner la lecture, les lettres et sûrement d'autres sciences ? Tout s'éclaire, je trouvais étonnant d'avoir une simple suivante si instruite, mais vous étiez sa préceptrice ; intercéda-t-elle.

Mélisande, qui n'avait rien dit, réalisa la gageure de Christine ; elle venait de fournir à ses dames assez pour confirmer les certitudes de ces dernières… sans pour autant mentir tout à fait.

Oui, sa mère l'avait bien confiée à ses bons soins et possédait des ascendances italiennes, c'était ainsi qu'elle avait été mise au service de Christine. Mais Gotilda était tout autre que celle que toutes s'imaginaient comme directe descendante d'une certaine Challe, vicomtesse de petite envergue à la famille désargentée. Car à la cour on pardonnait bien plus un manque de fortune qu'une lacune de noblesse.

Habilement, Christine continua à orienter la conversation, rouée aux diverses questions dont la gentillesse n'était que feinte. Mélisande à ses côtés se cantonnait à répondre aussi brièvement que possible et s'attardait seulement sur des points sans rapport à sa supposée lignée.

Du coin de l'œil, elle avait bien remarqué le comportement de Bertille qui s'était éclipsée pour rejoindre Mahaut. Une part d'elle avait eu l'impression de mieux respirer : la noble avait tenu parole et le pli serait bientôt porté à son destinataire.

Ce fut le moment que choisirent le duc de Berry et le duc de Bourgogne pour s'approcher à leur tour. Ils étaient de fidèles soutiens à Christine et leur intervention dans l'échange permit de dévier le sujet pour de bon, ces dames trouvant opportun d'évoquer les prochains grands rassemblements prévus par leurs souverains.

Si elle demeura aux côtés de Christine, Mélisande usa du charme étrange que lui avaient apporté des années passées comme suivante ; elle se fit oublier tant et si bien que, petit à petit, plus personne ne lui prêta attention au milieu de ce petit groupe de nobles habitués à discuter dans un confortable entre soi. Maintenant parmi eux, elle avait la curieuse impression de les observer de loin.

Suivant à peine la conversation, elle ressentit pourtant

nettement un frisson lui remonter le dos pour mourir sur sa nuque. Sa paume trembla et son cœur accéléra. Son regard balaya la salle, mais tomba presque aussitôt en arrêt sur des yeux fixés sur elle. Jehan.

23

Il la dévisageait avec une expression abasourdie qui la sidéra un instant ; pourquoi paraissait-il saisi de la trouver ici ?

Inconsciente à tout ce qui n'était pas cet homme, elle le détailla de la tête aux pieds. Le besoin de s'imprégner de son allure. Même immobile ainsi, il lui semblait étrangement empli de force. Son cœur frappa dans sa poitrine à coups redoublés, et elle sentit sa respiration s'emballer.

Elle songea aux mots qu'elle avait pu jeter sur du papier, à l'impression de vide douloureux qu'elle avait maintes fois dû reconnaître en son for intérieur... et réalisa, à cet instant précis, s'être largement trompée. La sensation qu'elle éprouvait à cet instant était infiniment plus tranchante, âpre, qu'un simple manque.

Un mouvement dans son champ de vision lui permit de remarquer que Christine avait bougé, et elle reporta son regard sur cette dernière presque par réflexe. Ce ne fut qu'à ce moment qu'elle comprit avoir fait un pas en avant et que sa maîtresse avait dû l'imiter pour dissimuler sa réaction instinctive. Honteuse, elle baissa la tête pour se forcer à cesser de dévorer Jehan des yeux.

Il lui fallait se reprendre. Avait-il pu avoir sa missive ? Discrètement, elle tenta de chercher Mahaut dans la pièce ; avait-elle rejoint Bertille de Sombreval ? Peut-être Gauchet attendait-il pour le porter à Jehan une situation plus propice qu'à la cour de la reine, emplie de nobles curieux.

Le bras autour du sien se replia, à peine, mais avec un angle plus aigu, et elle se sentit à nouveau rappelée à l'ordre. Elle s'efforça de sourire à l'aveuglette. Christine en faisait déjà bien assez pour elle, il était hors de question d'ajouter aux – bien trop – nombreuses rumeurs qui circulaient sur son compte.

Elle tint bon. Vaillamment. Elle ne chercha plus Jehan du regard ; après tout qu'il ait eu ou pas son message, elle y disait tout. Point besoin d'y succéder ou de le précéder d'une entrevue délicate qui la mettrait au supplice. Alors elle demeura aux côtés de sa dame avec une forme de bravoure dont elle devait bien être seule consciente. Elle écouta les aristocrates qui les entouraient évoquer un trouvère, nouveau venu à la cour.

— Savez-vous quelle rumeur circule ? s'enquit Aure de Pareste, noble qu'elle ne connaissait que de vue et qui se révélait étonnamment douée pour jaspiner. Ce trouvère a la voix si haute que certains l'affirment femme.

Aussitôt, chacun alla de son commentaire. La reine avait rejoint sa cour, et avait été saluée par les révérences qui convenaient. Mélisande, rivée à sa décision, continuait à donner le change. Hochant la tête au bon moment, prenant l'air surpris... mais sans intervenir, pas sûre de réussir à contrôler sa voix.

Christine la fit naviguer entre les groupes, saisit pour elle une tasse qu'elle lui tendit et dans laquelle Mélisande trempa les lèvres par convention. À l'autre bout de la pièce, un feu ronflant dans une cheminée largement ouverte dispensait une chaleur qui devint désagréable tant elle la trouva forte.

Isabelle de Bavière en personne finit par se présenter devant elles. Christine s'effaça dans une révérence que Mélisande imitait déjà. Elle faillit trébucher en croisant un regard brun bien connu, situé une vingtaine de pas derrière la reine, dans un coin de la salle. Pourquoi ce salon principal lui semblait-il si étriqué à cet instant ?

— Dame de Challes, nous sommes ravis de vous compter parmi nous aujourd'hui.

Mélisande se figea. Incrédule, elle se redressa si lentement qu'elle doutait de ne pas être plongée dans une drôle de chimère. Pourtant sa souveraine la dévisageait bien en face, au vu et su de tous. Elle cligna des paupières, et abaissa doucement la tête.

— C'est un honneur votre majesté.

— Pensez à vous rendre à notre prochaine réunion en compagnie de votre chère Christine de Pizan.

Mélisande s'empressa de hocher de la tête et parvint à étirer ses lèvres presque tremblantes en un sourire. Elle sentit le regard approbateur de Christine ; au moins avait-elle réussi à donner le change. Bien vite, sa majesté s'éloigna, captée par des conseillers souhaitant s'entretenir avec elle, comme souvent quand elle et le roi résidaient dans les lieux séparés.

Leur nombre paraissait moins important qu'à l'habitude, peut-être Charles VI avait-il assez repris ses esprits pour pouvoir être consulté pour certaines décisions ?

Les nerfs à vif après cette succession d'épreuves, Mélisande craqua : elle chercha Jehan du regard. Cela faisait deux fois que leurs yeux se croisaient, mais sans nul doute devait-il vouloir lui aussi garder ses distances.

C'était du moins ce qu'elle avait escompté. En le repérant à nouveau, elle comprit à quel point elle s'était trompée. Au contraire, il la dévisageait sans vergogne à travers la pièce et le groupe massé autour de lui. Mélisande remarqua deux femmes qui semblaient ne pas en perdre une miette et son cœur tomba dans sa poitrine. Ce fut elle qui se détourna en frissonnant. Son attitude n'avait pas beaucoup de bon sens ; ne voyait-il pas qu'il était épié ? Pourquoi donc agir ainsi ?

Quelques nobles s'étaient installés à des tables, certains pour jouer aux cartes, d'autres observaient deux seigneurs engagés dans une partie de dés où quelque argent circulerait bientôt.

Elle suivit Christine qui s'était rapprochée du duc d'Orléans. Mélisande repensa au projet de scriptorium de sa maîtresse et s'appliqua à se montrer aussi agréable que possible avec l'un des nobles les plus influents de la cour – de par sa richesse et son statut auprès d'Isabelle de Bavière.

Dans leur dos, une conversation plus bruyante se détacha, attirant son attention :

— Une partie de chasse serait prochainement organisée au château de Beauté ? Notre cher souverain doit avoir meilleure santé... se rengorgea une voix étrange, légèrement nasillarde.

— C'est en tout cas ce qu'affirment certains. De Beauvillé l'évoquait avec le duc de Quermari.

— Le roi goûte peu de loisirs tant que la chasse, confirma la même voix nasale.

De Beauvillé ? Comment avait-elle pu oublier cela : peut-être le noble allait-il se présenter d'un moment à l'autre ? Cette fois la sensation de chaleur accablante qui ne la quittait plus lui parut suffocante. Elle craignit de se sentir mal alors qu'un frisson de dégoût la secouait.

Discrètement, elle se pencha pour glisser à l'oreille de Christine :

— Je vais m'approcher des rafraîchissements et prendre un instant l'air dans le couloir. Je reviens.

— L'air est étouffant, dit Christine dans un souffle.

Elle se retourna ensuite vers les deux humanistes qui échangeaient presque bruyamment sur la mort de ce pauvre Eustache Deschamps toute récente, chacun cherchant à déterminer lequel du *Double lay de fragilité humaine* ou de ses rondeaux méritait le plus de le rappeler à leur bonne mémoire à tous.

Mélisande ne demanda pas son reste et se faufila entre les groupes. La crainte de se retrouver face à Jehan ne supplantait pas son besoin urgent de respirer dans un endroit plus au calme. Elle avait l'étrange sensation qu'elle ne pourrait sinon en supporter plus et fuirait pour de bon.

Face aux fenêtres qui donnaient vers l'extérieur, elle ferma les paupières et inspira plusieurs fois. Un coup d'œil lui apprit que pas un des nobles présents ne semblait incommodé comme elle l'était. Tous demeuraient dans la salle de réception de laquelle des rires et conversations s'échappaient jusqu'ici, la poursuivant d'un bourdonnement incessant.

Elle porta une main à sa poitrine. Était-ce son cœur qui battait ainsi, l'assourdissant ? Quand elle devina une présence dans son dos, elle supputa qu'il s'agissait forcément de Jehan. Cela lui parut douloureusement évident, comme le fait que ce lieu n'était guère l'endroit de retrouvailles... Elle se retourna et trouva Amédée. Cette dernière avança vers elle avec une démarche incertaine.

Mélisande s'approcha d'elle en souriant et remarqua son mouvement de recul.

— Amé ? l'interpella-t-elle par le sobriquet qu'elle devait bien lui prêter depuis trois ans maintenant.

— Méli... Dame...

— Mélisande, ou Méli, la coupa aussitôt cette dernière, comprenant avec un brin d'horreur la raison de son air fuyant. Tu as entendu les rumeurs ?

— Je... tu aurais pu me le dire, lui reprocha la fille des cuisines.

Mélisande lui attrapa les mains sans réfléchir et chercha son regard.

— Tout cela n'a rien à voir avec ce que je suis, d'accord ? Rien n'a changé. Je reste Méli qui porte le plateau pour t'éviter de courir les étages pour rien. Pourquoi voulais-tu me parler ? s'enquit-elle.

Pas une fois Amédée n'était allée à sa rencontre, elles attendaient toujours de se retrouver aux cuisines.

— Justement, un des messieurs qui accompagnent les

nobles, un de leurs laquais, est venu et m'a dit de te ramener aux cuisines. La Marguerite doit le connaître car elle a fait vider le cellier pour qu'il puisse t'y voir.

— Tu es sûr que c'est un des serviteurs ?

Elle jeta un coup d'œil à la salle de réception derrière elles, mais Mélisande ne risquait pas d'apercevoir d'ici si Jehan s'y trouvait encore. Amédée approuva.

— L'est poli et gentil. Il m'a donné une livre parisis, tu te rends compte ? Il a assuré qu'il me fera pas de mal si tu refuses et qu'il me laissera la livre. C'est un peu niais, l'aurait dû attendre mon retour, je pourrais l'empocher sans l'aider, acheva Amédée avec le pragmatisme qui faisait souvent sourire Mélisande, sauf ce jour-là tant elle était soucieuse.

— Tu connais Mahaut ? La suivante de Bertille de Sombreval. Grande, la plupart de ses tenues sont taupe ou...

— Celle au menton plus long que ma main ? Elle a le faciès d'un canasson.

Cette fois son amie parvint à lui arracher un sourire ; travailler à la cour, et qui plus est aux cuisines, où pas une minute de répit ne devait exister, avait affûté étrangement la langue d'Amédée.

— Oui, celle-là. L'as-tu vue traîner dans les couloirs, devant ou même aux cuisines ? Tu as sûrement dû l'apercevoir si tu portais les plats ? la pressa-t-elle.

— Elle va pas avec nous autres. Se croit au-dessus du crottin parce qu'elle s'accroche à la jambe de la monture au lieu de se trouver sous le sabot, cracha Amédée, avec mépris.

Mélisande soupira.

— Conduis-moi à cet homme... Je dois me hâter pour regagner la réception ensuite.

Elles dévalèrent les coursives avec la vivacité qu'Amédée ne déployait que pour les rares fois où Marguerite en avait après ses filles ; les tannant tant et plus qu'elles finissaient par recevoir un coup de sabot si l'une paressait trop.

Les cuisines de l'hôtel Barbette étaient bien plus étroites et moins pratiques que celles du château, et l'agitation qui y régnait renseigna assez bien Mélisande sur la façon dont ce déménagement avait compliqué la charge des serviteurs de la reine.

Amédée, qui avait finalement saisi sa main, oubliant sa timidité de départ, la tira derrière elle jusqu'à un réduit à l'écart dont la porte de bois était entrouverte. Pressée, elle y projeta presque Mélisande qui se rattrapa au chambranle.

Elle releva les yeux, le cœur battant, pour se trouver presque nez à nez avec Gauchet. La déception fut si amère qu'elle lui emplit la gorge, tapissant sa langue. Le sourire qu'elle tenta de composer dut paraître bien peu convaincant au valet de Jehan.

De toutes ses forces, elle s'exhorta à la raison : il valait bien mieux que les choses se déroulent ainsi ! Qu'aurait-elle fait face au seul qui occupait ses pensées ? Elle n'allait certainement pas le louer d'être revenu alors même qu'elle devait s'en tenir éloignée, ou le conspuer de n'avoir pas laissé une phrase pour lui dire adieu.

— Votre visage a cela de fascinant qu'il paraît pouvoir passer d'une expression à une autre plus vite qu'il n'est possible de l'observer...

La voix bien connue fit trébucher son souffle. Elle tourna lentement la tête et remarqua enfin la silhouette dans l'ombre, adossée au mur. Mélisande porta une main à sa bouche.

Gauchet croisa son regard à cet instant, étrangement malicieux.

— Désolé, ma dame, d'être celui qui se tient dans la lumière, mais vous comprenez qu'il nous faille faire preuve de prudence, intervint Gauchet. Marguerite est une vieille amie, elle a arrangé l'entrevue.

L'explication semblait avoir pour unique but de lui permettre de se reprendre ; Mélisande lui adressa donc un sourire de remerciement. Avec un peu de défiance, elle observa à nouveau Jehan, qui se redressa.

— J'espère que vous me pardonnerez, mais je ne peux vous laisser vous et mon maître seuls. Cela attirerait plus l'attention si je me baladais dans les cuisines...

Rassemblant tout le calme – bien écorné, il est vrai – qu'elle possédait, Mélisande releva les épaules et leur fit face.

— Je suppose que Mahaut vous a porté ma missive et que vous avez voulu clore une bonne fois...

— Mahaut ?

Coupée en plein élan, elle dévisagea Jehan sans comprendre. Elle reporta son attention sur Gauchet qui paraissait tout aussi perplexe.

— Vous ne lui avez pas encore donné... donné ma lettre ?

Le valet la fixa avec des yeux plissés, puis lui et Jehan échangèrent un long regard silencieux.

— Ce pourrait détricoter l'écheveau, seigneur, observa-t-il.

Jehan eut une moue surprise.

— Mahaut et Bertille de Sombreval ont intercepté les missives ?

— Vous n'avez cessé de m'affirmer que vous trouveriez au moins une réponse de dame Mélisande à votre retour, et il n'y en avait point. Elle vous parle d'un message et vous a regardé comme un fantôme dans la grande salle.

Jehan s'était approché en échangeant avec Gauchet et Mélisande eut bien du mal à ne pas reculer. Elle se forçait à les écouter, car, sans cela, elle aurait sûrement cru rêver cette discussion.

Troublé, Jehan la fixa.

— Tu m'avais écrit jusqu'ici ? Quand j'ai été absent, insista-t-il d'une voix pressante.

La gorge sèche elle tenta de lire dans ses traits sombres, mais il lui parut impossible à cet instant de juger de son humeur.

— Mélisande !

La voix plus impérieuse lui permit de reprendre contenance, se hérissant du ton vif qu'il avait employé quand elle estimait avoir droit à quelques explications.

— Un message ? Pourquoi aurais-je donc...

Le regard de Jehan sur elle se fit plus acéré.

— Pour me répondre, par exemple ? J'ai appris qu'il me fallait rejoindre mes terres sans tarder. J'ai cherché comment te prévenir, mais Gauchet a beau eu rôder près de la demeure de dame Christine, il ne t'y a jamais aperçue et il a préféré ne rien donner à la vieille cuisinière.

— Nul n'aurait pu dire en l'observant si elle n'irait pas tout droit vous dénoncer, intercéda le valet, en fronçant le nez presque moqueur.

— Les circonstances un peu particulières de mon départ ne m'ont pas permis de le reporter... mais nous devions nous voir, expliqua Jehan d'une voix dont la sécheresse ne s'en était pas allée. As-tu essayé de me faire porter un message ?

Son insistance finit de perturber Mélisande. Ils se tenaient l'un face à l'autre, la présence de Gauchet, pourtant à deux pas, s'effaçait presque à cet instant, ne les laissant que tous deux. Elle retrouvait l'arrogance de cette mâchoire pointée, ce regard inquisiteur... avait-elle imaginé leurs moments ensemble ? La douceur, les sourires ou les rires complices. Ses soupirs au creux de son cou ?

Il fit un mouvement vers elle et lui saisit la main, la faisant sursauter.

— Mélisande, parle, par pitié !

Elle ravala sa salive et remarqua d'une voix étrangement étouffée :

— Pas avant aujourd'hui, et seulement pour dire adieu...

— Me dire...

Jehan se tut. La pression sur sa main ne s'était pas accentuée, pourtant elle ne trouva rien de la douceur qu'il savait montrer envers elle ; Mélisande retira donc sa paume après une hésitation. Si celui en face d'elle différait en tout point de celui qu'elle avait connu, soit. Elle ne pouvait dans ce cas le laisser la toucher ainsi. C'était à cet autre homme, qu'elle l'ait imaginé ou qu'il ait disparu à la fin de leur ballade d'amants, qu'elle voulait être fidèle.

Malgré tout, dans l'expression soudain torturée de Jehan, elle crut presque retrouver celui qui lui manquait à lui donner envie de pleurer quand elle était seule avec ses souvenirs.

Jehan eut un soupir lourd.

— Mélisande, que s'est-il passé ? Je rentre et une rumeur court de ton prochain mariage, et avec... un noble ?

La note de douleur dans sa voix la frappa, mettant à mal la barrière qu'elle pensait pouvoir lui opposer.

— Le marquis a demandé ma main au roi, qui lui a accordée. Quand la robe pour la cérémonie sera prête, je serai unie à de Beauvillé selon les rites.

Si elle avait tenté de parler sans laisser transparaître la moindre émotion, elle doutait d'y être parvenue. Jehan secoua la tête comme s'il refusait de la croire. Devant leur silence qui se prolongeait, Gauchet reprit la parole :

— J'en conclus que la dame de Sombreval, en qui vous aviez confiance pour transmettre à dame Mélisande vos missives, les a gardées par-devers elle. Et vient de recommencer, pour ce dernier message que votre bonne amie annonçait à son arrivée...

— Le roi a réellement donné son aval ? s'enquit Jehan, ignorant son valet.

Son regard était fixe, un peu éteint. Mélisande se força à déglutir pour ravaler la boule qui obstruait sa gorge.

— Il l'a fait, confirma-t-elle.

La façon dont il la dévisagea finit de balayer toutes ses certitudes ; Jehan ne la contemplait point comme un homme qui l'avait abandonnée, loin de là. Si Gauchet disait vrai... Qu'avait-il dit dans ses fameuses lettres qu'elle n'avait pu recevoir ?

Jehan, dont le raisonnement avait dû suivre un tout autre chemin, secoua la tête, accablé :

— Nul ne peut défaire ce que le roi a dit, sauf lui-même, et ce serait se dédire. Il n'y a aucune chance de retour.

Elle sentit une larme lui échapper, mais refusa de faire le moindre geste pour l'essuyer. Cela ne ferait qu'attirer un peu plus l'attention sur elle.

— Il semble effectivement que le vin soit tiré... concéda-t-elle enfin. Que disiez-vous dans ces messages, mon seigneur ?

Jehan la dévisagea avec une forme de férocité.

— T'en soucies-tu seulement maintenant ? Pourquoi n'avoir pas cherché non plus à me contacter ? Gauchet connaît la moitié des valets et servantes de la cour. Je ne doute pas qu'il en soit de même pour toi. Tu ne pouvais pas... Pourquoi...

— En quoi mon rang l'aurait-il permis ? rétorqua-t-elle avec plus de vivacité qu'elle ne l'aurait souhaité. Si le seigneur s'écarte, la suivante se tait.

Figé, il la fixa puis avança vers elle, comme s'il n'en croyait pas ses oreilles. Alors qu'elle ne s'y attendait pas, il caressa sa joue.

— Comptes-tu, un jour, cesser de me donner du seigneur ? Il serait temps de te rappeler que je ne suis que Jehan.

Une émotion lui étreignit la poitrine, elle se conjura de ne pas craquer et murmura :

— Aux yeux de qui ? La cour tout entière parle de vous comme d'un comte. Comment l'oublier ?

Elle s'en voulut de sa voix douloureuse, parfaitement transparente. Inspirant, elle eut un signe de dénégation. Ne pouvait-elle vraiment apporter aucun crédit à ce qu'ils avaient vécu ? Même là, il lui enjoignait de faire confiance à ce qu'ils avaient partagé.

Abdiquant, Mélisande inclina la tête pour faire reposer sa joue dans la main de Jehan. L'idée que Gauchet pouvait tout voir de son geste creusa un sentiment de honte jamais bien loin dès qu'elle s'accrochait à l'homme en face d'elle... pourtant cela ne parvint pas à la convaincre de reculer.

Quelque chose dans le regard de Jehan s'affirma.

— Nous devons comprendre les raisons de Bertille de Sombreval. Je ne doute pas qu'il en existe... quelles qu'elles soient. Nul n'agit dans le seul but de nuire à autrui, peu importe si certains nobles baignent dans une mer de désœuvrement.

Un petit rire moqueur lui répondit. Ils tournèrent en même temps la tête vers Gauchet. Jehan abaissa son bras, interrompant sa caresse.

— Permettez-moi de vous contredire, mon maître. Assurément, le cœur de certains n'abrite pas qu'une oisiveté piètre conseillère. Pouvoir goûter son propre pouvoir dans la destruction du destin d'une personne est une forme de passe-temps comme une autre.

Une fois ou deux, Mélisande avait remarqué un cynisme chez Gauchet qu'il ne se peinait pas à dissimuler. Jamais pourtant elle ne l'avait trouvé si piquant.

— Quelle raison aurait-elle ? s'enquit-elle à voix haute.

Pensif, Jehan secoua la tête.

— Nous devrions la suivre, elle et Mahaut. Une des deux pourrait nous en révéler plus.

— Mon maître, il faut laisser Mélisande retourner auprès de Christine, sans cela...

— Oui, son absence va faire jaser, admit Jehan. Sors.

Gauchet tiqua sous l'ordre inattendu.

— Nous avions convenu...

— Sors, répéta Jehan, sans que son ton paraisse plus sec.

Il continuait à la fixer sans ciller et Gauchet finit par obéir, se glissant par la porte qu'Amédée avait repoussée sans la claquer. Dès qu'ils furent seuls, il la dévisagea sans bouger.

— T'ai-je manqué ?

Figée, elle ignorait quoi répondre. La vérité était-elle bonne à dire quand on était devenue la future épouse d'un autre homme que son amant, aussi horrible soit le mari en question ?

— Mélisande ?

— Oui, plus que d'écrire, souffla-t-elle tout bas, incertaine qu'il puisse saisir l'ampleur de cet aveu qui, pour elle, était pourtant très révélateur.

— De Beauvillé agit-il ainsi car lui et moi avons eu des mots ? Considère-t-il que je lui ai fait la nique ? A-t-il... voulu se venger ? (Son ton s'était durci au fur et à mesure.) Il n'avait jamais tant poursuivi une femme à ma connaissance. Sa défunte épouse avait une grande fortune.

Pas une minute elle n'espéra pouvoir le détromper ; il avait parfaitement raison.

— Il ne sert plus à rien de chercher pourquoi... mon seigneur.

Peut-être avait-elle usé de ces mots cent fois, mais jamais de cette façon. Cette fois, Mélisande insista sur le possessif, malgré le fard qui gagnait ses joues. Jehan sembla en être tout à fait conscient, car il se tut alors qu'il s'apprêtait à parler, pour la dévisager avant d'annoncer d'une voix toute modifiée :

— Je compte te donner un baiser.

À peine avait-il dit ses paroles, qu'il avança d'un seul geste et se retrouva contre elle. L'odeur de Jehan l'envahit, accompagnée d'un doux soulagement : il lui avait tant manqué ! Puis il posa ses lèvres sur les siennes pour l'embrasser avec force. Le soulagement fut balayé par une tout autre émotion quand elle se sentit soulevée dans une puissante étreinte.

Elle lui rendit son baiser, s'arrimant à ses solides épaules. La passion habituelle était bien là, nichée au creux de son ventre qui lui coupait le souffle, lui donnait envie de se fondre plus encore dans sa chaleur retrouvée.

Un intense bonheur la parcourut de se trouver contre son corps chaud alors que Mélisande avait accepté que plus jamais cela n'arrive.

Il gémit sur ses lèvres et elle rouvrit les paupières, affrontant le regard de Jehan, fixé sur elle. Un flot de tendresse lui serra le cœur devant son expression. Quoiqu'elle ait pu penser, cet homme ne pouvait pas exceller à ce point à la tromper et lui faire croire qu'il appréciait d'être ainsi contre elle et qu'elle lui importait. Non, elle aurait parié qu'il ressentait la même chose et l'émotion la déborda.

Lentement, il la reposa à terre et vint prendre son visage en coupe. Quand elle sentit ses pouces essuyer délicatement ses pommettes, elle nota enfin l'humidité de ses joues.

— Je ne croyais jamais vous revoir vous comporter de cette façon... Je vous imaginais lointain, m'accordant à peine un regard...

Elle éclata pour de bon en sanglots et il la ramena contre lui avec fermeté. Au creux de son épaule, elle s'accrocha à Jehan et il caressa son dos avec douceur.

— Je ne pourrais pas agir ainsi, même si je le voulais. Vous êtes la seule que je remarque au sein d'une pièce comble. Me tenir si loin de vous a été un long combat éreintant, j'ai failli revenir de nuit une dizaine de fois et tout laisser derrière moi.

— Christine a quitté Paris également, j'étais en voyage jusqu'à récemment, avoua-t-elle d'une voix hachée.

Après un soupir, elle inspira pour essayer de se reprendre. Si retrouver Jehan semblait avoir mis à mal ses défenses, elle devait plutôt y puiser de la force, un dernier souvenir heureux.

— Quand aura lieu le mariage ? s'enquit-il brusquement.

Elle referma les paupières comme si ce faible rempart risquait de l'éloigner de la réalité.

— Mélisande ? insista-t-il.

— La robe devrait être finie d'ici à quelques jours, la cérémonie a été précipitée par le marquis, admit-elle du bout des lèvres... Si je suis encore en vie.

Il la força à reculer.

— Si...

— L'idée de céder à cet homme me donne envie de mourir, avoua Mélisande, consciente de l'affreux blasphème qu'elle venait de proférer.

Nul autre que le plus haut décidait de la vie et de la mort. Elle le savait. Cette pensée rappela à elle la certitude que, peut-être, elle abritait justement une autre vie. Le dire à Jehan quand il ne pouvait rien faire lui parut infiniment cruel, au point de ne pouvoir s'y résoudre.

Ide lui avait procuré des herbes. Lui affirmant que le plus tôt serait le mieux, qu'elle risquait moins elle-même. Mais, depuis, Mélisande n'avait rien pu faire.

— Vous ne pouvez mettre fin à vos jours. Toute solution me semblerait encore préférable, même renoncer…

Jehan se tut. Il ne pouvait se permettre cette assertion sans heurter la dame en face de lui. « Même renoncer à ma propre vie ou à mon honneur », car à cet instant il n'avait qu'une envie : dégainer son épée et passer de Beauvillé au fil de la lame. Que ce faquin soit un ami du roi et qu'il soit exécuté ensuite cela ne comptait pas, si elle échappait à une telle union. Il était sûrement celui qui avait poussé le marquis à agir ainsi, il le savait.

Mélisande lui lança un regard infiniment triste.

— À moi ? suggéra-t-elle. Et moi donc ? Dois-je me résigner à cette intimité qui me révulse tout entière ?

Jehan secoua la tête. Le début d'un plan se dessinait dans son esprit, même s'il semblait hasardeux. Ce qui restait préférable à l'idée de demeurer un spectateur impuissant.

— Je songeais plutôt aux autres défauts les plus connus de ce cher de Beauvillé, contra-t-il calmement. Il y a la concupiscence, certes. L'orgueil, et je suis seul à blâmer s'il s'estime offensé et en arrive à de telles extrémités par vengeance… Mais il possède surtout l'avarice chevillée au corps, reprit finalement Jehan quand Mélisande rouvrit la bouche. Je pourrais lui offrir autant que je peux rassembler en échange d'une promesse de vous laisser tranquille.

Si elle parut décontenancée, elle l'observa avant de remarquer prudemment :

— Je ne comprends pas.

— Ce vieux barbon a depuis des années des vues sur le château dont j'ai hérité de mon oncle, qui n'avait aucun enfant, explicita-t-il.

Dire ces mots le mordit au cœur même de ce qu'il devina être un péché d'arrogance ; devait-il se soucier de trahir son héritage et perdre de ses biens si la vie de Mélisande était en jeu ? Assurément pas.

Comment lui confier qu'il savait, comme bien des nobles de la cour, que de Beauvillé maltraitait sa femme ? Il l'avait cocufiée autant qu'il était possible, et l'avait surtout isolée de tous les siens, rendue muette au fil du temps, préférant le silence au risque d'essuyer de nouveaux coups.

Elle ouvrit de grands yeux. Malgré son rôle auprès de Christine, ou justement grâce à ce dernier, elle ne pouvait ignorer que sa famille possédait plusieurs châteaux, dont celui de St Ahon, proche de Bordeaux. C'était une belle demeure, sans doute en bien meilleur état et fastueuse que les deux résidences du marquis, trop pingre pour prendre soin de ses biens qu'il avait laissé décrépir, selon la rumeur.

Elle secoua la tête.

— C'est inenvisageable, le contredit-elle d'une voix sans timbre.

Surpris, il chercha à comprendre l'expression complexe sur son visage, sans succès.

— Ce château a beau être dans ma famille depuis des décennies, cela ne reste pas moins qu'une bâtisse assemblée à l'aide de mortier, remarqua-t-il calmement. Rien qu'un lieu.

Il vit sa mâchoire se contracter, elle avait les larmes aux yeux. L'air résolu, elle attrapa sa main pour la serrer.

— Le château où vous estimez avoir coulé les seuls jours

heureux de votre enfance avec vos frères ? Quand votre père vous laissait à la garde de votre oncle ?

Un instant, il s'en voulut d'avoir abandonné au fil des conversations quelques traces de son enfance malheureuse. Avant de se rappeler que, sans ce lien particulier tissé au fil de discussions et de nuits, ils n'auraient sans doute pas eu besoin de cette même conversation.

— Le château de Convenant, qui appartenait à mon père, est de bien moindre importance, je ne peux le proposer à ce butor. Arkoff est plus étendu et possède plus de terres, raisonna-t-il, demeurant de marbre quand Mélisande paraissait de plus en plus catastrophée. Le marché ne serait pas équitable…

Arkoff était l'un des domaines de famille de Hugues de Beauvillé. Celui où elle devrait se rendre pour vivre avec le marquis si… L'idée lui donna la nausée.

— Ne faites pas cela pour moi, plaida-t-elle, la voix blanche. Il y a des prix qu'on ne peut rembourser. Des dettes qui peuvent ruiner tout ce que nous avons pu partager, compléta-t-elle, semblant hésiter sur ses mots.

Qu'avait-elle voulu vraiment dire ? Mais déjà elle reprenait :

— Je ne peux accepter, cela ferait de moi une personne…

Il posa un doigt sur sa bouche pour la faire taire.

— Jamais je n'estimerais une vie, surtout la tienne, valant moins que des pierres.

Sa fortune ou ses biens n'étaient pas un si grand prix à concéder et, sans eux, il n'imaginait réussir à forcer de Beauvillé à abandonner ses projets… À moins d'un duel, mais s'il tuait ce dernier, la cour n'en finirait jamais de jaser sur le mariage de Mélisande avec le meurtrier de son promis. C'était inenvisageable.

Avant qu'elle n'ait pu répliquer, un bruit à la porte les fit se retourner de conserve.

— Mon seigneur, il faut nous éclipser et que dame Mélisande

rejoigne la cour. Le temps presse, elle ne peut provoquer la moindre rumeur, les interpella Gauchet d'un ton sans appel.

Jehan serra les dents, conscient que son valet disait vrai. Cette dernière approuva, une flamme résolue dans le regard.

— Vous avez raison... Jehan, certains nœuds ne peuvent plus être défaits. Renonce, je te le demande comme une faveur, déclara-t-elle en choisissant le plus douloureux des moments, pour, enfin, lui parler avec familiarité.

Elle caressa sa joue avant d'annoncer d'une voix maîtrisée :

— Je ne suis pas la dame d'une ballade à sauver. J'ai pris des risques et il me faut en accepter les conséquences, je ne pense pas que tout le poids de ce qui arrive t'incombe. Mes décisions m'ont conduite où j'en suis...

Son ton égal n'avait pas tremblé, pourtant il lut l'émotion brute sur son visage. Elle fit un pas vers lui et se dressa sur la pointe des pieds avant de souffler à son oreille :

— Et je ne regretterai jamais de te porter dans mon cœur.

Elle tourna la tête en même temps que lui et déposa un baiser sur ses lèvres, à peine l'effleurement d'une aile d'ange. Ce qui provoqua un étrange sentiment en Jehan, celui... d'un adieu. Sa main battit l'air pour la retenir, mais elle s'était déjà faufilée par la porte, dans la cuisine où trop de serviteurs auraient pu l'apercevoir. Il poussa un juron.

Mélisande remonta le couloir qui débouchait sur les cuisines. Elle y trouva Amédée, qui, finaude, était allée chercher Christine. Cette dernière lui jeta un coup d'œil incertain, mais vint au-devant d'elle.

La suivante lui adressa un regard reconnaissant alors qu'elles marchaient dans une des coursives secondaires menant à la salle de réception.

— Je suis restée à l'écart, tout le monde croira que nous

sommes allées prendre l'air dans le jardin un moment. Que faisais-tu ? s'enquit Christine.

Ses sourcils se froncèrent quand Mélisande essuya une larme.
— Je disais adieu à l'impossible...

24

Le mariage était pour le lendemain. Mélisande devait se rendre avec l'attelage de Christine chercher la robe qui serait utilisée pour la cérémonie. Le marquis avait commandé une cotardie rouge, pour symboliser la joie du mariage. Cela ne se faisait que chez les nobles et elle aurait préféré porter un tissu blanc, réservé à ceux d'origine modeste.

Christine, pour la première fois, avait reniflé avec dédain en lisant le pli de de Beauvillé, avant de marmonner :

— Ce cuistre ne respecte donc rien. Il est veuf. Le noir aurait été plus approprié pour un remariage... Paix, Mélisande. Excuse mon mouvement d'humeur. Tu n'y es pour rien. Le rouge t'ira magnifiquement bien, je t'assure.

Enfin, elle arriva chez la couturière avec Flora. Christine avait consenti à la lui laisser en guise de suivante, comme elle ne pouvait plus se déplacer seule – et c'était elle qui gardait ses enfants. Cela lui semblait d'une ironie douteuse, tant elle se faisait l'effet d'être une mascarade.

Vêtue de son surcot spécial où même une bordure d'hermine avait été ajoutée, elle s'observa et se trouva empruntée et ridicule au plus haut point. Tous se moqueraient-ils, derrière des sourires polis, de cette fille de rien, élevée sur le pavois sans la moindre honte ?

Son reflet lui parut étrange. Elle portait une coiffure proche de celle des dames de la cour, deux tresses épaisses sur le côté cachées par deux cornettes à pointes dont des voiles blancs descendaient pour rejoindre la peau claire de ses épaules qui tranchaient avec le tissu rouge de sa tenue. Malgré sa riche parure, elle se sentait la plus malheureuse des femmes.

— Vous êtes magnifique, osa la couturière avec un petit sourire entendu.

Dès qu'elle se fut détournée, Mélisande essuya furtivement une larme solitaire et demanda qu'on l'aide à ôter la cotardise ajustée pour repasser sa cotte et son surcot de chanvre.

Dès qu'elle fut à nouveau dans la rue, elle inspira une large bouffée d'un air qui charriait les effluves piquants des diverses immondices qui jonchaient le sol. Cela n'eut rien de vivifiant. Elle perçut le relent de marée et se souvint que c'était jour de marché.

Sur un coup de tête, elle fit signe à Flora.

— Allons au marché, demain Ide aura besoin de poisson, c'est vendredi. On trouvera bien de l'alose ou de l'anguille...

Flora lui jeta un coup d'œil sidéré.

— Mais, Mélisande tu portais une robe de gente dame pas plus tard que...

Excédée, cette dernière émit un « tssssst » un peu moqueur ; elle et Flora avaient à peine quatre ans d'écart. Elles avaient travaillé ensemble pour la maison de Christine, se voir ainsi traitée et considérée lui rappela à quel point sa vie était sur le point de changer.

— J'ai toujours ramené à Ide le poisson du vendredi et je continuerai jusqu'à... mon départ, ajouta-t-elle un ton plus bas.

La malle dans sa chambre était presque faite. Christine avait pu la garder à ses côtés jusqu'au dernier moment, mais leurs chemins allaient se séparer. Le cœur aussi lourd qu'une pierre, elle avança sur le sol inégal de la rue. Des gosses y traînaient, certains pieds nus. Les rumeurs du marché leur parvenaient ainsi que des odeurs mêlées.

Toute cette vie serait bientôt achevée, en terre avec ses espoirs de pouvoir mener une existence heureuse.

— Gente dame...

Mélisande sursauta avant de remarquer une silhouette quelques pas devant elle. Gauchet ? Elle contint sa surprise et faillit accélérer pour le rejoindre, puis réalisa qu'elle ne pouvait se rapprocher de lui en plein jour, à deux doigts d'un marché populeux.

Elle garda donc une allure constante, Flora juste derrière elle.

— Que voulez-vous ? s'enquit-elle, aussi bas que possible, mais sans oser se montrer trop discrète non plus.

— J'ai réussi à discuter avec deux gars de chez votre amie commune à mon maître et vous. Une simple petite visite nocturne a confirmé qu'un fond de tiroir abritait bien quelques missives égarées...

— Gauchet vous n'avez pas...

Elle se tut, hésitant entre le rire et la consternation. Le valet s'était-il réellement introduit chez Bertille de Sombreval pour fouiller ses affaires ?

— Le plus intéressant constitue peut-être d'autres missives que j'ai pu entrevoir...

Un groupe de femmes, nombreuses, prêtes à haranguer ceux qu'elles croisaient, déferla dans la rue depuis une venelle voisine. Mélisande et Gauchet échangèrent un regard tout en se laissant éloigner.

Chacune était chargée d'un large panier d'osier, elles riaient et profitaient de ce temps où, enfin, elles n'avaient personne à veiller, ou aucune tâche à accomplir. Leur rire communicatif fit flotter un sourire sur les lèvres de Mélisande. Elle se reconnaissait en ces femmes, leur bonne humeur comme réponse au labeur harassant, chaque jour renouvelé. Certaines portaient des vêtements tant rapiécés, et des capes de laine si grossières et mal taillées, que pas une ne devait avoir une vie facile. Certaines avaient le visage abîmé par une maladie, une dent mal soignée dont la joue déformée trahissait le mal rongeant les chairs en souterrain. Oui, malgré tout, Mélisande regrettait de ne bientôt plus être des leurs.

C'était une forme d'injure à toutes celles qui trimaient autant et souffraient de la faim dans un corps fourbu, pourtant elle se sentait incapable d'éprouver de la reconnaissance ou tout autre sentiment de ce genre. À tout prendre elle aurait préféré persister dans une vie de travail, surtout auprès de Christine, car elle s'estimait chanceuse.

Elle suivit Gauchet du regard et le vit habilement louvoyer sur le côté, pour revenir à son niveau. Elle-même réussit à se déporter vers lui, profitant du mouvement d'une femme au dos tordu d'arthrite.

Leurs yeux se croisèrent et Gauchet reprit quand elle fut à quelques pas, une matrone derrière lui.

— Bertille a un galant, lança-t-il, comme s'il se parlait à lui-même. Le plus proche seigneur de ce cher Gontier Col.

L'information frappa Mélisande qui faillit s'arrêter. Humbert de Montreuil ? L'un des tristes sires qui avaient tant poursuivi Christine de leur fiel ? Cela ne pouvait être un hasard. Ce simple fait sembla remettre sous une tout autre lumière chacune des conversations qu'elle avait eues avec la noble... Si elle avait toujours estimé que les conseils de Bertille ne pouvaient qu'être désintéressés, Mélisande n'ayant aucune importance en tant que suivante, elle se disait maintenant s'être peut-être lourdement trompée.

Les femmes qui se tenaient derrière elle la poussèrent et elle continua donc sa route après s'être immobilisée. Bertille était son amante ? L'idée la surprenait, tout en ne créant pas non plus une réelle incrédulité. Il était bel homme... et il avait l'amour des lettres, comme Bertille. Il était en tout cas l'un des pires détracteurs de Christine. Gauchet toujours près d'elle, elle chemina jusqu'à la fin de la rue où le goulot d'étranglement se déversa tout à coup sur une large place.

À quelques pas, deux saltimbanques, l'un faisant du crin-crin pendant que le deuxième jonglait avec des balles de son, constituaient une attraction qui ajoutait encore au tumulte au milieu de la foule compacte.

Le temps que Flora la rejoigne, Mélisande profita du mouvement autour d'eux pour rester aux côtés de Gauchet. Ce dernier lui colla discrètement dans les mains une besace. On aurait dit une sacoche de voyage du premier venant.

— Dedans se trouve ce qui vous appartient. Attendez d'être seule pour en lire le contenu...

Après avoir approuvé, elle échangea un regard avec lui et lança désolée :

— Tout est de ma faute ? Présentez mes excuses à votre maître. La naïveté a des limites que j'ai dépassées pour me montrer bien bête, prenant comptant sa fausse bienveillance. J'aurais dû comprendre que ses conseils avaient pour seul but de me nuire en vérité.

— En ce cas Jehan aussi a été trompé, répliqua Gauchet sans s'émouvoir. Il l'avait vue avec vous et a voulu croire qu'elle était votre alliée. Il aurait pu ne pas lui confier les textes... Il réfléchit encore à un plan, mais le temps... est compté.

Le valet eut un air grave, peut-être désolé, et Mélisande repensa aux nombreuses fois où il l'avait escortée de nuit jusque chez son maître. Quelle terrible opinion avait-il sans doute d'elle... pourtant, il la fixa bien en face, franc du collier.

— Je suis désolé, ma dame.

— Je ne suis pas une dame, rétorqua-t-elle, un ton plus bas, tant elle était gênée.

Gauchet la dévisageait toujours.

— Mon maître semble le croire et je lui fais confiance. Je cherche aussi une solution pour vous, mais les miennes sont plus expéditives. Je suis un filou repenti. Ma moralité ne vaut rien et j'aurais des idées, mais les scrupules du seigneur pèsent un peu trop. Il n'arrive pas à se montrer impitoyable et souhaite provoquer le moins de dégâts possible.

Flora, qui se faufilait entre les badauds, se rapprochait dangereusement. Mélisande se remit en route et, au moment de dépasser Gauchet, lui lança :

— Mon ami, prenez soin de votre maître et poussez-le à conserver ses biens et ne rien risquer pour une pauvre servante.

— Prenez également soin de vous, lui répondit-il seulement.

25

L'aube grise l'avait trouvée éveillée, le visage tiré d'une nuit sans sommeil. Elle avait parcouru toutes les lettres de Jehan et eu l'impression de perdre un morceau de son cœur pour chacune. Il lui avait écrit. Quelles lettres, d'ailleurs ! S'il n'employait pas le mot amour, il le déclinait, l'instillait à chaque page.

Elle relut, peut-être pour la dixième fois, celle où il lui annonçait son départ.

« Chère toi,

Je sais qu'il y a plus cérémonieux pour entamer cette missive, mais le temps presse. Dès demain je serai déjà parti et tu ne l'apprendras que trop tard si je ne fais rien. Des obligations sur mes terres me forcent à m'éloigner.

J'imagine ce que tu penses sans doute, ce n'est pas un prétexte pour tirer le rideau de l'adieu. Une église toute proche du château a brûlé. Plusieurs des bâtisses de la ville attenantes se sont embrasées et je dois aller aider, voir comment ces gens vont être logés.

Nous ne pourrons pas nous voir plusieurs semaines. Après avoir beaucoup hésité, j'ai fini par m'ouvrir à Bertille de Sombreval qui semblait une de tes proches amies. Elle en sait assez pour que je la croie, et l'espère honnête. Je n'ai trouvé aucune autre solution. Gauchet m'assure que tu t'entends bien aussi avec l'une des filles de cuisine de la reine, mais le moyen paraît encore plus délicat.

Je reviendrai, et j'écrirai d'ici là, toujours par la même complice prête à te faire parvenir mes missives.

Une part de moi ne pourra pas me suivre et perdurera à ma demeure, là où les souvenirs résident entre les murs de ma chambre.

Prends soin de toi pour moi.

J. »

Mélisande se demanda ce qu'elle aurait pensé à recevoir cette lettre à temps, à quel point son cœur aurait sonné d'un battement bien différent. Elle relut une autre au hasard qu'il avait fait porter de Poitiers.

« Chère toi,

Je crois avoir entendu un rossignol. Son chant ne peut pas résonner jusqu'ici, c'est impossible. Pourquoi l'entends-je encore ? On croirait que ses trilles s'élèvent de l'aurore au coucher. Elles vont tels des fantômes sonores discrets ou insistants, se meuvent entre moi et tout ce qui m'entoure.

Je n'entends plus que ton écho.

Je n'entends plus que tes plaintes.

Je n'entends plus que ces mots que tu ne me dis pas.

À toi,

J. »

Certaines de ses lettres, bien différentes, évoquaient plutôt le quotidien. Il avait vu le curé de la paroisse, s'était rapproché des familles qui ne possédaient plus de toit et leur avait proposé un travail. L'un des hommes était devenu métayer pour le château et des dépendances avaient été mises à sa disposition.

Il lui décrivait les enfants de ce couple, dont la femme enceinte peinait à marcher. Le message s'achevait ainsi :

> « Cet enfant ressemble à ce que tu m'as confié du petit Jean, le fils de Christine que tu aimes tant. Je lui trouve l'intelligence vive, le sourire malicieux quand il parvient à faire croire aux adultes d'écouter leurs dires, pour mieux obtenir ce qu'il espérait secrètement. Un peu de matoiserie gentille, bien inattendue de la part d'un si jeune chenapan. »

Il y avait aussi des lettres qu'elle aurait pu écrire. Peut-être pas dans la forme, mais dans le sens.

> *« Chère toi,*
>
> *L'absence doit tuer des gens.*
>
> *Elle m'assassine lentement, j'en suis rongé au point de vouloir jeter à chacun ici autant de pièces que je pourrais en rassembler afin de reconstruire, ordonner et réparer sans mon concours. Puis m'enfuir dans la nuit et te rejoindre à Paris. Paris est-elle vraiment si proche ? Elle pourrait être dans un autre pays, presque dans l'éther.*
>
> *J'en fais le parcours en songe presque chaque soir au coucher. Je parviens dans ma chambre et t'y découvre allongée, endormie sur le lit. Si je sais que tu ne pourrais t'y trouver, je ne peux t'imaginer ailleurs sans en souffrir plus encore. Laisse-moi cette fable, ne me détrompe pas de ce doux mensonge.*
>
> *J'ai besoin de te rêver noyée dans mon odeur tant je crains de te voir l'oublier.*
>
> *L'un de mes regrets est de ne pouvoir converser avec toi par missive. Te lire aurait suffi à t'évoquer. Alors que, sans toi, la tournure des phrases que je peux te prêter devient contrefaite, il n'y a pas ta pointe de malice.*
>
> *Je sais ce qui me fait le plus défaut. Non pas nos nuits. Non*

pas les soupirs, les tiens surtout. Non pas l'heure tendre de l'abandon et du corps assoupi.

La privation la plus rude, ce qui me manque au-delà des mots et me met à l'épreuve, ce sont nos échanges. Ou plus particulièrement de pouvoir observer le regard que tu portes sur le monde et qui, unique, t'appartient pleinement pour en dire tant de toi. Je voudrais ne voir plus que par lui à nouveau, même un bref instant ou une seule nuit.

À toi,

J. »

Puis il y avait des poèmes, qui se rapprochaient étonnamment de ballades ou rondeaux pour un homme qui avait affirmé ne pouvoir en écrire. Ils évoquaient les rossignols, l'absence, l'heure suspendue... Elle les avait tous relus et aurait aimé en posséder un volume relié. Elle avait même mis certains des siens, composés lors de nuits d'insomnie aux côtés de ceux de Jehan, comme s'ils pouvaient maintenant se tenir compagnie et se réconforter.

Elle parcourut le début d'un de ses propres chants :

« Qui dira que je t'ai révélé

Le feu long temps en moi celé

Mais qui dira que la Vertu

Dont tu es richement vêtu

En ton amour m'étincela :

Je ne sais rien mieux, que cela.[1] »

Puis d'un sonnet de Jehan, dont la suite était barrée, mais qui lui semblait pourtant lui répondre :

« De deux amants d'égale flamme

Sçait doublement les rendre heureux,

Les indifférents n'ont qu'une âme ;

---

1. Extraits de *Chanson VII* de Pernette du Guillet.

Lorsqu'on aime, on en a deux.[1] »

Des feuilles et des feuilles avaient été noircies en son absence, comme celle-ci où plusieurs essais de discussion sur l'éducation se succédaient, tous raturés. En bas, il y avait écrit « Chère toi », suivi de quelques lignes jetées de travers, à la hâte :

« N'écris pas. Je suis triste, et je voudrais
m'éteindre.
Les beaux étés sans toi, c'est la nuit sans
flambeau.
J'ai refermé mes bras qui ne peuvent t'atteindre ;
Et frapper à mon cœur, c'est frapper au tombeau.
N'écris pas ![2] »

On frappa à sa porte, et elle releva les yeux sur Ide. Un regard par la lucarne lui apprit que le jour n'était plus si jeune et elle se redressa ; il était temps.

— Descends donc. C'est le dernier jour que t'es ici, et je te trouve qui traîne quand ta maîtresse est réveillée…

Cette fois le ton bourru ne prit pas ; la cuisinière n'y mit pas assez de cœur. Elles se dévisagèrent et Ide hocha la tête.

— Allez, tu seras point pauvre à nouveau et cela vaut beaucoup dans ce monde, petite.

Consciente qu'elle ne pouvait opposer aucun argument autre que ces lettres posées sur son bureau qui, au bout du compte, ne pesaient pas plus que ses larmes, elle acquiesça et suivit Ide. Ce fut avec des gestes nés de l'habitude qu'elle se prépara. En se rendant aux lieux d'aisance, elle fixa, incrédule, le fond de sa culotte de lin. La large tache de sang ne laissait aucun doute ; elle avait ses menstrues. Qu'elle n'ait jamais été enceinte ou que le bébé n'ait pas tenu, la preuve était là,

---

1. Madeleine de Scudéry, *Madrigal – Les amoureux*.

2. Marceline Desbordes-Valmore, *Les séparés*.

criante que c'en était fini. Ce jour même qui était celui de son mariage...

Recroquevillée sur elle-même, elle s'abandonna à un torrent de larmes dont Christine vint finalement l'extraire sous les yeux désolés d'une Ide silencieuse.

26

Le cortège avançait avec lenteur. Il n'était pas aussi long qu'avait pu le craindre Mélisande. Parée de sa belle tenue rouge brodée d'hermine, elle cheminait jusqu'au parvis de l'église qui se trouvait maintenant au bout de la rue.

Le lourd tissu rouge paraissait s'ingénier à s'emmêler dans ses pieds et elle trébucha plusieurs fois. Tierce était passé et sexte arrivait à grands pas ; le mariage avait lieu le matin comme il était souvent recommandé afin que le futur marié et les invités soient sobres aux noces.

Les chants autour d'eux et les musiciens auraient pu rendre ce moment festif et unique. Mais quand elle posa le pied sur le parvis de l'église, rien de tout ça ne semblait vrai à Mélisande.

Hugues de Beauvillé se tenait déjà sur place et, quand ils furent au même niveau, ils s'observèrent. Le marquis eut un sourire en coin, moqueur... mauvais. Elle aurait pu deviner dans son esprit ce à quoi il songeait : oui, après tout ce temps et cette rencontre dans ce couloir dont elle s'était enfuie, finalement, il l'avait rattrapée.

Un thuriféraire s'approcha avec son encensoir, il entreprit de le balancer tout autour du couple qu'ils formaient et le large voile fut tendu au-dessus d'eux. Le prêtre allait bientôt s'adresser à tous et les premiers rites commencer.

Mélisande réalisa que c'était réel. Elle allait s'unir à cet homme... Elle inspira pour s'assurer de ne pas s'évanouir tant la tête lui tournait. L'odeur caractéristique s'attardait tout autour d'elle alors même que le thuriféraire avait reculé et elle se prit à penser que cette odeur ne ramènerait qu'à sa mémoire des souvenirs de dégoût.

Comme extérieure à son corps, elle observait les gens quand enfin l'officiant s'enquit d'une voix forte :

— Quiconque dans l'assistance qui connaîtrait un obstacle pour s'opposer à cette union doit parler maintenant...

L'assemblée que Mélisande parcourut du regard se tut. Elle n'y vit pas Jehan et le goût de cendre dans sa bouche accompagna la morsure profonde en son cœur. Il aurait été sans doute bien pire de le savoir présent... pourtant elle se sentit abandonnée.

Ce fut ce moment que Hugues de Beauvillé choisit pour s'abaisser vers elle. Un instant, elle crut qu'il allait lui-même prendre la parole pour condamner ce mariage et la dénoncer devant tous comme une fille-mère. Quelle meilleure humiliation et vengeance ? Son cœur frappa à coups redoublés dans sa poitrine et elle craignit de tomber à genoux. Christine était venue. Elle ne pouvait pas assister à la voir s'effondrer... Une boule obstruait sa gorge, l'empêchant presque de respirer.

Contre toute attente, Hugues de Beauvillé lui souffla à la place :

— Vous pensez vraiment que ce faraud de Montorgueil risque encore d'arriver n'est-ce pas ? Pathétique puterelle. Il est occupé ailleurs, j'y ai veillé.

Sa voix avait le fiel de la rouerie ; ce qui n'aurait guère dû l'étonner. Elle détourna la tête pour que leurs regards s'affrontent. En silence, elle le défia et l'agonit d'injures dans son for intérieur. Toute sa morgue y passa et, si un esprit pouvait tuer, cet homme abject se serait écroulé au sol.

— Alors notre mariage sera heureux, nous nous accorderons parfaitement entre puterelle et jean-foutre de votre acabit, rétorqua-t-elle, ne supportant pas de se taire cette fois.

De Beauvillé serra tant la mâchoire qu'elle la vit jouer sous sa peau épaisse et maladive. Il l'aurait sans doute frappée dans tout autre lieu, mais à son expression elle devina qu'il se promettait d'y remédier. Elle qui avait espéré, si un jour elle venait à se marier, pouvoir goûter une entente qui se passe de mots, elle ne s'attendait pas à en découvrir une de cette sorte…

— Bien, que l'assemblée m'en soit témoin, tous ceux qui s'opposeraient maintenant à leur union seraient excommuniés !

Le temps de l'échange des anneaux était arrivé, ainsi que les pièces d'argent qui représenteraient symboliquement la dot de Mélisande, même si cette dernière était quasiment inexistante, le marquis l'ayant acceptée en échange de sa main à la demande de la reine.

Ils posèrent les anneaux et les pièces sur le missel et le prêtre les sanctifia pour porter chance à cette union. Chacun d'entre eux reçut un anneau et ils devaient le passer au pouce, à l'index puis au majeur successivement dans l'ordre du rituel.

Quand elle dut lever la main gauche pour jurer fidélité, Dieu lui étant témoin, elle observa Hugues de Beauvillé l'imiter sans ciller, lui qui n'avait jamais été connu pour cette vertu même à l'époque de son premier mariage.

Enfin, le prêtre prit leur main droite et les entraîna dans l'église où il conclut cette cérémonie par une messe. À la sortie, Christine se porta au-devant de son ancienne suivante pour lui dire adieu. Elles avaient peu de temps, ils allaient regagner la demeure qui appartenait à de Beauvillé où, bientôt, serait donné le banquet.

Dans les yeux de sa maîtresse, Mélisande remarqua les larmes qu'elle peinait à contenir.

Ce fut ainsi qu'elles devaient se quitter, sachant toutes deux que plus jamais elles ne pourraient partager la relation qu'elles avaient par le passé. Christine saisit ses paumes et les pressa.

— Nous nous reverrons en égales à la cour, à la réunion

de dames où je vous attendrai avec l'impatience d'une amie, presque d'une mère si j'osais, lui avoua finalement Christine à l'oreille, la serrant contre elle une unique fois.

Mélisande lui rendit son étreinte et acquiesça, le cœur lourd.

— Merci pour tout, je vous considère comme une mère. Et désolée pour les nombreuses erreurs que j'ai pu commettre.

C'était bien peu pour exprimer l'étendue de sa reconnaissance, mais sa mâchoire contractée eut déjà toutes les difficultés du monde pour laisser s'échapper ces quelques mots.

27

Le banquet prévu devait se tenir dans le manoir du marquis qui se trouvait à Vincennes. De Beauvillé l'avait hérité de son père, qui l'avait fait construire pour imiter leur souverain Jean II dont il était partisan. D'ailleurs on apercevait de son propre domaine le grand donjon de la bâtisse de l'ancien roi.

Le repas de banquet serait bientôt lancé et terriblement copieux, Hugues de Beauvillé étant connu pour garder la table de longs moments et aimer bien peu de choses plus que la bonne chère. Des danseurs égayeraient la fête.

Dans sa toute nouvelle chambre, Mélisande contemplait le large lit, se demandant combien de nobles dames y avaient dormi et si une seule d'entre elles y avait été heureuse.

Un bruit la fit sursauter et elle tomba devant plusieurs femmes qui se tenaient à l'embrasure de la porte, pour la plus âgée, et derrière elle pour les deux autres. Rapidement, Mélisande essuya sa joue et se porta au-devant d'elles.

Sans réfléchir, elle fit ce qu'elle avait toujours pu faire par le passé pour se présenter à ses pairs et abaissa la tête en signe de respect.

— Mélisande, merci de m'accueillir. Je ferai tout pour ne pas vous créer plus de travail encore.

La femme en face d'elle, entre deux âges, la taille épaisse et une coiffe blanche attachée sous des oreilles décollées, la dévisagea comme si elle avait perdu l'esprit. Celle qui lui faisait face avait l'assurance d'une domestique au rôle important au sein du manoir. Elle lui sourit en suggérant :

— Vous devez être l'intendante ?

Lui attribuer le plus haut des postes parmi les gens de maison lui permettait de ne pas commettre d'impair ; pourtant Mélisande aurait juré ne pas se tromper. Le regard acéré de cette femme parlait pour elle.

— Comment vous nommez-vous ? insista-t-elle, mal à l'aise de voir l'intendante et celles qui la suivaient demeurer silencieuses.

La femme se racla la gorge et redressa les épaules. Le moment précis où son expression se réchauffa dans une forme d'approbation n'échappa pas à Mélisande. Au moins, sa vie passée de suivante avait du bon : elle en connaissait assez de ces hiérarchies et dynamiques pour réussir ce genre de premiers contacts.

— Madame la marquise me flatte, madame, c'est trop d'égards de me vouvoyer. N'hésitez pas à juste m'appeler Béatrix. Je suis l'intendante et voici Marie, la cheffe des cuisines.

Une petite femme, coiffée d'un tissu dont des mèches brunes indisciplinées s'égayaient, inclina la tête. Elle avait le corps noueux et un teint foncé. Avec son air solide, on l'imaginait sans mal mener une cuisine en ayant l'œil à tout.

— Et enfin, voici Lénore, celle qui s'occupe de gérer les chambrières, femmes de chambre, et la future nourrice quand vous et le marquis aurez conçu un héritier.

Lénore paraissait la plus jeune. Elles devaient, si ce n'est avoir le même âge, au moins se suivre de peu. Sa taille épaissie laissait sans peine deviner un heureux événement à venir dans quelques mois.

Mélisande leur sourit à tour de rôle, abaissant à chaque fois la tête.

— Bienvenue, madame, conclut finalement Béatrix, imitée par les autres.

Avec une sorte de défaitisme, Mélisande soupira avant d'annoncer :

— Ainsi le marquis se targue aussi auprès de ses gens de sa bonté de faire sien le bâtard qu'il me pense porter ? Quelle ironie quand il a tenté de me plaquer contre un mur au fond d'un couloir de la cour à la première occasion...

Brusquement, Mélisande se tut. Venait-elle réellement de s'exprimer à voix haute ? Avoir les nerfs à vif n'excusait certes pas un tel impair. Elle se couvrit la bouche de la main, déstabilisée pour de bon en sentant les larmes lui monter aux yeux.

— Je suis confuse, je ne... Mon Dieu...

Et elle l'était. Ses joues lui cuisaient ! Et en même temps elle n'était pas sûre de vouloir se faire à l'idée qu'on la nomme « marquise », ou qu'on ouvre de grands yeux car elle parlait avec respect à une intendante qui aurait pu être sa supérieure sans un étrange coup du sort. Découragée, elle se laissa glisser sur un petit tabouret rembourré qui jouxtait le lit.

Béatrix et Marie se dévisagèrent. Puis cette dernière avança et se baissa devant Mélisande pour lui sourire. Elle extirpa de son tablier un mouchoir avant de remarquer :

— Il n'est pas parfaitement propre, mais...

Mélisande s'en saisit et essuya ses larmes avant de se moucher dedans.

— Je vous le laverai, assura-t-elle, gardant les paupières closes dans le vague espoir que, tant qu'à se ridiculiser ainsi, les sanglots finiraient par la rendre aussi sèche qu'une feuille d'automne que le vent n'aurait plus qu'à emporter.

Quand elle rouvrit les yeux, Marie et Lénore échangeaient des regards en biais, dans une entente évidente qu'elle leur envia. Ces femmes se connaissaient, se soutenaient et devaient travailler ensemble chaque jour.

— Excusez-moi, mais votre façon de vous adresser à nous

et votre… remarque, nous ne voudrions pas vous importuner, bien sûr…

— Mais nous avons l'impression que vous êtes encore moins heureuse d'être marquise que si on vous annonçait la pendaison.

Mélisande émit un rire éraillé.

— J'aurais sans doute effectivement préféré…

Perdue pour perdue, elle leur raconta tout. La rencontre avec le marquis au détour d'un couloir, qu'un aristocrate – sans donner son nom – l'avait tenue à l'écart et que ce dernier avait vexé de Beauvillé au point qu'il finisse par comploter pour l'épouser et faire d'elle une noble de rien, par un simple tour de passe-passe.

— Je me croyais enceinte, mais… mes menstrues sont là. Ce chantage, toute cette histoire ne sont qu'une immense farce. Pourtant celle-ci me conduira ce soir dans le lit du marquis dont le seul but est de se venger… de ce noble. J'avais déjà accepté d'être une fille perdue et dévoyée. D'avoir laissé un homme… je ne pensais pas que ma punition prendrait la forme de ce mariage inique. Vous n'êtes pas obligée de me témoigner le moindre respect, je doute d'en mériter.

Un long silence accueillit sa confession. Elle réalisa qu'une des femmes avait fermé la porte. Quand elle les dévisagea, toutes l'observaient avec commisération. Elle ne lut aucun dédain, aucune méchanceté… Lénore se massa même le ventre avec une drôle d'expression amusée.

— Tu sais, mon galant je l'ai connu au marché. Il m'a raccompagnée au manoir tant de fois que je pourrais plus les compter. Le jour où il a voulu faire une halte en chemin, juste après le début du bois… écoute, j'ai pas eu le cœur de refuser. Il ne m'avait rien promis. J'ai cru finir fille-mère aussi.

Béatrix émit un son étrange, entre le grondement et le reniflement de mépris.

— T'inquiète donc pas que je le connaissais, le Josse, et il aurait eu beau voir de s'en tirer ainsi. J'ai été le trouver et dès qu'elle a su pour le petit, il l'a demandée tout de suite en mariage. Et heureusement, ou je m'en serais chargée du coquin ! Les enfants c'est l'affaire de deux personnes, il n'y a pas que nous à devoir nous en occuper, trancha-t-elle.

— Marquise, commença Marie, ce qui arracha un gémissement à Mélisande.

— Pitié ce titre… je ne le mérite en rien, j'ai l'impression de me dissoudre de honte en l'entendant !

Cela fit éclater de rire les trois femmes spontanément. Marie la dévisageait maintenant avec un pétillement dans le regard qui fit penser à Mélisande qu'elles pourraient réellement bien s'entendre. Elle appréciait aussi les manières bourrues de Béatrix, quelque part elle avait des côtés d'Ide. Lénore, elle, avait de la douceur dans les yeux ; peut-être l'imaginait-elle à cause de sa grossesse, mais elle ne le pensait pas.

— Tu sais, ici aussi il attrape sans cesse des chambrières qui doivent partir bien trop vite. Toutes ces petites, je les mets en garde, mais difficile de faire mieux tant le maître est…

— Un ribaud de la pire espèce ? Un orchidoclaste que toutes au manoir doivent supporter ? suggéra Béatrix, la voix cassante.

De manière totalement inopinée, Mélisande éclata d'un rire irrépressible, sentant ses nerfs lâcher après une tension extrême, bientôt imitée par les trois autres. « Orchidoclaste » devait être l'une des tannées les plus sévères dont Marguerite s'était servie aux cuisines de la cour pour désigner un voleur, et depuis elle n'avait jamais réentendu ce terme. Une nouvelle salve de rires les rassembla et Mélisande devina qu'elle avait beaucoup perdu mais que, dans son malheur, une forme de sororité ne disparaîtrait peut-être pas complètement de sa vie.

Béatrix la dévisageait avec un air songeur ;

— Tu te pensais vraiment enceinte ?

Mélisande acquiesça, plus sérieuse.

— Qu'est-ce t'as pris pour déloger le petit ? T'as dû voir personne encore, t'as la taille fine.

Mal à l'aise, Mélisande secoua la tête.

— Rien... si, si c'était le cas je ne pouvais pas...

Elle se tut. Elle ne pouvait rien faire, car porter cet enfant était une folie, ce n'était pas lui donner de chance dans la vie. Pourtant il n'était pas issu d'une union qu'elle regrettait et une part d'elle le désirait contre tout bon sens...

— Et celui qui t'aurait mise dans cet état ?

Mélisande inspira pour tromper la peine qui n'avait pas quitté sa poitrine. Où se trouvait Jehan ? Qu'avait bien pu faire le marquis pour se vanter ainsi d'avoir veillé à l'écarter ? Cela la rongeait de l'ignorer.

— Il ne voulait pas que cette union ait lieu... cependant un noble de son rang ne pouvait rien me promettre... même s'il aurait aimé, je crois.

— Tu as l'air d'une bonne petite. Tu servais vraiment quelqu'un ?

— Christine de Pizan, une dame qui écrit à la cour. Une grande dame.

Béatrix eut un sourire terni de nostalgie.

— L'ancienne épouse du marquis, c'était une grande dame aussi. Elle m'a eue auprès d'elle toute sa vie et a pris soin de moi.

Le sourire de connivence qu'elles partagèrent était celui de celles qui se tiennent dans l'ombre d'une femme qu'elles sont fières de servir au mieux. Par respect et attachement, pas parce qu'elles n'ont guère le choix.

— La maîtresse était très pieuse. Elle a fait plusieurs fausses couches et ils n'ont eu qu'un seul enfant. Il nous a quittés. Sur son lit de mort, elle a fait jurer au maître certaines choses. On doit pouvoir te tirer de là pour quelques jours, assez pour que tu t'habitues à ta situation ici, conclut Béatrix.

Lénore fronça les sourcils, poussant de sa main sur sa taille pour en soulager la tension.

— Elle lui avait fait promettre, s'il se remariait, d'observer les règles qui empêchent de finir en enfer. Si la petite a ses menstrues, alors l'acte de chair est pêché. Il est interdit de consommer le mariage dans ces conditions, comme les jours sains, carêmes, et autres...

Marie approuva.

— Je pense aussi pouvoir aider. S'il a un peu de seigle quelque part dans ses pains, cela lui colle une courante de tous les diables. Le vin qu'il a fait venir du nord l'assomme à chaque fois. Il ne sait pas se restreindre avec... Avec un peu d'adresse et à nous toutes... tu auras un répit.

— Le marquis devra dormir sur sa béquille un moment si on t'aide, confirma Lénore qui avait gardé le silence, mais dont le sourire grivois en disait long. Cela ne serait que justice qu'il n'obtienne pas tout à son bon vouloir, pour une fois.

Ébahie, Mélisande les dévisagea à tour de rôle.

— Mais je ne... je n'espérais pas que vous...

Lénore fut la première à réagir. Elle haussa les épaules avant de déclarer :

— Et moi je n'espérais pas que notre future maîtresse pût avoir même l'idée de me vouvoyer.

Marie approuva.

— Berthe, Ermangarde, Havoise, Agnès, Denise, Ermessinde...

En même temps qu'elle énumérait, elle comptait sur ses doigts. Quand elle se tut sourcils froncés, Mélisande s'enquit timidement :

— Qui sont ces dames ?

— Les servantes qu'il a engrossées et jetées à la rue. Certaines étaient à peine nubiles et d'autres faisaient partie de mes amies... Si Béatrix passait pas son temps à dire que je vais m'attirer le mauvais œil, j'aurais déjà cherché comment lui calmer les ardeurs une bonne fois pour toutes...

— C'est l'enfer, oui, que tu connaîtras si tu continues avec tes pensées impies. Même un pourceau, ça mérite pas de brûler pour lui ! intervint l'intéressée en lui donnant un coup sec du torchon qu'elle avait posé sur son épaule.

— Bah, j'y réfléchis souvent malgré tout. Cette engeance-là, il a fait trop de mal. Que la peste lui tombe dessus !

La haine qui flambait dans les yeux de Marie frappa Mélisande, une seconde elle se demanda si son propre nom ne figurait pas sur la longue et triste liste qu'on venait de lui faire. Serait-il en son pouvoir à l'avenir d'empêcher son... non, elle ne pouvait se résoudre à l'appeler mari ! D'empêcher le marquis de continuer à se comporter ainsi ?

— On t'aidera, petite, tant qu'on le peut. Il a la santé fragile, des crises de goutte et des gueules de bois à plus se souvenir de son nom... Il a beaucoup vieilli, peut-être qu'avec un peu de chance, il t'importunera que quelques années et pas autant que ma maîtresse, promit Béatrix.

Le banquet fini, Mélisande vit arriver le moment où Hugues de Beauvillé allait la rejoindre avec la peur au ventre. Elle avait gardé sa tenue de mariage, pour que le marquis comprenne que la nuit de noces n'aurait pas lieu.

Quand son pas résonna dans le couloir, Béatrix lui adressa un signe apaisant. Comme promis, elle n'avait pas faibli et était restée à ses côtés.

— Laissez-moi parler la première, il m'écoutera plus facilement que vous. Je vais prétexter être là en attendant qu'on vous adjoigne une chambrière attitrée.

Mélisande eut à peine le temps d'acquiescer avant que la porte ne s'ouvre en grinçant. Le marquis remarqua tout de suite la présence de son intendante et sa nouvelle épouse, qu'il dévisagea à tour de rôle.

— Béatrix ? Que faites-vous ici ? Pourquoi mon épouse n'est-elle pas changée ?

— Mon seigneur, en voulant la préparer nous avons découvert avec votre dame qu'elle est indisposée. Il est péché de consommer l'hyménée dans ces conditions et...

Aussitôt, le marquis foudroya Mélisande du regard.

— Qu'as-tu été inventer, gourgandine ? Nous n'ignorons pas toi et moi que tout ceci n'est que fable !

— Mon seigneur, je vous assure que tout est vrai. J'ai dû l'aider à chercher les chauffoirs et une ceinture...

Le rouge aux joues, Mélisande ne moufta pas, dévisageant le marquis bien en face. Visiblement, il pestait de ne pouvoir contredire Béatrix, mais son statut et l'ancienneté dont elle lui avait parlé devaient la protéger des foudres d'Hugues de Beauvillé qui n'osait la traiter de front de menteuse.

— Béatrix, sors. Je dois m'entretenir avec...

— Mon seigneur, sur son lit de mort ma défunte maîtresse m'a fait jurer de sauvegarder votre âme. Vous savez bien qu'il est interdit de consommer un mariage tant que... vous lui aviez également promis de veiller à votre salut ! insista Béatrix.

Le marquis fondit sur Mélisande, aucune des deux femmes en face de lui ne s'y attendant. D'un geste il la bouscula pour la précipiter à terre et se jeta en avant avec bien plus de vivacité que sa corpulence ne le laissait supposer. Il tira sans ménagement sur ses robes et dévoila le jupon de menstrues qu'avait passé Mélisande en plus de ses chauffoirs ; ce dernier ne permettait nul doute sur la véracité de ses propos, surtout avec la tache apparente qu'on pouvait entrevoir.

Il jura affreusement et se rejeta en arrière. Mélisande se redressa sur les coudes, sentant son flanc droit pulser douloureusement. Celui qui était devenu son mari la dévisagea avec toute la haine du monde.

— Pourquoi n'es-tu pas... n'es-tu pas... où est ton infâme bâtard ?

Semblant se reprendre à grand-peine, il lança un regard

furieux à Béatrix qui le fixait avec une expression de dégoût horrifiée. Peut-être réalisa-t-il en avoir trop dit et tourna les talons. Quand il atteignit la porte, il se retourna pour jeter :

— Demain, je ferai quérir mon physicien personnel pour t'examiner et m'assurer que tu ne m'as joué aucun tour ! Il y a bien d'autres femmes entre ces murs que le sang peut souiller en ce moment même. Si j'apprends que tu m'as trompé, tu ne pourras pas t'asseoir de plusieurs jours, je te le dis.

Il avait craché ses derniers mots avec une expression qui glaça Mélisande. C'était une promesse…

Béatrix se pencha pour l'aider à se relever et contempla le battant de bois que le marquis venait de claquer.

— Tu as mal ? Heureusement qu'on ne lui a pas joué de tour. Si tu avais eu un marmot, il en aurait fait un ange…

Mélisande secoua la tête, encore sous le choc de cette confrontation. Béatrix quant à elle semblait étonnamment résolue.

— Il a violenté une femme de trop sous mes yeux. Tes menstrues vont être longues ma petite, dix jours au moins. Il n'avait pas tort, il y a toujours une fille ici qui pourra t'aider à faire croire à cela. Puis Marie s'occupera de sa tambouille. Crois-moi, s'il envie de malmener l'une des nôtres, cette fois nous allons lui répondre toutes ensemble…

— Merci, je ne sais comment vous remercier. Une des vôtres, car je suis une suivante ? remarqua-t-elle, presque avec un temps de retard, avant de soupirer. Cela va me manquer, c'est sûr de veiller sur ma dame.

— Non, une des femmes de ce château. Cela fait longtemps que toutes s'entraident. Nous faisons le ménage à plusieurs, la cuisine… Nous avons toujours aidé la marquise à éviter son mari les soirs d'ivresse. Tu es une des nôtres, maintenant. Je pense que ma maîtresse aurait voulu que je prenne soin de toi ainsi.

Le profond attachement que Mélisande devina dans la voix de Béatrix la toucha. Si jamais elle n'avait pu s'imaginer en « noble dame », son seul espoir était de parvenir un jour à tisser un tel lien avec celles censées la servir.

28

Cela faisait quinze longs jours que Mélisande était marquise de Beauvillé. Le physicien l'avait examinée avant de conclure formellement devant le marquis éberlué : la dame ne portait point d'enfant et perdait bien ses menstrues.

Par chance, quand Hugues de Beauvillé avait perdu patience au bout de cinq jours et rappelé son physicien, l'homme de sciences avait pu redire exactement les mêmes mots à la fin de son auscultation. Le flux s'était arrêté seulement le lendemain. Et, comme promis, les filles du château avaient aidé Mélisande à prolonger la supercherie.

Le marquis, de fort mauvaise humeur, avait pu reporter sa frustration sur des tables abondamment remplies par Marie, si richement garnies de toutes sortes de viandes, volailles, poissons gras et sauces, qu'il en avait déclenché une crise de goutte le forçant à garder trois jours le lit.

Prévoyante, Mélisande avait mis à profit ce répit pour contacter ses proches, grâce à Josse le jeune marié de Lénore. Ce dernier avait porté en secret pour elle des missives, une à Christine et une à Gauchet, pour qu'il la confie à Jehan. Dans la première elle suppliait Christine et la reine de se souvenir de leur promesse et de lui venir en aide ; le marquis semblait presque remis de sa crise et une partie de chasse tomberait à point nommé.

Dans la seconde, elle exhortait Jehan à ne commettre aucune folie, lui assurait bien aller et penser à lui chaque jour comme une réminiscence précieuse de bonheur.

Après une hésitation, elle avait ajouté à sa lettre :

« Tu croiras qu'elle aussi, d'un vain bruit enivrée,
Et des larmes d'hier oublieuse demain,
Elle a d'un ris moqueur rompu la foi jurée
Et passé son chemin.
Et tu ne sauras pas qu'implacable et fidèle,
Pour un sombre voyage elle part sans retour ;
Et qu'en fuyant l'amant dans la nuit éternelle
Elle emporte l'amour. »[1]

Le repas allait débuter, et Mélisande se sentait déjà nerveuse. La veille elle avait dû admettre devant le physicien de nouveau dépêché par son mari – du fond du lit où il était cloué – que cette fois, ses lunes étaient bien passées.

Ce fut sans surprise qu'elle vit Hugues de Beauvillé se présenter devant elle, la toisant comme une souillure qu'il aurait détaillée avec hargne et dégoût. Béatrix l'avait prévenue qu'il était assez remis pour marcher.

Sa gorge s'assécha. Marie, qui s'apprêtait pourtant à quitter la pièce, s'attarda, remuant des couverts, rassemblant des miettes que le pain avait faites.

— Pauvre amie, vous voilà enfin sortie d'une bien longue affliction comme je n'en avais point vu. Plus de neuf jours ? C'est presque inconcevable...

D'un pas pesant, il se rapprocha d'un siège pour s'y asseoir. La raideur de ses articulations se devinait encore dans sa démarche.

— Je ne crois pas que ce délai soit si déraisonnable, se contenta de répondre Mélisande sans morgue apparente. Certaines femmes pourraient en dire autant.

— N'espérez pas trop rester indisponible à mes visites dix

---

1. Marie d'Agoult, *L'Adieu*.

jours par mois, rétorqua-t-il d'une voix sifflante. Béatrix ne sera pas toujours là pour veiller à cette ridicule histoire de péché...

— Certes non.

Mélisande comprit à l'air d'Hugues de Beauvillé que son ironie était dangereuse et elle détourna les yeux.

— Dire que nous jouons de malchance après que j'ai eu moi-même cette crise ne serait pas de trop... Dieu merci le physicien m'a déjà soigné pour ces maux et a su juguler cela assez vite. Je m'en voudrais de ne pas honorer mon épouse impatiente au plus vite. Ne comptez pas sur une annulation, cette union sera consommée comme il se doit et indissoluble...

Cette fois l'avertissement contenu dans ses mots fit frissonner Mélisande, tant le regard porté sur elle la prévenait des pires représailles. Elle le dévisagea avec prudence et lui offrit un sourire glacial.

— Je vois que vous pouvez vous mouvoir effectivement...

Il haussa un sourcil, comme s'il saisissait tout à fait à quoi Mélisande faisait allusion. Elle fut tellement reconnaissante à cette femme qui, quelques jours plus tôt, ne la connaissait pas et s'inquiétait tant de son sort. Elle n'avait d'ailleurs pas eu le courage d'avouer à ses alliées l'incident de la nuit.

Si, en face d'elle, Hugues de Beauvillé souriait en coin, c'était car ils savaient tous les deux que le marquis s'était présenté à sa porte en pleine nuit, sans doute enfin capable de marcher droit et informé de son médecin de l'état de Mélisande. Mais il n'avait pu forcer le chemin ; en effet elle avait poussé un lourd bahut devant la porte, comme chaque fois qu'elle se retrouvait seule au soir. Sa récente crise de goutte n'avait pas dû lui permettre de faire plus usage de sa force sans craindre de réveiller la douleur dans ses articulations.

Le subterfuge ne tiendrait certes pas longtemps, mais Mélisande n'avait pu s'empêcher de se féliciter de sa méfiance naturelle, quand il avait frappé avec rage sur le battant, l'insultant vertement.

— J'espère que vous vous êtes bien reposée cette nuit, mon aimée ? s'enquit le marquis comme s'il lisait dans son esprit.

La voix dégoulinante de mépris sembla couler sur sa peau comme une mélasse visqueuse et Mélisande s'efforça de ne pas réagir, même quand Marie la dévisagea avec une drôle d'expression.

— J'ai dormi d'une traite, souffla-t-elle.

— Parfait, ce soir j'attends de vous que vous soyez prête à me recevoir comme il se doit. Que les chambrières vous préparent pour notre nuit de noces qui n'a été que par trop repoussée, ma mie.

Marie, qui s'était redressée, parut attirer enfin l'attention du marquis, qui la toisa.

— Pensez à rappeler à mon intendante, bien dévote ces derniers temps, que nous ne sommes ni dimanche ni mercredi, aucun carême ou quelconque jour d'ascétisme ne pourra être brandi pour préserver plus la... marquise. Elle a obtenu un rang que bien peu de ses semblables peuvent espérer et se doit maintenant de l'honorer.

Marie, qui s'était figée, acquiesça en détournant la tête.

— Par prudence, j'éviterai également le repas après vêpres, je me rattraperai demain matin. J'ai remarqué avoir l'estomac dérangé ces derniers jours et mon physicien m'invite à concentrer mes... appétits, l'informa Hugues de Beauvillé.

Son regard méfiant en disait long. La crainte gagna Mélisande ; l'aide des trois femmes risquait-elle de leur porter préjudice ?

— Je serai prête, mon seigneur, affirma Mélisande, pour reporter son attention sur elle.

Puis elle réalisa qu'elle avait toujours appelé Jehan « mon seigneur » et qu'elle venait d'empoisonner ces mots à jamais...

— Marie, disposez, intima-t-il à la cuisinière qui finit par obéir avec un air d'excuse.

Dès qu'ils furent seuls, de Beauvillé l'observa plus longuement.

— Je serai en pleine forme pour vous honorer, ma femme. J'aurai déjà un petit goût de victoire bien méritée avant de vous venir trouver…

Elle fronça les sourcils, observant le vieux barbon. Qu'entendait-il par-là ?

— Pourquoi parler par énigme ? Que voulez-vous me dire ?

Le visage du marquis, d'une froideur vénéneuse, se durcit encore. Il l'épia à travers la fente de ses paupières baissées avant de murmurer :

— Je m'expliquerai exactement quand bon me semblera, et ce sera sans doute quand je vous trousserai comme l'horizontale que vous êtes, une coureuse de remparts qu'il m'a fallu obtenir au prix d'un titre ! Tout ça pour moucher ce bélître de Montorgueil… Remerciez-le, il vous aura offert beaucoup sans le savoir.

Parfaitement immobile, elle fit de son mieux pour ne pas laisser paraître son trouble, l'une de ses mains rivée à son surcot sous la table pour en contrôler les tremblements.

— N'avez-vous pas déjà gagné ? N'avez-vous pas réduit en cendres ma vie et tout ce qui comptait à mes yeux… pourquoi continuer ? s'enquit-elle.

Sa voix était plus éteinte qu'elle ne l'aurait voulu, et elle réalisa que l'ire qu'elle abritait depuis des jours avait mu en un désespoir résigné. Le sort que lui réservait Hugues de Beauvillé était maintenant connu par tous, même devant Dieu. Elle ne pouvait plus rien y changer.

— Il est encore en vie, péronnelle. Je m'estime donc lésé.

Le marquis se leva, comme pour améliorer son emphase, content de son effet. Elle ne put s'empêcher d'avoir envie de rire ; il venait de rallumer des cendres les braises de sa révolte, sans même le savoir. S'il tenait tant que ça à s'imposer à elle, elle se battrait jusqu'à n'en être plus capable. Et s'il la tuait, elle s'en accommoderait plutôt que de supporter des années durant ce serpent venimeux.

À son tour, elle se redressa, oubliant toute prudence :

— Laissez-le, prévint-elle entre ses dents serrées. Si j'apprends que vous lui avez causé du mal, je n'aurai pas de répit avant de l'avoir vengé. Ne serai-je pas celle qui veillera sur vos vieux jours ? Qui vous soignera quand la maladie s'invitera à votre porte ? J'attendrai mon heure et vous regretterez vos mauvaises actions.

La menace flotta entre eux mais, contrairement à ce qu'elle espérait, le marquis ne cilla même pas. Il contourna la table d'un pas pesant. La claque siffla, magistrale, et elle s'effondra au sol sous le recul du choc. Quand elle le vit bouger, Mélisande crut qu'il allait la rosser à coups de pied et se roula en boule par instinct. À la place une lourde main tapota sa tête comme celle d'un chien fidèle. Le coup violent l'avait sonnée et son oreille bourdonnait.

— Nous reprendrons cette conversation ce soir, ma douce. J'ai une partie de chasse dans la forêt de la Marne qui m'attend. Le roi m'a invité. Il semblerait que le comte de Montorgueil sera présent... dommage, les accidents sont si vite arrivés.

Sans un mot de plus, il se détourna pour quitter la pièce avant de s'arrêter un instant au seuil :

— Oh ! je m'en veux. Moi qui devais vous en parler quand vous serez en train de crier de douleur, j'ai été trop impatient...

Un rire froid résonna dans le couloir pendant qu'il s'éloignait. Mélisande toucha sa joue cuisante et les larmes lui montèrent aux yeux. Alors il comptait bien viser Jehan ? Comment ? Qu'allait-il... Il fallait prévenir Gauchet et empêcher le comte de s'y rendre.

À tâtons, elle se redressa et songea qu'en marchant jusqu'aux écuries peut-être pourrait-elle prendre un cheval, puis se diriger vers l'hôtel particulier de Jehan. La démarche incertaine, elle rejoignit la cuisine pour emprunter le chemin qui contournait le manoir.

Sur le seuil, elle se heurta contre un large torse. Elle releva la tête et croisa un regard inconnu. Elle prit à peine garde aux mains sur ses bras qui la tiraient en arrière.

— La marquise devrait regagner ses appartements, annonça l'homme.

— Qui êtes-vous ? s'enquit-elle d'une voix blanche où la terreur se disputait à la colère.

Une poigne ferme la rappela à l'ordre et, dans sa confusion, elle réalisa que c'était Béatrix. Celle-ci secoua la tête avec un avertissement dans le regard.

— Ma dame, c'est le Morin, l'un des valets de Monsieur. Vous devez l'écouter, prévint-elle d'une voix qui n'admettait pas la réplique.

Mélisande scruta le valet. Il faisait trois têtes de plus qu'elle, sa mine n'aurait pu être décrite autrement que par patibulaire. Quelque part en elle, un instinct lui criait de se méfier. Elle avala sa salive et le butor opina du chef, les lèvres retroussées dans un sourire moqueur.

— La marquise a compris, je crois. Béatrix, assure-toi qu'elle reste calme et qu'elle obéisse pour son propre bien. J'ai des ordres.

Béatrix fit un pas en arrière, entraînant Mélisande malgré elle. Devant les deux femmes, Morin ferma la porte avec une lenteur terrible, comme si par ce geste il leur signifiait que toute issue était close.

Mélisande réalisa qu'elle n'avait aucune manière d'échapper à sa vigilance s'il gardait la sortie qui se trouvait en directe ligne de mire avec l'écurie ; et que le manoir lui-même se situait bien trop loin pour espérer se rendre à pied jusqu'à Paris…

Ses jambes se dérobèrent sous elle. Quoi qu'il arrive, elle ne risquait pas de sauver Jehan.

Après sexte, Josse vint livrer des légumes à Marie pour la cuisine. Morin finit par le laisser passer et Mélisande, dans l'ombre du couloir, put constater qu'il se trouvait toujours sous le porche, assis sur un billot de bois.

Au fond du panier, une missive était dissimulée. Josse l'avait récupérée au marché de la part de Gauchet, avec une livre parisis pour sa peine. Sur la feuille, Mélisande découvrit l'un des poèmes de Marie de France les plus connus, ou en tout cas celui qu'elle aimait le plus.

« D'eux deux il était ainsi
Comme du chèvrefeuille était
Qui au coudrier se prenait.
Quand il s'est enlacé et pris
Et tout autour le fût s'est mis,
Ensemble peuvent bien durer.
Mais qui les veut ensuite désunir
Le coudrier meurt bien vite
Et le chèvrefeuille avec lui.
"Belle amie ainsi est de nous
Ni vous sans moi, ni moi sans vous." [1] »

Ainsi lui signifiait-il avoir lu sa missive qu'elle croyait égarée. Elle n'aurait pas dû en être surprise : Gauchet ne lui avait-il pas également remis les messages que Bertille de Sombreval s'était appliquée à garder ? Alors qu'elle lui disait adieu, recevoir une telle réponse la transperça d'angoisse. Que se passerait-il si Hugues de Beauvillé arrivait à ses fins ?

Le regard perdu par une des fenêtres, elle s'abîma dans la contemplation des arbres, cherchant une voie, une issue, peu importe laquelle, pour sortir de ce lieu.

Béatrix la rejoignit devant le battant fermé. Elle soupira.

— Ma dame, vous ne pouvez vous rendre malade d'inquiétude.

---

[1]. Marie de France, *Ni vous sans moi* ou *Lai du chèvrefeuille*, inspiré de l'histoire de Tristan et Yseult.

Mélisande la dévisagea.

— Appelez-moi Mélisande, je ne suis que l'une des vôtres travestie pour de mauvaises raisons sous des traits de marquise... Et je ne peux m'en empêcher. Le marquis compte s'en prendre à... à lui.

Elle ne pouvait dire son nom. Mais Béatrix, qui l'observait avec une expression vive, hocha la tête, comprenant à demi-mot.

— Mélisande, répéta Béatrix, conciliante, le Morin c'est pas le pire bougre qui sert notre maître, mais pas loin. Le Eudes est pire, celui qui ne le quitte jamais. Vous ne pouvez pas vous y frotter, il vous laissera pas partir.

— Rentrera-t-il pour vérifier si je suis ici ?

Béatrix fronça les sourcils.

— Il oserait pas. Mais...

— Aidez-moi à m'enfuir par une fenêtre. Je rejoindrai la charrette de Josse, demanda Mélisande avec une voix tendue. Je dois me rendre à Paris.

Elle joignit les mains pour supplier cette femme de prendre un risque pour elle. Ce qui était égoïste et une mauvaise action à ajouter à son crédit... mais comment abandonner ? Jehan ne méritait pas de tomber sous les intrigues d'un marquis à la rancune tenace.

— Eh bien...

À l'extérieur, la charrette avec laquelle Josse était venu attendait que ce dernier ait fini le repas que lui servait Marie à la cuisine. Elle semblait si proche et si hors d'atteinte à la fois !

Béatrix soupira.

— Si cela tourne mal...

— Alors je préférerais toujours cela à patienter jusqu'au retour du marquis pour le laisser me posséder comme si j'étais un meuble de plus acquis pour décorer sa demeure.

Une lueur éclaira l'expression de Béatrix.

— Je crois avoir une idée...

Mélisande la retint par le bras alors qu'elle se détournait.

— Si Hugues de Beauvillé découvre ce qui s'est passé, dédouanez-vous de tout pour me charger à tout prix. Aucune de vous, pas même Josse, n'a aidé. Dénoncez-moi à Morin le plus vite possible, pour vous protéger et accordez-nous juste un peu d'avance, qu'il ne puisse essayer de me rattraper à temps.

— On va ouvrir une fenêtre à l'étage et faire croire que vous vous êtes échappée par-là. Il y a un lierre sur le derrière de la façade. Il réfléchit avec ses pieds ce Morin, il ne doutera pas une minute de mon histoire.

Mélisande approuva.

— Pardon et merci, du fond du cœur.

— Attends d'être partie pour ça... Viens, on va te prêter une des anciennes tenues de Lénore, d'avant sa grossesse. Tu seras plus discrète en servante et en noir.

Mélisande jeta un œil au surcot qu'elle avait trouvé dans sa chambre à son arrivée. Hugues de Beauvillé n'avait fait confectionner pour la future marquise que des robes de teintes vives, celles-là mêmes que, dans d'autres circonstances, Mélisande aurait rêvé de porter... et qu'elle abandonnait sans regret.

Marie, Béatrix et Lénore prouvèrent à Mélisande l'intelligence des gens de maison que les nobles traitaient toujours de haut. Alors que les deux premières offraient à manger à Morin un plat de viande tel qu'il en voyait rarement, et ne risquait donc pas de refuser, Lénore attendait Mélisande à l'extérieur pendant que celle-ci passait par une des fenêtres du rez-de-chaussée ; il y avait moins de la taille d'un homme de ce côté, d'ici au sol. Elle se laissa tomber avec précaution derrière un buisson, et se releva en silence.

Si Mélisande n'avait aucune chance de partir avec l'un des chevaux de l'écurie, grâce à la venue de Josse, elle n'en avait plus besoin ! Lénore la conduisit jusqu'à un coude du chemin à distance de la maison.

— Quand Josse arrive, avance sur la route et monte sur l'attelage. Il t'emportera à Paris... Je ne sais pas si tu reviendras, mais je l'espère. Tant qu'à avoir une nouvelle maîtresse ici, j'aimerais que ce soit quelqu'un comme toi.

— Merci pour tout.

Lénore frotta son ventre rond en opinant du chef. Mélisande y jeta un œil, une pointe de regret s'insinua en elle à l'idée qu'elle ne porterait jamais l'enfant de Jehan... Puis elle se reprit, et sourit à la future mère.

— Rentre, il y a du vent, dit-elle.

Lénore approuva.

— Que le ciel t'accompagne.

Mélisande lui fit signe en s'éloignant. Si le ciel devait accompagner quelqu'un, que ce soit Jehan. Pourtant il devait être un peu à ses côtés à elle aussi car, quand Josse arriva avec l'attelage, nul ne l'empêcha d'y monter. Et chaque pas du cheval distançant le manoir l'aida à mieux respirer.

29

Jehan rongeait son frein depuis le matin. Il prêtait à peine attention à la route, laissant Gauchet mener le train, son cheval suivant.

— Cela fait quinze jours, Gauchet, grogna-t-il.

Ce dernier soupira, le dévisageant de ses yeux bruns. Sa barbe coupée court dissimulait son expression et rehaussait sa peau burinée par le soleil.

— Maître, je sais bien. Mais cette partie de chasse semble enfin le signe que nous attendions. Que le roi vous convie à un événement public quand le marquis s'y trouvera veut tout dire. Vous devez patienter et vous montrer prudent...

Leurs montures allaient à un bon rythme, et Jehan ne prit pas la peine de répondre à son valet. Il était conscient de tout ça. Malgré tout, imaginer Mélisande enfermée chez cet homme le tuait à petit feu. Combien de fois ce rustre l'avait-il violentée ? Souffrait-elle ? Avait-elle des blessures ? Des images entêtantes de son propre père forçant des servantes lui revenaient sans cesse à lui donner la nausée. Il entendait leurs cris, les pleurs irrépressibles de ces pauvres femmes qu'il surprenait au détour d'un couloir quand il était encore tout jeune. L'expression hantée de celles qui se mettaient à trembler dès que son père les croisait dans leur château ou qu'elles venaient le servir à table ; Jehan n'avait jamais oublié.

Le dégoût chevillé au corps, penser à Mélisande dans cet état lui semblait intolérable. Car il n'espérait rien de bon du marquis. Si ce dernier avait voulu ce mariage par vengeance, il ne pouvait attendre qu'il se montre courtois avec Mélisande jusque dans l'intimité...

— Mon seigneur, si vous continuez de serrer la bride avec tant de force, vous allez finir par avoir des marques, intercéda Gauchet, le tirant de ses ruminations.

Jehan contempla la trace rouge laissée par la lanière sur ses phalanges. Souffrir à la place de Mélisande... même ça, il ne pouvait le faire. Il avala sa salive.

— Je vais provoquer le marquis en duel.

Gauchet soupira.

— C'est un proche du roi, il faudrait qu'il vous offense gravement devant témoin, sans cela vous serez tenu comme responsable et il aura le choix des armes. Votre maîtrise de l'arquebuse ne s'est pas améliorée, et vous refusez de verser le sang, rappela Gauchet d'une voix tranchante. Voulez-vous mourir ? En quoi cela aiderait-il dame Mélisande ?

Jehan songea à la promesse qu'il s'était faite de vivre selon les principes qui devraient guider un homme de bien ; en respectant les autres, sans verser de sang ou de larmes par ses actions... Et s'il ne tuait pas le marquis effectivement ? Que ce dernier rentre et, des années, puisse rudoyer Mélisande ?

À leur arrivée aux abords du bois de Vincennes, des nobles étaient déjà rassemblés. Jehan se mêla à eux la tête ailleurs. Le roi était bien présent et il alla le saluer comme il se devait et lui présenter ses hommages.

Gauchet de son côté, à son habitude, alla rejoindre les valets et divers serviteurs qui traînaient. C'était ainsi qu'il avait l'habitude de recueillir les informations qu'il glanait pour les rapporter à son maître.

Jehan repéra Humbert de Montreuil et, non loin, Hugues

de Beauvillé. Les deux aristocrates devisaient à voix basse. Il les observa et remarqua la position du marquis, ramassé sur lui-même ; souffrait-il d'une blessure ? L'idée lui vint aussitôt que Mélisande en était peut-être la responsable en se débattant, comme ce fameux jour, des mois auparavant, où elle s'était démenée pour échapper au noble au château de Beauté. Cela n'avait sûrement rien à voir, mais il conserva un doute. La savoir combative aurait pu le réjouir... s'il n'avait surtout craint des représailles reçues en échange. Ses dents se serrèrent à lui faire mal.

Puis il s'interrogea de cette scène dont il était le témoin et de la connivence visible entre de Beauvillé et de Montreuil ; avaient-ils pu œuvrer de concert contre Christine et Mélisande ?

Gauchet réapparut à ses côtés à ce moment-là, interrompant ses considérations. Il avait l'air sombre et tendu, fait assez rare. Jehan l'observa.

— Qu'y a-t-il ? As-tu appris quelque chose au sujet de... d'une dame de notre connaissance ?

Gauchet lui renvoya un regard irrité.

— Vous arrive-t-il de penser à votre propre sécurité en premier lieu ?

Surpris, Jehan le dévisagea sans comprendre. Son valet jeta un coup d'œil alentour avant de se pencher vers lui. Presque en même temps, le son d'un cor résonna : le début de la chasse était lancé. Gauchet secoua la tête avec un air contrarié. Le bruit des chiens rassemblés, des veneurs, valets et pages, sans même parler des nobles présents qui montaient tous en selle créait une agitation autour d'eux.

— Que le premier groupe se prépare ! cria l'un des hommes du roi.

Des nobles éperonnèrent leurs chevaux et Jehan remarqua à ce moment-là que Hugues de Beauvillé et Humbert de Montorgueil avaient pris part à ce groupe.

— Maître, nous n'avons pas le temps, mais je dois vous prévenir, commença Gauchet d'une voix pressante. Je vous expliquerai le reste plus en détail, cependant assurez-vous de vous tenir loin du marquis de Beauvillé, il a chargé quelqu'un de vous viser en cours de chasse.

— Il a fait quoi ? releva Jehan en haussant le ton.

Il doutait d'avoir bien compris. Ce faraud avait-il osé un tel acte ?

— Je me suis occupé de cela, néanmoins, par prudence, ne vous éloignez pas de moi. Il s'est servi d'un homme de main pour ne pas impliquer son propre valet, mais j'ai pu surprendre ces foutriquets se mettre d'accord.

Jehan ne cilla même pas cette fois. Un torrent de colère et de profond mépris le submergea. Cet homme était vraiment issu de la pire des fanges ! Guidé par une envie d'en découdre, il mit pied en selle et frappa les flancs de sa monture pour rejoindre le groupe qui avait pris de l'avance et dans lequel se trouvait Hugues de Beauvillé. C'en était trop, il allait l'affronter, ici et maintenant.

— Maître ! cria Gauchet encore à terre.

Jehan l'ignora. Habité par une détermination froide, il s'enfonça dans les bois et entendit les premières rumeurs des chiens. À leur agitation ils avaient dû pister un premier animal. Raccourcissant ses rênes, Jehan évita un groupe de nobles qui chevauchaient à faible allure, sans doute venus par obligation plus que par réel plaisir de la traque.

Hugues de Beauvillé quant à lui s'était porté vers l'avant, le rallier allait lui demander de dépasser tous ces hommes jusqu'à lui. Il chercha une sente à emprunter pour contourner le rang devant lui. Le trot d'un cheval dans son dos lui parvint ; il n'avait pas besoin de se retourner pour deviner que Gauchet devait essayer de le rejoindre.

Le sous-bois à cet endroit était resserré et le terrain pentu compliquait la tâche à sa monture, mais Jehan ne lâchait pas du regard son objectif. Les premiers coups de feu retentirent. L'animal devait se tenir à vue des premiers chasseurs. Certains nobles étaient aussi armés d'arc mais, les flèches ne faisant aucun bruit, Jehan ne pouvait être sûr qu'ils participaient à la curée.

Le raffut émis par les chiens se situait sur sa droite, ils devaient donc rabattre le gibier vers le groupe qui se trouvait à sa gauche. Il obliqua et aperçut la cape grise de Beauvillé.

— Maître !

Gauchet s'était rapproché, mais Jehan continua, se contentant de lui jeter par-dessus son épaule :

— S'il veut que nous nous affrontions, nous allons le faire sans intermédiaire. Ne t'immisce pas dans cette histoire !

Une nouvelle salve de coups de feu retentit, son glaçant qui devait amplifier la panique des bêtes traquées. Jehan réussit à remonter entre deux files de nobles et n'était plus qu'à une centaine de pas de Beauvillé. À ce moment, tout arriva très vite. Il repéra un homme dans son champ de vision, un peu en marge du convoi, à peine, qui se tenait près des veneurs. Son arc bandé ne visait pas l'avant du groupe de chasseurs, mais bien ces derniers ! Comme au ralenti, il vit le trait décoché filer et s'abattre au beau milieu de la cape grise. Un cri retentit et de Beauvillé s'effondra au sol.

Un mouvement de panique traversa les aristocrates, certains voulurent s'arrêter quand d'autres accéléraient au contraire pour aller regarder la raison de cette agitation.

Jehan, qui avait cessé de fixer la forme du marquis écroulé par terre, chercha des yeux celui qu'il avait distinctement vu le prendre pour cible ; mais il avait disparu. Sourcils froncés, il passa au crible les environs, guettant la silhouette entre les nombreux hommes au sol qui accompagnaient la chasse et ceux en selle...

Une main de fer attrapa son bras, le faisant sursauter. Gauchet le dévisageait la mâchoire serrée. À leur côté, plusieurs nobles repartaient en sens inverse. La confusion était totale, mais Jehan remarqua l'expression étonnamment calme et froide de son valet.

Gauchet secoua simplement la tête en signe d'avertissement. Prenant conscience de la gravité de la situation, Jehan mit pied à terre comme les autres. Les chiens avaient dû être contenus ; on entendait leurs jappements excités. Il abandonna sa monture à Gauchet ; les explications seraient pour plus tard. Il devait s'assurer de l'état de ce cuistre de Beauvillé.

Quand il émergea entre deux chevaux alezans, il contempla le corps allongé au sol. La flèche l'avait percuté sur le haut du buste. Il ne portait aucune protection et le trait semblait profondément fiché. Les râles du marquis étaient accompagnés d'un son étrange ; Jehan comprit qu'il devait éructer du sang. Les hommes à ses côtés criaient, quelques valets couraient partout dans l'espoir de parvenir à produire un brancard à l'aide de branches et d'un tissu, mais après un nouveau sursaut le marquis s'immobilisa.

Un noble que Jehan reconnut comme Havoise Larsoneur secoua la tête.

— Il est mort ! cria-t-il après s'être penché sur le marquis.

Une rumeur de voix et de commentaires s'éleva de toute part. On s'inquiétait de comment rapatrier le marquis, qui pouvait aller chercher un attelage, puis un veneur annonça que la partie de chasse était annulée.

L'agitation ambiante n'atteignait plus Jehan. De Beauvillé... était mort. Sous ses yeux... Mélisande croirait-elle qu'il en était responsable ?

Des veneurs invitaient chacun à retrouver sa monture et à rallier le château de Vincennes où tous devaient initialement se rassembler à l'issue de la chasse. Avec des gestes lents, Jehan rebroussa chemin et croisa Gauchet qui l'attendait à distance.

Ils marchèrent côte à côte, chacun tenant les brides de son cheval. Profitant de l'agitation autour d'eux qui restait incroyablement bruyante, chacun essayant de savoir si quelqu'un avait vu ce qui s'était passé, qui était l'archer maladroit, Jehan finit par jeter un regard méfiant à Gauchet.

Ils approchaient maintenant du château et se trouvaient assez loin des autres pour que le valet lui glisse à voix basse :

— Vous ne serez pas accusé, ni vous ni moi ne portons d'arc. Et, pour une fois, seul un vrai coupable a succombé au lieu d'un animal innocent traqué par des bêtes à quatre et deux pattes...

— Un homme est mort, le reprit Jehan froidement.

Gauchet émit un sifflement dédaigneux.

— Vous n'allez pas me demander de faire preuve de respect vu la situation et la personne dont il est question, n'est-ce pas ?

Un homme sans honneur. Un butor qui violait des femmes et était connu pour ses nombreux excès... oui, mais Jehan ne pouvait en sourire comme Gauchet. Peut-être que ce rustre méritait le trépas, mais pour cela il aurait encore préféré un net face-à-face à cette issue bâtarde.

Quand il fut sûr que personne ne pouvait les entendre, il s'enquit :

— J'attends tes explications.

— Je vous l'ai dit, mon maître, ils se mettaient d'accord sur la cible. Le valet de ce vieux corniaud voulait passer par un pauvre veneur pour ne pas être pris comme l'auteur du méfait... j'ai juste devancé l'homme de main et lui ai confirmé que la cape du sieur à viser était grise. Il vaut toujours mieux s'occuper soi-même des tâches salissantes au lieu de les déléguer au point de les voir mal exécutées...

— Gauchet, s'indigna Jehan, effaré de découvrir ce qu'il supposait... vrai.

— Maître, j'ai déjà servi à la guerre. J'ai tué des bougres qui n'avaient sans doute rien fait, celui-ci était le commanditaire d'un meurtre, souffla le valet avec une voix froide, je n'en perdrai pas le sommeil. Même une nuit.

Jehan secoua la tête.

— Il aurait fallu le confondre. Le faire condamner.

— Un noble ? Cela ne risque pas d'arriver, mon seigneur. Ils rachètent leurs péchés avec des indulgences, et monnayent leurs vilenies... Cela doit bien finir par cesser et les trahir un jour. Le juste et le bien ne se déterminent pas si simplement, maître, insista Gauchet en lui faisant face. Votre vie vaut plus à mes yeux, j'ai juré à votre oncle de prendre soin de vous. Et je gage qu'il ne sera pas regretté, je vous l'affirme.

Silencieux, Jehan ne répliqua pas, car ils avaient déjà débattu ainsi par le passé. Gauchet estimait que le bien et le mal étaient trop influencés par l'argent en ce monde pour que lui-même soit soumis à une rigueur différente parce qu'il n'en possédait point ; et qu'il s'expliquerait de lui-même devant Dieu.

— Mon seigneur, il ne lui fera plus rien. Elle est sauve... et riche. Et titrée, grâce à ce houlier.

30

Mélisande se tenait à l'ombre d'un porche. La nuit s'apprêtait à tomber et elle entendit le bruit des deux chevaux avec soulagement. Elle se força à rester immobile jusqu'à apercevoir les deux cavaliers. Quand elle reconnut sur une des montures Jehan, son cœur rata un battement. Il était vivant !

Dès qu'ils mirent pied à terre, elle se précipita vers eux après s'être assurée que personne d'autre ne se trouvait dans la rue. Jehan eut à peine le temps de lever la tête quand elle se jeta dans ses bras. Il les rabattit aussitôt sur elle.

— Maître...

— Oui, oui, le coupa Jehan.

Il attira à l'intérieur Mélisande qui remit en place le capuchon de son mantel qui avait glissé. Gauchet, qui était entré le premier, fit signe aux serviteurs de ne pas sortir de la cuisine. Dans le couloir et la demi-obscurité, après que la porte se fut refermée sur elle, Mélisande n'avait d'yeux que pour Jehan.

— Êtes-vous blessé ? s'enquit-elle d'une voix enrouée le plus bas possible.

Elle était restée dehors plusieurs heures, avait eu peur tout autant de temps si ce n'est plus, l'imaginant déjà assassiné. Le regard sur elle se fit plus sombre.

— Vous souffrez ? s'alarma-t-elle.

Doucement, il posa deux doigts sur ses lèvres pour l'inciter à parler un ton plus bas.

— Viens...

Il l'entraîna au salon dont il ferma la porte sur eux. Un feu ronflant y brûlait et Jehan la conduisit vers le foyer.

— Tes mains sont glacées. Depuis combien de temps patientes-tu ainsi dans le froid ?

— Je... je devais vous avertir des plans du marquis. Je me suis enfuie...

Réalisant avec un temps de retard, elle se redressa du siège où il l'avait fait asseoir.

— Il va rentrer, je dois y retourner, s'affola-t-elle. Si vous êtes en vie, peu importe le reste, ses desseins ont dû...

— Le marquis est mort, Mélisande.

Le visage de Jehan affichait un air impénétrable.

— Je...

Elle se tut. Hugues de Beauvillé était... Ébahie, elle secoua la tête.

— Je ne l'ai pas tué, mais... en un sens j'en suis responsable.

— Ne vous attribuez pas tous les mérites, mon maître.

La voix de Gauchet qui s'était glissé par la porte sans que Mélisande l'entende la fit sursauter. Elle lui fit face et le valet expliqua sans émotion apparente ce qui s'était passé à Vincennes.

— Je suis seul à blâmer, mon maître aurait cherché un moyen légal... et aurait peut-être échoué à se protéger lui-même. Si ce n'avait été là, il y aurait eu une autre fois, un nouvel homme de main... je ne regrette rien, insista Gauchet. J'avais fait une promesse à votre oncle.

Il avait ajouté la dernière phrase à l'intention de Jehan, qui eut un signe de dénégation. Il ne paraissait pas en colère, pourtant, à son expression, elle crut deviner la réelle teneur de ses pensées. Soudain, Jehan lui attrapa le menton et lui fit tourner la tête sur le côté. Elle se déroba à son examen, consciente que son visage avait enflé.

— C'est lui n'est-ce pas ? s'enquit-il d'une voix basse, empreinte de rage.

Elle ne confirma pas ; à quoi bon ? Elle se réjouissait déjà de la mort d'un homme, à sa propre honte. Médire de lui était-il vraiment nécessaire en sus ? Le tout-puissant se chargerait de son jugement.

— Les hommes violents semblent bien tous les mêmes, soupira Jehan.

— Maître, nous devrions ramener d'urgence la dame au manoir du marquis. Quand des gens du roi s'y rendront pour lui annoncer la nouvelle, elle doit s'y trouver. Elle devrait même s'appliquer à jouer autant que faire se peut le rôle de veuve éplorée attendu d'elle...

Le ton froidement pragmatique de Gauchet arracha un frisson à Mélisande. Il avait pourtant raison.

— Mélisande, ça ira ? Nous allons te faire reconduire, je t'accompagnerai...

— Maître, laissez-moi m'en charger, intercéda Gauchet aussitôt.

Mélisande eut l'impression d'enfin réaliser l'ampleur des révélations des deux hommes. Elle était... veuve. Libre, également. Et elle ne pouvait être surprise avec Jehan dans une telle situation. Ce serait d'un déshonneur cuisant pour eux deux !

— Il a raison, restez ici. Je ne pouvais me tenir à l'écart en vous sachant en danger, mais maintenant tout se passera bien, affirma-t-elle, un peu honteuse de se sentir rassérénée.

À l'expression de Jehan, ce dernier semblait prêt à s'y opposer, mais Mélisande se rapprocha du valet pour couper court, avant de lui dire :

— Merci beaucoup, Gauchet. Désolée de vous compliquer encore les choses. J'ai manqué de réflexion...

— Je vais louer un carrosse sur la place, pour ne pas utiliser le vôtre, mon seigneur.

— Un cheval suffira, s'interposa Mélisande, gênée.

— Va chercher un carrosse, trancha Jehan d'un geste.

Mélisande, qui s'apprêtait à suivre Gauchet dans le couloir, fut retenue en arrière. Jehan la fit se tourner vers lui et la dévisagea, la scrutant.

— T'a-t-il... beaucoup rudoyée ?

— Non, murmura-t-elle.

Il eut une grimace.

— Ta joue me dit bien assez que tu mens... je suis horrifié en pensant aux derniers jours. Pourras-tu me pardonner ?

Son visage se fit douloureux.

— De quoi donc mon seigneur ? s'étonna-t-elle.

D'une traction brusque il la rapprocha de lui et elle se retrouva lovée dans ses bras. Son cœur s'emballa et elle releva les yeux pour croiser son regard.

— Appelle-moi Jehan à partir de maintenant. Si ton rang te souciait tant que ça, souviens-toi que tu es marquise dorénavant, de par ma profonde stupidité. Tu m'es supérieure.

Elle secoua la tête.

— Vous n'êtes en rien responsable de ce gâchis.

Oubliant ses doutes, elle caressa son visage. Le geste qu'il fit pour s'appuyer sur sa paume la bouleversa ; c'était elle qui avait réagi plusieurs fois ainsi par le passé lors de leurs étreintes. Jamais elle n'aurait cru pouvoir se tenir à nouveau si proche de lui. Comme s'il songeait à la même chose, Jehan se baissa encore et murmura sur ses lèvres :

— Puis-je t'embrasser ?

Il n'eut pas le temps de finir sa question, déjà elle se dressait sur la pointe des pieds et leurs bouches se scellèrent dans un baiser. L'impression de respirer après un long moment passé sous l'eau lui souleva le cœur de soulagement. Elle était contre lui ! Il la pressa tant qu'elle se sentit ployer en arrière, s'accrochant fermement à ses épaules.

Sa langue vint taquiner la sienne et ils approfondirent le baiser. L'odeur de Jehan, si reconnaissable, la submergea avec une touche étrange de cuir et peut-être celle de la pelisse qu'il portait.

Quand il la relâcha, il souffla sur ses lèvres sans rouvrir les yeux :

— Si, je suis mille fois coupable. J'ai provoqué le marquis en lui agitant cette fausse relation sous le nez... Je l'ai aussi défié en paroles et il a voulu m'en punir. En te le faisant payer à toi, ce rustre ! J'aurais dû le deviner. Et enfin, le jour du mariage quand il m'avait affirmé sur son honneur être prêt à renoncer à cette alliance en échange de mon château et une partie de ma fortune, je l'ai cru. Il ne s'est jamais présenté chez l'homme de loi avec lequel nous avions rendez-vous en banlieue. Lorsque je suis arrivé avec Gauchet et que j'ai vu ton cortège s'éloigner, toi à son bras...

La voix de Jehan sembla presque se briser de peine et de fureur contenue. Saisie, Mélisande le dévisagea. Si elle avait encore pu douter de ses sentiments, son expression à cet instant fit gonfler son cœur d'une tendresse comme elle en avait rarement éprouvé. Il n'était pas hors de lui d'avoir été dupé, il était anéanti de n'avoir pu la protéger. Sentiment ô combien aisé à imaginer pour elle, quand elle se tourmentait dans la rue à espérer son retour...

— Désolé pour tout ce que tu as subi... j'ignore comment je pourrais un jour me racheter.

— Jehan, il n'y a pas que vos différends. Il avait entendu que... j'attendais peut-être un enfant et il y a aussi vu un moyen d'obtenir rapidement un héritier. Peut-être aussi ne pouvait-il rater l'opportunité de régler vos comptes...

Elle avala sa salive et, devant son regard ébaudi, s'empressa de compléter :

— Je n'étais pas enceinte, mais cela m'a permis, grâce à l'aide des femmes de maison du marquis, de lui échapper... En dehors de cette gifle, il ne m'a pas touchée.

— L'enfant ?

Elle secoua la tête.

— Il n'y en a pas. Mes menstrues sont revenues, souffla-t-elle un ton plus bas, gênée. Je n'ai jamais été enceinte, ou il n'est pas resté dans mon ventre, je l'ignore. Le physicien du marquis semblait penser que je n'avais pas porté la vie.

Jehan recula d'un pas. Elle vit ses épaules trembler.

— Je vous aurais fait savoir d'une manière ou d'une autre pour l'enfant, tenta-t-elle, incertaine.

Allait-il se mettre en colère ? Contre toute attente, Jehan reprit d'une voix blanche comme si seul ce point comptait à ses yeux :

— Il ne t'a pas fait mal ?

— Il ne m'a pas possédée. Si vous souhaitez vous en assurer, ce n'est...

Jehan la ramena contre lui et posa son pouce sur ses lèvres, qu'il caressa.

— Tu m'as mal compris. Je m'inquiétais pour toi, de toi, de ce qu'il t'avait fait. Le reste m'importe peu si tu n'as pas souffert... et jamais je ne t'aurais accusée, mon Dieu, remarqua-t-il avec une expression douloureuse.

Doucement, il la serra contre lui, la berçant alors que son corps continuait à trembler. Son émotion apparente dénoua quelque chose en Mélisande, qui sentit des larmes lui échapper. Les quelques jours passés en tant que femme d'un autre, à se rendre malade d'angoisse de ce que ce serait d'être violentée par ce rustre... tout cela se dilua dans leur étreinte. Le voir si soucieux lui fit du bien, comme si elle en avait aussi le droit maintenant.

Ils s'enlacèrent avec plus de force, Mélisande ignora qui des deux embrassa l'autre. Ce baiser passionné fit accélérer son cœur, lui coupant le souffle. Les mains chaudes de Jehan la parcoururent avec fièvre comme s'il souhaitait encore s'assurer qu'elle n'était pas blessée.

Que Dieu lui pardonne, mais jamais Mélisande ne pourrait regretter l'action de Gauchet. Jusqu'à sa mort, elle louerait ce dernier d'avoir pris soin de Jehan et de leur avoir permis de vivre. Qu'elle soit maudite, cela lui convenait. Jehan respirait.

Quand il la relâcha, elle le contempla et chercha à dire des mots qu'elle gardait pour elle depuis si longtemps. Sa bouche sèche et ses tremblements l'encombraient, mais elle devait...

— Je t'aime.

Ce fut la voix de Jehan qui résonna entre eux. Elle éclata en sanglots et secoua furieusement la tête en signe d'assentiment. Il la reprit contre lui et la berça.

— Tu te portes bien, tout le reste n'a plus d'importance, lui chuchota-t-il à l'oreille comme pour la consoler.

Quand Gauchet les rejoignit, ils ne s'étaient pas lâchés, arrimés l'un à l'autre comme deux rescapés qui ne pensaient plus se revoir. Le valet se racla la gorge, gêné.

Jehan ne la laissa aller qu'après avoir pris son visage en coupe entre ses mains et lui avoir assuré calmement :

— Attends-moi. Je nous réunirai, peu importe le temps que cela prendra. Crois en moi.

Elle acquiesça avec la foi d'un cœur brûlant.

— À jamais, promit-elle.

31

— Dame Mélisande ! On part en balade ?
— Je suis là Béatrix.

Mélisande avait décidé de ce nouveau rituel quand elle avait appris qu'elles accomplissaient tant de tâches quotidiennes qu'elles ne sortaient que peu du manoir. Après tierce, dès que Béatrix, Marie et Lénore étaient disponibles, toutes quatre allaient marcher. Parfois elles emmenaient le bébé de Lénore, que cette dernière gardait souvent avec elle, sa belle-mère qui habitait avec elle étant affligée de douleurs de vieillesse ne lui permettant pas de s'occuper toujours de l'enfant.

Cela apportait à la demeure de la joie et des cris, ainsi que de nombreux pleurs, ce qui rendait les lieux bien plus vivants.

Parées de leurs capes et mantels, Mélisande toute de noir vêtue, elles s'avancèrent sur le chemin qui menait au bois tout proche. Depuis que Mélisande était marquise et veuve, leur relation n'avait fait que s'affermir. Elle allait encore à la cour et voyait Christine chaque semaine, prenant même part à la constitution de son scriptorium, qui se mettait doucement en place. D'un autre côté, elle ne négligeait pas ses devoirs de maîtresse de maison. Secondée par Béatrix et les autres à qui elle donnait toute sa confiance, elle faisait de son mieux pour administrer les biens de son mari qui étaient devenus les siens, en l'absence de parenté ou de descendance. Mélisande faisait ce que bien peu de nobles auraient eu l'idée ; demander aux trois femmes ce qui manquait pour que chacun puisse travailler sans s'épuiser et modifier ce qui était nécessaire.

Elle avait aussi renvoyé Eudes et Morin, au profit de Josse et l'un de ses amis. Mélisande avait tenu à doubler les gages de toutes les femmes qui travaillaient pour elle ; celles qui souhaitaient se marier un jour pourraient le faire, se constituant elles-mêmes des dots. Les autres pourraient mettre de côté leur argent et en disposer comme bon leur semblerait.

Cela faisait six mois maintenant qu'elle était veuve. Elle ne croisait plus Jehan qu'à la cour, de loin, consciente du poids du scandale si on la surprenait s'enfuyant de chez lui. Il avait également dû repartir dans ses terres mais, en lieu et place de l'immense vide et de l'absence incommensurable de leur première séparation, ils s'étaient écrit. Presque chaque jour, une missive arrivait, adoucissant le manque. Qu'ils se voient ou pas, comme un rituel, c'était là une conversation qui jamais ne s'interrompait.

À leur retour de balade, elles remarquèrent du mouvement sur la route où de nombreuses charrettes s'alignaient devant l'un des hôtels particuliers situés à un jet de pierre à peine du manoir des de Beauvillé.

— Que se passe-t-il ? s'enquit Mélisande. C'est bien l'hôtel des Verneuil ?

Elle nota l'expression de connivence échangée par Béatrix et Marie, réalisant que ses dames lui cachaient sans doute quelque chose. Aussitôt, elle s'arrêta pour les dévisager à tour de rôle.

— Eh bien ? Que me dissimulez-vous, toutes ? s'étonna-t-elle.

Béatrix la couva d'un regard presque maternel, qui lui rappela certains qu'avait Christine à son égard. Son cœur se réchauffa d'avoir eu la grâce de recevoir tant de bienveillance dans sa vie.

— Béatrix ? insista-t-elle.

— Mes dames, quel beau temps ! annonça une voix connue.

Mélisande fit volte-face pour découvrir Gauchet qui émergeait d'entre deux charrettes. Stupéfaite, elle le fixa sans comprendre.

— Devrais-je dire chères voisines ? s'enquit-il, le sourire en coin presque moqueur.

Mélisande leur jeta un coup d'œil à tour de rôle, de plus en plus perdue.

— L'hôtel des Verneuil a été mis en vente avant votre arrivée, ma dame, lui expliqua enfin Marie après un éclat de rire polisson. Votre ami Gauchet nous a appris ce matin que c'était le comte qui s'en était porté acquéreur.

Mélisande reporta son attention sur le valet qui confirma d'un geste.

— Nous déménageons ici dès aujourd'hui, ma dame. L'autre hôtel que vous avez pu connaître est vendu. Mon maître voulait plus de campagne, de… tranquillité.

— Et de bon voisinage, rétorqua Béatrix avec un gloussement. Venez, rentrons, le petit de Lénore va la réclamer. C'est bientôt le moment où il achève sa sieste.

Cette dernière approuva d'un hochement de tête avant de saluer Gauchet. Toutes trois s'éloignèrent discrètement, alors que Mélisande faisait quelques pas. Derrière le mur d'enceinte, ses yeux suivirent le chemin qui menait à l'hôtel particulier et elle aperçut une silhouette bien connue, le cœur battant, incapable de retenir son sourire. Jehan se trouverait… de l'autre côté de la route ?

Interdite, elle échangea un regard de plus avec Gauchet qui laissa échapper un rire gentil.

— Votre veuvage durera encore quelque mois… le temps lui semblait long et je m'épuisais à jouer le porteur de missives. La première maison après celle-ci se situe à une demi-lieue de là… Le coin est tranquille, quand on y songe.

Mélisande n'essaya même pas de cacher sa joie. L'expression de Gauchet se fit plus douce.

— Le maître m'a confié que vivre au manoir de ce de Beauvillé vous rendait triste, mais que vous parliez sans cesse des jardins des demeures sur votre chemin de balade. Quand vous pourrez enfin devenir la comtesse de Montorgueil, vous pourrez passer de l'autre côté de la rue pour y résider si tel est votre désir.

Jehan la fixait toujours du seuil de l'hôtel qu'il avait acquis... pour être son voisin. Pour se rapprocher d'elle. Son cœur était sûrement assez léger pour lui faire quitter le sol, à cet instant.

Plus les jours s'écoulaient, plus bénie des dieux elle s'estimait. À tel point qu'elle peinait à croire à tant de bienfaits. Et cette nouvelle lui donnait encore raison. Doucement, elle salua Jehan de loin et, même d'où elle se tenait, Mélisande eut l'impression de se trouver tout à côté de lui quand ses lèvres s'étirèrent en un sourire. Il l'imita, abaissant lentement le torse.

Il faisait jour, des gens déménageaient des meubles à l'intérieur de l'ancien hôtel des Verneuil... Oui, elle garderait ses distances. Deux hommes passèrent à ses côtés, portant un bureau qu'elle reconnut. Aussitôt, elle devina que le rouge lui montait aux joues en songeant aux souvenirs qu'il lui évoquait.

Gauchet, qui la fixait, haussa un sourcil.

— Je vais rejoindre le maître...

Elle vérifia autour d'eux avant d'annoncer, en prenant garde de ne pas croiser son regard :

— Passe-lui mon bonjour... et préviens-le qu'après complies j'envoie tout le monde se reposer. Le manoir sera vide et calme... et la porte lui sera ouverte.

Elle tourna les talons sans attendre sa réponse, le cœur bondissant alors qu'elle se sentait à la fois joyeuse et incroyablement inconvenante. Mais l'était-ce plus que le livre qu'elle venait d'achever sur les encouragements de Jehan et Christine ? Un livre entier retraçant les aventures de deux amants que tout séparait, mais qui, par un caprice du destin et un philtre d'amour, se retrouvaient liés à jamais par une passion sans pareille.

Elle devait justement le porter ce jour au scriptorium de Christine, qui lancerait des copies du premier roman de Marie C. Rossignol, le C étant le chèvrefeuille dont elle avait demandé la représentation sur chaque lettrine de début de chapitre.

Quand elle arriva chez cette dernière, elle lui ouvrit les bras. Mélisande la serra contre elle dans un élan d'affection, toujours heureuse de la revoir. Elles s'étaient habituées à ne plus vivre ensemble, mais leur lien ne s'était en rien distendu et elles se retrouvaient avec bonheur, ayant mille mots à se dire.

— Ma maîtresse, je suis si contente d'être ici !

— Cesse de m'appeler ainsi, je ne le suis plus, la rabroua gentiment Christine.

Mélisande lui adressa un petit sourire en coin.

— Si, vous resterez ma maîtresse à penser, la taquina-t-elle.

L'expression de Christine se fit plus ironique quand elle admit d'un ton léger :

— Dans ce cas, j'accepte cette lourde mission et ce titre honorifique.

Alors qu'elles entraient bras dessus bras dessous, Christine remarqua joyeusement :

— Mon amie, j'ai convaincu Anastaise de prendre votre ouvrage en charge. Ce sera l'un des premiers du genre, et il aura assez de copies pour vraiment devenir connu, au lieu de circuler sous le manteau. Êtes-vous prête ?

Mélisande éclata de rire avant d'opiner du chef avec sérieux. Anastaise pour des enluminures et embellissements intérieurs ? Mon Dieu, cela n'aurait plus rien du petit volume relié sur un papier fin qu'elle s'imaginait. Elle le voyait déjà dans sa tête, le livre serait magnifique ; et l'écrin du bijou ne compte-t-il pas lui aussi ?

Épilogue

Mélisande passa une main sur son deuxième livre. Il contait l'histoire d'une reine, désœuvrée de voir son royal époux sans cesse accaparé par ses devoirs, qui se mettait à écrire des poèmes, fables et rondeaux. De fil en aiguille, elle devenait l'une des principales femmes de lettres de son époque et, par ses textes licencieux signés d'un nom de plume, ravivait la passion de son mari et redonnait un second souffle à leurs nuits.

Son regard balaya la pièce, une immense bibliothèque qui servait de bureau à Jehan et elle pour écrire ; lui ses derniers traités et essais, elle ses romans et quelques poèmes.

Par la large fenêtre devant elle, Mélisande jeta un coup d'œil au parc. La famille Verneuil avait mis tant de soin à la conception de ce lieu, et surtout des jardins, grande passion de l'ancienne maîtresse de maison. Pas un des endroits qu'elle contemplait n'était autre qu'un ravissement pour l'âme.

Elle fit jouer le livre entre ses mains... Son deuxième ! Quelle fierté ! parce qu'il y aurait un troisième. Elle se l'était promis. Son succès à la cour lui permettait d'envisager ce projet sereinement. Elle avait trouvé une voie qui lui plaisait, et fait la paix avec le passé ; son temps en tant que « marquise » lui avait apporté des bienfaits inattendus et donc eu sa raison d'être. Ainsi elle avait rencontré de belles personnes, surtout des femmes sans lesquelles elle ne pouvait imaginer sa vie, et dont plus aucune n'avait eu à souffrir du harcèlement d'Hugues de Beauvillé ou d'un autre noble.

La trahison de Bertille l'avait aidée à grandir et elle s'était même opposée à Gauchet qui suggérait à Jehan d'élaborer un plan pour faire payer Humbert de Montreuil son implication dans leurs tourments. La liaison de ces deux scélérats fut d'ailleurs découverte, provoquant un scandale sans précédent. Tous deux s'étaient repliés dans leurs domaines et ne semblaient pas près de revenir à la cour. Gauchet avait juré n'y être pour rien. Peut-être alors chacun recevait-il ce qu'il semait, avait pensé Mélisande.

Elle-même accepterait sa sentence, si un jour elle devait être condamnée pour ses choix, et n'en regrettait aucun. En attendant, elle se contentait de prendre soin des siens, quel que soit leur rang, leur place autour d'elle, de la chambrière la plus jeune à son mari tant aimé.

Elle ouvrit la page de garde de son livre et son regard parcourut le petit aparté qu'elle avait décidé d'y inclure, suite à certaines polémiques qui avaient traversé la cour devant le succès grandissant des œuvres de Marie C. du Rossignol que personne ne connaissait.

Les humanistes s'étonnaient, en quoi pouvait-elle être lue ? Cette femme de si peu d'envergure qu'elle ne prêchait rien, ne discourait ni n'éduquait ses prochains sur la politique ou de religion ? Pourquoi donc gâcher tant de papier ?

Après bien des réflexions, elle avait trouvé la réponse parfaite à ces tristes sires et leur avait laissé dans son ouvrage :

« Ma plume obéit à mon cœur.

Disserter est votre partage :

Il est très noble assurément ;

Le nôtre, c'est l'amusement,

Qui, prouvant moins, vaut davantage.[1] »

Et elle y croyait fermement. Mélisande rendait des lectrices heureuses. Et peut-être avait-elle des lecteurs, en y repensant ? Après tout, même tous ces grands humanistes semblaient la lire assez pour pouvoir se permettre d'être ses détracteurs et de conspuer ses histoires d'amants.

Un bruit de porte grinçant sur ses gonds la tira de sa rêverie. Elle sourit à celui qui s'en venait, devinant qui il était sans avoir besoin de le vérifier. Aveuglée ou pas, elle aurait su que Jehan approchait ; car son cœur reconnaissait son pas, sa peau se souvenait de ses doigts et son âme se retrouvait en la sienne de bien des manières.

— Mon cher époux, il va nous falloir forcer cette porte à redevenir silencieuse. Elle interrompt l'esprit...

Jehan eut un rire avant de se saisir de sa taille pour la pousser vers un des secrétaires. Étrangement, ce dernier restait vierge de pages, d'encre ou de papiers. Comme s'il n'avait pour but que de se trouver là, libéré de tout obstacle. Seuls Mélisande et son amant savaient qu'il avait un tout autre but que d'accueillir leurs écrits.

Il mordilla avec taquinerie le creux de son cou, l'une de ses mains glissant le long de sa jambe.

— Ma douce, il n'est plus temps de contempler ce bel ouvrage que vous avez là.

— J'entrevoyais les lignes du prochain, à vrai dire, lui avoua-t-elle, en gémissant.

Déjà il plaçait ses talons débarrassés de ses chaussures sur le bois du bureau et elle s'accrocha au bois alors qu'il remontait résolument ses jupons. Elle serait bientôt dans une de ces positions délicieusement impudiques dont elle ne pouvait nier la terrible excitation qu'elles suscitaient en elle à s'exposer ainsi au seul qui comptait. Son souffle se fit plus court.

---

1. Fanny de Beauharnais, *Aux hommes*.

— Je songeais moi-même que nous pourrions tous les deux œuvrer pour notre premier quatre mains, si votre souhait venait épouser le mien. Une aventure d'un nouveau genre où nous mettrions beaucoup de nous-même, pour poursuivre d'une tout autre façon notre histoire...

Une paume caressa son ventre, bien à plat, dans un geste tendre qu'elle comprit sans mal. Elle repensa à ces mois passés seule dans le doute. Elle acquiesça de tout son cœur, une émotion lui étreignant la gorge, de celle des plus douces et joyeuses.

— Cette aventure ou une autre, toutes me vont à tes côtés, mon aimé.

Il l'embrassa avec fougue et elle devina que bientôt elle ne serait guère plus capable de dire son propre nom. Elle oublierait un instant tout ce qui était, jusqu'à sa passion pour les mots, car ceux-ci devenaient bien inutiles, pour chanter l'archerot.

RESTEZ CONNECTÉ AVEC HARLEQUIN

Harlequin vous offre un large choix de littérature sentimentale !

Sélectionnez votre style parmi toutes les idées de lecture proposées !

 www.harlequin.fr   **L'application Harlequin**

- **Découvrez** toutes nos actualités, exclusivités, promotions, parutions à venir...

- **Partagez** vos avis sur vos dernières lectures...

- **Lisez** gratuitement en ligne

- **Retrouvez** vos abonnements, vos romans dédicacés, vos livres et vos ebooks en précommande...

- Des **ebooks gratuits** inclus dans l'application

- **+ de 50 nouveautés tous les mois !**

- Des **petits prix** toute l'année

- Une **facilité de lecture** en un clic hors connexion

- Et plein d'autres avantages...

Téléchargez notre application gratuitement

SUIVEZ-NOUS !   facebook.com/HarlequinFrance
twitter.com/harlequinfrance